« Un roman très intéressant qui m'a plu à plusieurs égards : un contexte historique très intéressant et bien traité, l'alternance des points de vue ou encore l'écriture de l'autrice. »
Clélia, de @cherlecteurvirgule

« Ce roman évoque l'amour inconditionnel, l'amitié, la solidarité, la résilience mais, surtout, la liberté. C'est un récit qui révolte, qui apprend et qui émeut. Le voyage au fil de ces pages vous changera à tout jamais. »
Julie, de @julie_jelis

« Un roman fort, puissant, qui vient nous toucher profondément le cœur. Il parle de combat, de fraternité, de liberté et de résilience. Un coup de cœur pour ce roman saisissant dont on ne peut pas sortir indemne. »
Louise, de @livresse_delire_delivre

Pour en savoir plus sur les Lectrices Charleston, rendez-vous sur la page www.editionscharleston.fr/lectrices-charleston

LES LECTRICES ONT AIMÉ !

« Un vrai coup de cœur ! Ce livre parle d'humanité, de ceux qui n'en ont aucune et de ceux qui en ont à revendre. J'ai vécu des émotions puissantes. Un premier roman incroyable que je vous recommande sincèrement. »
Angélique, de @mme_chacha_lit

« Un roman bouleversant qui parle de ségrégation, d'esclavagisme, de liberté et de destin à travers l'histoire de personnages profondément touchants. Ce roman fait partie de mes meilleures découvertes de 2022. »
Émilie, de @leslivresdemilie

« Un roman à mettre entre toutes les mains ! La plume de l'autrice nous touche en plein cœur et nous offre un regain d'espoir et plein de sentiments ligne après ligne. »
Caroline, de @cacobouquine

« Je n'avais jamais lu un tel livre. Un livre choc qui tire sa puissance de ses personnages et de son contexte historique fort et évocateur. Des protagonistes criants de vérité et un univers qui ne laissera personne indemne. »
Candice, de @madame.bovarysme

« Quel coup de cœur pour ce livre ! Les sauts dans le temps, les destins qui se croisent, les thèmes traités font de ce livre une vraie pépite. Une ode à la liberté et à l'égalité. Une de mes plus belles découvertes de cette année ! »
Ilinca, de @lectio.academias

« Deux histoires qui s'entremêlent et se font écho. Perte, séparation et injustice rendent ce livre bouleversant. Un beau voyage dans le temps. »
Manon, de @manonlitaussi

« Un premier roman écrit avec le cœur et dont l'aspect historique est incroyablement bien maîtrisé. L'écriture de l'autrice nous transperce, l'histoire nous percute. Un splendide chef-d'œuvre addictif que je recommande. Coup de cœur absolu ! »
Joanna, de @joanna_in_books_wonderland

« J'ai adoré ce roman poignant qui secoue, qui remue, qui révolte, qui questionne… En somme, qui ne laisse pas indifférent. Un livre bouleversant peuplé de personnages épatants. Une quête de liberté qui invite à ne rien lâcher, à garder espoir et à suivre son étoile ! »
Pascale, de @entredeuxpages

« Des personnages courageux qui possèdent une force de caractère des plus inspirante. Un très beau texte, avec un côté historique intéressant et bien construit, qui constitue un vrai travail de mémoire. »
Laura, de @laurasreadings

« Un roman très prenant qui provoque de nombreuses émotions. La souffrance des personnages est si bien décrite qu'on est triste pour eux, qu'on est révolté aussi. J'ai beaucoup aimé en savoir davantage sur ces périodes historiques. C'est un livre dur, mais nécessaire. »
Magdalena, de @triple_l_de_mag

« Un très beau roman qui illustre la puissance des liens qui unissent ceux qui croient en leur combat, ceux qui croient en l'égalité et en la liberté. »
Sophie, de @ducafeetdeslivres

« Une très bonne lecture qui m'a fait sortir de ma zone de confort ! Un roman historique puissant et poignant où brillent encore l'espoir, la liberté et l'amour. »
Clara, de @lecturedepetiteplume

« Une très belle écriture, fluide, douce qui nous transporte et nous immerge dans le roman. L'autrice provoque des émotions aux antipodes les unes des autres, et c'est ce qui rend cette histoire si puissante. Un roman historique engagé aux personnages attachants. »
Mélany, de @readingbook___

« Entre histoires d'amour et d'amitié, violences et peines, champs de cotons et marécages, Oriane Lapouge signe un roman puissant qui donne une voix aux oublié·e·s de l'histoire des États-Unis. »
Camille, de @leschamoureux

« Dans la lignée de *La Couleur des sentiments*, Oriane Lapouge parle de thèmes forts qui font écho à l'actualité. Racisme, ségrégation, lutte pour les droits civiques : le lecteur est emporté dans le courant de l'Histoire aux côtés d'une héroïne en quête d'indépendance et de liberté. »
Léa, de @leatouchbook

L'ÉTOILE DE LA LIBERTÉ

10, place des Cinq-Martyrs-du-Lycée-Buffon
75015 Paris – France
www.editionscharleston.fr

ISBN : 978-2-36812-836-7

Maquette : Patrick Leleux PAO

Pour suivre notre actualité, rejoignez-nous sur Facebook (Éditions.Charleston), sur Twitter (@LillyCharleston) et sur Instagram (@LillyCharleston) !

Charleston s'engage pour une fabrication écoresponsable ! Amoureux des livres, nous sommes soucieux de l'impact de notre passion et choisissons nos imprimeurs avec la plus grande attention pour que nos ouvrages soient imprimés sur du papier issu de forêts gérées durablement.

Oriane Lapouge

L'ÉTOILE DE LA LIBERTÉ

Roman

CHARLESTON

À mon étoile

À Mathys, Aïnhoa et Eden

Soudain, il vit un éclat de lumière transpercer l'obscurité du ciel. Il sentit la terre se dérober sous ses pieds. Lentement, il sombrait, les membres tremblants et les mains cramponnées à son bas-ventre. L'amour de sa vie demeurait là, près de lui. Dans un lointain murmure, il percevait le cri déchirant de sa voix. Deux regards, empreints de tristesse, à la croisée de leur destin, s'échangèrent une dernière fois. Il aurait voulu assécher les larmes qui se déversaient sur ses joues pour les emporter avec lui. Malheureusement, il ne le pouvait pas. Désormais, il n'était plus qu'un triste soleil s'inclinant en silence. À l'aube de sa mort, il s'envolait, lourd de regrets, sans lui avoir dit qu'elle seule avait su rallumer les étoiles de son cœur noirci. Dans un ultime souffle, il parvint à lui susurrer qu'il l'avait toujours aimée, afin qu'elle ne l'oublie jamais…

1

« Le monde est emporté par la conviction cynique que la force peut tout, la justice rien. »
Alexandre Soljenitsyne

Avril 1964, Mississippi

DOUGLAS FAISAIT LES CENT PAS devant le bar de Jim Jefferson. Les mains fourrées dans les poches de sa large salopette, il mastiquait son chewing-gum. Sa journée de travail à la scierie n'avait pas eu raison de son enthousiasme. Aujourd'hui, il s'en fichait pas mal que son patron, M. Miller, ait menacé de le virer après que sa pause eut duré un peu trop longtemps à son goût. Au goût du chef, pas du sien. « Il y en a des dizaines, des comme vous, qui prendraient votre place sans se reposer », avait-il grogné. Plein de pauvres « nègres » qui n'avaient pas d'autre choix, avait-il pensé en retour sans même oser le murmurer. Après tout, il aimait son job, avait toujours adoré le bois, son odeur, sa texture et le bruit de la scie qui embrassait son écorce. Il ne connaissait pas de plus belle mélodie, hormis la douce voix de sa femme. Dieu lui avait donné ce corps robuste qui lui procurait la force d'être un des plus doués dans son domaine. C'était d'ailleurs pour cette raison qu'il se permettait de temps en temps quelques écarts contrôlés.

— B'jour, Doug, lui lança le vieux Sam en quittant le bar.

Douglas lui rendit son salut en posant un doigt sur sa casquette. Puis il fixa la devanture d'un œil critique. Plusieurs affiches traînaient çà et là. Celle d'un rouge vif était une invitation aux rafraîchissements. Doug ferma les yeux et entendit le cliquetis de l'ouverture d'une bouteille de Coca-Cola. Il imagina même la brume froide s'évaporer. Un autre poster trônait à côté, une pin-up blonde entourée de cigarettes. « Ces femmes sont divinement vendeuses dans leurs tenues affriolantes », songea-t-il. Enfin, son regard se dirigea vers le point d'eau. Deux hommes se dressaient là, le vieux Sam et un jeune garçon. Les deux étaient figés dans la même posture. Tête baissée, dos pliés, ils s'abreuvaient à la fontaine. Chacun étanchait sa soif, le premier sous le panneau « Blancs » et le second sous la pancarte « Colorés ». C'était pour cette raison que Douglas était optimiste en cette fin d'après-midi. Il espérait qu'un vent nouveau souffle enfin sur son pays quand, tout à coup, il fut tiré de ses pensées par l'empoignade de David.

— Oh ! Ça fait au moins vingt bonnes minutes que j't'attends ! Quelles sont les dernières nouvelles ? s'écria Doug en tournant la tête vers son ami.

— Pas ici, suis-moi, chuchota David en scrutant les alentours.

David, avec ses longues jambes fines, accéléra le pas. Sa chemise soigneusement repassée se plaquait à son torse qu'on devinait musclé. Les traits de son visage dégageaient une réelle douceur, ce qui lui donnait cet air enfantin qu'il s'efforçait de rendre moins candide. C'est pourquoi il arborait toujours son chapeau trilby beige légèrement penché sur le côté, rendant ainsi son regard brun mystérieux. Tout en portant sa clope au bec, il fit craquer une première allumette. La flamme de celle-ci s'éteignit aussi vivement qu'elle était apparue. D'une pichenette, il jeta le premier bâtonnet et reproduisit le même geste en se protégeant du vent à l'aide de son autre main. Il aspira vigoureusement sa première bouffée puis, en arrondissant sa bouche, recracha la fumée. Des nuages se dessinèrent et s'élevèrent à leur tour. Un sourire espiègle se figea sur ses lèvres, laissant apparaître une fossette sur sa joue gauche. David, à l'inverse de Douglas, n'impressionnait pas par sa carrure, mais par sa verve. Non pas que son physique fût insignifiant, loin de là, cependant son éloquence aurait donné de l'allure au plus petit des hommes. Sa soif intarissable de savoir ainsi que son imagination débordante le plaçaient naturellement au cœur des débats où il prenait un malin plaisir à utiliser de nouveaux subterfuges pour déstabiliser son auditoire. Lui ne se laissait jamais déboussoler bien que l'ébène de sa peau et une telle arrogance puissent lui valoir de nombreux problèmes. Certains le jalousaient, d'autres l'admiraient, cela lui importait peu, David se suffisait à lui-même et soutenait les regards qui lui étaient adressés sans mépris ni envie.

Plus ils avançaient entre les rangées de bicoques de ce quartier noir, et plus se formait un attroupement autour des deux hommes. Alan le cireur, Danny l'ouvrier ainsi que les jumeaux Bob et Dennis les rejoignirent. Quelques voisins se mêlèrent également au cénacle. La terre rouge qui recouvrait les rues s'était muée en gadoue à cause de la pluie tombée dans la matinée. Chacun des hommes présents marquait de ses traces le sol foulé.

Ils s'installèrent dans l'arrière-cour de Douglas où les odeurs de la cuisine de sa femme Lisa chatouillaient leurs sens. Cette dernière apporta des verres de limonade fraîche et un moelleux aux pommes tout juste sorti du four. Bob et Dennis, qui étaient adossés contre un tas de bois, furent les premiers à se jeter sur la nourriture. La bouche pleine, ils la congratulèrent. Comme à son habitude, Lisa mit la main devant ses lèvres et les remercia d'un sourire gêné.

C'était une femme à la démarche hésitante et au regard fuyant. Et pourtant, ses prunelles mordorées troublaient immanquablement ses interlocuteurs. Mais sa timidité l'emportait sur sa posture. Aussi, son physique conforme à celui d'une femme discrète lui permettait de passer inaperçue. Tout l'inverse de son mari. Il n'y avait que dans sa cuisine qu'elle se sentait libre de s'exprimer et elle le faisait admirablement bien. Ses recettes étaient toujours un délice. Douglas s'estimait le plus heureux des hommes à ses côtés. Il aimait dire que si ses bras étaient aussi musclés, c'était grâce aux talents culinaires de sa femme. Certains ne voyaient là aucun rapport, car ses biceps avaient toujours été d'une circonférence nettement supérieure à la normale. Mais on le laissait y croire. C'était un de ces rares couples que les épreuves avaient fortifiés.

Regroupés sur ce petit terrain, les hommes parlaient tous en même temps et la conversation se mua en un brouhaha incontrôlable. Mais quand David prit la parole, le silence s'abattit et les yeux se rivèrent sur lui.

— D'ici peu, notre Mississippi va avoir besoin de chacun de nous, lâcha-t-il d'un ton solennel tout en repositionnant son chapeau. Cet été, des volontaires originaires du Nord vont venir dans notre État afin de nous aider à nous inscrire sur les listes électorales, continua-t-il devant les regards arrondis et les mâchoires tombantes.

— Ch'inscrire sur les listes électorales, ché possible ça ? questionna Bob, étonné, la bouche encore pleine de gâteau.

— Faut qu'on fasse quoi ? ajouta Doug, impatient comme un enfant tandis que d'autres, en retrait, prirent peur.

David était un militant des droits civiques. Il était membre d'un groupe indépendant et incitait les Noirs de son comté à sortir de leur retranchement. Pour cela, il était souvent la cible d'attaques, mais n'avait jamais cessé son combat. D'un coup d'œil vif, il observa un court instant son public et reprit :

— Nous devons, nous aussi, prendre part à l'écriture de notre propre histoire, dit-il en prenant soin d'articuler chaque mot. Nous savons plus que quiconque combien le système dans le Sud est injuste et si différent de celui du reste de notre pays. Nous connaissons tous un frère, un oncle, un voisin, un ami qui a été intimidé ou battu à tort ; une sœur, une cousine, une fille qui a été rabaissée ou humiliée.

Les hommes commencèrent à sentir monter en eux une effervescence nouvelle. David, en arpentant la cour, continua en haussant le ton :

— L'abolition de l'esclavage date de cent ans, CENT ANS, entendez-vous, et nous ne sommes toujours pas égaux de fait. Chaque jour, nos droits sont bafoués.

— Oui, lança Alan d'une voix agacée, ce sera le vote ou le fusil, comme l'a dit Malcolm !

— Ah ouais ? Et il est où, ton fusil, à toi ? ironisa Danny. Oubliez pas que les plus armés sont bien les Blancs d'ici.

Il y eut une rumeur d'acquiescement.

— Combien d'entre vous sont inscrits sur les listes électorales ? questionna David en choisissant ses mots avec précaution. Combien d'entre vous ont réellement essayé de faire bouger les choses ?

Devant l'absence de réponses, et pour convaincre son auditoire, il se permit de raconter un petit mensonge :

— Moi-même, je n'ai jamais songé à le faire. J'ai toujours pensé que mon vote ne changerait rien à mon quotidien. Mais maintenant, je me dis que mon vote, plus ton vote, Doug, plus le tien, Alan, plus les deux des jumeaux et ainsi de suite pèseront dans l'urne autant que les voix des Blancs ! Nous avons tendance à croire que, seuls, nous ne pouvons rien, mais c'est faux, c'est accepter notre sort ! C'est rester un témoin silencieux de notre triste condition. Et si, vous, dit-il en les pointant de l'index, vous n'avez pas le courage de le faire pour vous-même, faites-le pour nos enfants. Ceux qui, dans nos écoles noires, n'ont pas les mêmes livres que les gamins des écoles blanches ! conclut-il avec emportement.

— Je suis avec toi, déclara Dennis, des miettes sur ses lèvres après qu'il avait repris une part de moelleux aux pommes comme son frère.

— Qui peut accueillir chez soi des volontaires ? demanda David, plein d'espoir. Je sais que c'est risqué, mais n'oublions pas qu'ensemble nous serons plus forts, ajouta-t-il en levant son poing refermé.

— Moi, cria Doug en brandissant également le poing car il sentait la grandeur du moment.

D'autres suivirent son exemple et certains hésitèrent encore, mais ce soir-là, chacun retourna chez soi envahi par un sentiment nouveau, curieux mélange d'espoir et de crainte.

2

« Le monde ne sera pas détruit par ceux qui font le mal,
mais par ceux qui le regardent sans rien faire. »
Albert Einstein

Été 1840, Mississippi

TÉTANISÉE, elle laissa son maigre corps abandonner la lutte. Elle n'était plus en mesure de résister. Son jeune âge ne lui avait pas épargné les récits de ces drames-là. Ceux entraînant une femme dans les abîmes de son être. Le combat était perdu, elle le savait, mais dans un ultime effort, elle parvint à extirper son âme. Il ne lui prendrait pas tout. Ses pensées s'entrechoquaient dans cette grange où les hennissements des chevaux se mêlaient aux gémissements du mal. Elle aurait aimé partir plus loin. Là où les rires de son insouciance enfantine faisaient encore écho au ciel.

Des rayons de lune bercés d'une brise d'été s'infiltraient entre les planches de la bâtisse, éclairant ainsi l'union forcée de deux tristes ombres. Le noir était blanc, le blanc était noir. La cruauté et l'immoralité allaient foudroyer sa pureté à jamais. S'élevant jusqu'aux astres, elle observa la scène en silence. Un frisson la parcourut. Sa pupille n'avait jamais été aussi sombre. Les ténèbres emportaient ces quelques braises qui, à force de rêves, avaient tenté vainement d'exister.

Elle assistait, impuissante, à la fin de son innocence, étendue sur le sol, tandis que l'homme, visiblement ravi, jouait avec sa marionnette. Il l'avait achetée pour cela. Arrachant sa chemise en toile, dépliant ses membres, ricanant de ses nombreuses cicatrices, arpentant sa nudité de ses mains assurées. Elle se vit déglutir et, en un éclair, regagna son corps quand une douleur fulgurante tressaillit dans son bas-ventre. Elle essaya de hurler, mais ne perçut aucun son. Le fils du maître avait pris soin de couvrir ses sanglots de sa main bien trop épaisse. Elle suffoquait sous ce poids qui l'empêchait de se mouvoir, sentant ce souffle grossier et cette moiteur qui ruisselait sur sa peau. Elle étouffait, seule, dans cette nuit noire parsemée de lumière pâle, portant sur ses frêles épaules ce destin brisé d'enfant esclave. Sa respiration s'amenuisait, l'oxygène lui manquait, ses yeux se plissèrent, et la pénombre l'envahit.

Aby n'avait jamais eu peur de mourir. Elle attendait même l'ange de la mort avec impatience. Ses bras dessinaient deux ailes prêtes à s'envoler. Mourir signifiait devenir libre, et cette promesse de liberté la poussa à vivre.

3

« Toujours viser la lune, car même en cas d'échec, on atterrit dans les étoiles. »
Oscar Wilde

Avril 1964, Ohio

MARY TOURNAIT EN ROND DANS SA CUISINE. Le doigt à la bouche, rongeant frénétiquement son ongle. Ses pensées virevoltaient dans sa tête. Même les rafales tambourinant à sa fenêtre ne parvenaient pas à l'extirper de ses réflexions. Elle devait trouver une idée, un sujet qui intéresserait le public.

La pression commençait à l'épuiser. Devoir faire ses preuves, rédiger un article avec un nombre de mots à respecter dans un temps imparti. La panique de la page blanche l'envahissait un peu plus chaque jour.

Elle ne cessait de se remettre en question. Et si elle s'était trompée de métier ? Si elle n'était pas faite pour être journaliste ? Ce qu'elle voulait, elle, au plus profond de son être, c'était devenir écrivaine. Imaginer des histoires d'amour impossible et les coucher sur le papier. Faire se rencontrer deux êtres que tout séparait, mais qui s'unissaient finalement, car le cœur l'emportait. Il l'emportait toujours, pensait-elle. Oh ! l'amour, elle en avait tant rêvé. Le vrai, le grand, l'unique, celui qui retourne une âme et la transforme à jamais.

Des débuts d'histoire, elle en avait un tas, elle griffonnait des textes, tâtonnait et abandonnait. Était-ce parce que les relations qu'elle avait connues n'avaient été que des échecs ? En écrivant ses désirs, réalisait-elle qu'ils n'étaient que des fantasmes ? La tâche lui semblait si longue, si fastidieuse… et ce n'était pas son premier roman, à peine commencé, qui allait la nourrir. Il lui fallait une rentrée d'argent, et ce poste de journaliste au *Columbus* lui avait paru être un bon compromis en attendant mieux. Après tout, elle n'était pas tombée bien loin de son rêve d'enfant.

Trêve de lamentations, elle devait se ressaisir, elle le savait. À elle, aujourd'hui, de se faire sa place et de prouver qu'elle était aussi légitime qu'un autre. Dans cette petite pièce qui lui servait de cuisine, elle ronchonnait si fort qu'elle s'agaçait elle-même. La vaisselle qui s'entassait dans l'évier semblait lui signifier qu'une vie plus rangée pourrait, peut-être, lui permettre d'y voir un peu plus clair. Submergée de colère, elle mit un bon coup de pied dans le tabouret. La douleur qui la submergea aussitôt lui rappela qu'elle ne portait pas de chaussures. Elle tomba au sol, attrapant son orteil entre ses mains et injuriant le monde entier. Recroquevillée à terre, elle se remémora la cause de son énervement, qui remontait à cet après-midi.

Elle se rejouait la scène inlassablement. Janet, la quarantaine et qui en paraissait dix de moins, rare femme aspirant à la réussite professionnelle, accessoirement rédactrice en chef du journal, l'avait convoquée pour faire un point sur son travail. Mary, depuis la veille, avait un mauvais pressentiment, et en se dirigeant vers la porte vitrée du bureau de sa patronne, sentit comme une boule se loger au creux de sa gorge. Pour se donner de la force, elle se rappela que, plus jeune déjà, elle rédigeait des papiers pour la gazette de son lycée. Munie de son stylo fétiche et de son carnet beige, elle ratissait les couloirs à la recherche d'exclusivités.

À cette époque, personne ne la convoquait pour obtenir des précisions sur l'avancement de son travail. Puis, à l'université, elle écrivait des articles sur l'équipe de football du campus, mêlant, avec ironie, résultats sportifs et potins de vestiaires des pom-pom girls. L'humour était un de ses points forts et elle voyait souvent le côté burlesque des situations. Afin de rester anonyme, elle avait utilisé un nom d'emprunt masculin et son identité n'avait jamais été révélée. Elle sourit en se remémorant ce dernier point puis, enfin, elle frappa à la porte.

— Entre, Mary, je t'attendais, entendit-elle de l'autre côté de la cloison.

Elle se demandait comment Janet pouvait toujours employer ce même ton impersonnel et froid avec chaque personne qu'elle recevait. Mary, elle, ne savait pas faire semblant et, quand elle était contrariée, cela se percevait dans sa voix.

Lorsqu'elles furent assises toutes les deux, chacune à une extrémité du bureau, Mary observa ses jambes s'entrecroiser. Sa jambe droite ne reposait pas sur sa jambe gauche élégamment comme Janet. Non, le pied de sa jambe droite passait au-dessus de sa jambe gauche, puis revenait se loger derrière sa cheville, si bien que ses jambes semblaient s'entremêler. Ses membres représentaient à la perfection ses pensées du moment : un sac de nœuds.

Ses articles étaient étalés devant elle et une plante séparait son regard de celui de son interlocutrice. Rapidement, elle compta les papiers, il y en avait cinq précisément. Janet l'épiait et, d'un geste franc, décala le végétal pour mieux la toiser. Mary, quant à elle, n'osa pas relever les yeux, qu'elle garda rivés sur les feuilles.

— Mary, tu es parmi nous depuis combien de mois ? questionna Janet, d'une voix calme mais ferme.

— J'entame mon dixième mois, hésita Mary, sentant parfaitement le regard dur de Janet sur elle.

— Dix mois et trop peu de sujets dignes de notre ligne éditoriale ! En tant que femme, j'ai appuyé ta candidature auprès d'hommes plus que réticents à t'embaucher. Comptes-tu leur donner raison ?

— J'ai écrit quelques articles…

— Ne me mentionne pas tes cinq papiers ici présents, évoquant la circulation à Columbus ou les occupations des femmes au foyer, la coupa Janet d'un ton soudain devenu méprisant.

Perplexe, Mary avait relevé la tête et observait Janet qui mimait avec de grands signes des bras une situation qui lui paraissait préoccupante. Elle devait l'être sinon elle ne serait pas ici. Janet poursuivit son monologue en lui rappelant qu'elle avait vanté son diplôme de journalisme ; et que cela avait pesé dans la balance. Désormais, les deux femmes se faisaient face, mais les pensées de Mary l'emmenèrent ailleurs. « Madame s'imagine avoir pris des risques pour moi, songeait-elle. Mauvais pari, visiblement. »

— Une journaliste d'investigation ne peut pas se contenter de pauvres écrits sur les routines des ménagères, insista Janet dont le franc-parler ramena Mary à la réalité.

Gênée, celle-ci se sentit rougir. Elle détestait cela, et plus elle y pensait, plus ses joues chauffaient. Pourtant, aujourd'hui, elle tenait entre ses mains un sujet différent de ce qu'elle avait jusqu'alors proposé et elle espérait que cela lui plaise.

— Mary, comprends-moi bien, il nous faut un bon sujet, un sujet vraiment digne d'intérêt, et de toute urgence ! Avant la semaine prochaine ! Sinon nous allons devoir réviser ton statut au sein du journal, lui asséna sèchement la rédactrice en chef en lui désignant la sortie du doigt afin de la libérer.

Mary se figea, puis elle se redressa maladroitement, le temps de démêler ses jambes. Avant de quitter la pièce, elle lui déposa tout de même son nouvel article. Mais Janet ne prit pas le temps de le lire. Hébétée par cet affront supplémentaire, elle sortit du bureau de Janet en lui souhaitant une bonne fin de journée. Pourquoi lui souhaitait-elle une bonne journée alors que cette dernière venait de gâcher la sienne ? Elle réfléchirait à la réponse plus tard, là, elle ne désirait qu'une chose : fuir loin d'ici.

En retournant à son poste de travail, Mary fut saisie par son reflet dans les baies vitrées des locaux. Ses cheveux châtains, tombant sur ses épaules, encerclaient un visage légèrement creusé. Tout ce qu'elle intériorisait ressortait dans ces poches qui tombaient sous ses yeux. La tristesse qu'elle portait en son cœur amincissait sa silhouette sans qu'elle puisse le contrôler. Beaucoup y voyaient une chance et proposaient volontiers de lui donner quelques-uns de leurs kilos en trop. Elle souriait souvent en retour, par politesse, mais elle n'acceptait pas sa propre maigreur.

Ce soir-là, affalée dans le canapé de son salon, Mary se sentit une nouvelle fois seule au monde. Pourquoi n'avait-elle pas à ses côtés quelqu'un pour prendre soin d'elle ? Une épaule sur qui elle pourrait reposer son cœur gros. Une oreille à qui elle n'aurait même pas besoin de tout confier, car celle-ci aurait entendu et compris ses silences. Un être qui l'accepterait telle qu'elle était et dont la seule présence serait suffisante.

Assise, perdue, elle fixa les nuages sombres à travers la fenêtre quand la voix d'un homme à la radio la ramena à la réalité. Il s'agissait de la rediffusion d'une émission datant du début du mois. Au fur et à mesure que l'orateur s'exprimait, elle se redressait et tendait davantage l'oreille. D'un ton assuré et entraînant, les mots prononcés éveillaient en elle une idée.

« C'est pourquoi le moment est venu pour vous et pour moi, en 1964, de faire preuve de plus de maturité politique et de comprendre à quoi sert le bulletin de vote, ce que nous sommes censés obtenir lorsque nous votons, et que, si nous ne votons pas, la situation finira par en venir au point où nous devrons fondre des balles. Ce sera le bulletin de vote ou le fusil… »

D'un bond, la jeune femme se leva et, pour la seconde fois de la journée, scruta son image dans le miroir. Ce soir-là, elle vit une lueur s'allumer dans ses iris verts. Un sourire en coin se dessina sur son visage. Elle venait de trouver son sujet !

Columbus Journal Libre

18 avril 1964

Les ailes de la liberté

Jerrie Mock : première femme à réussir le tour du monde en avion

C'est avec un Cessna 180, baptisé *Spirit of Columbus*, que l'aviatrice a tenté ce défi d'une vie. Après une préparation de 18 mois, elle s'est envolée de Columbus le 19 mars 1964 à destination de sa première escale : l'archipel des Bermudes. Ont suivi d'autres étapes, Le Caire, Calcutta ou encore Bangkok, autant de destinations paradisiaques synonymes de voyage et d'aventure.

Des aménagements ont été réalisés à bord de l'appareil afin d'accueillir des réservoirs de carburant supplémentaires, du matériel radio et de navigation.

Jerrie Mock a rejoint notre ville ce 17 avril après ce fabuleux tour du monde en solo qui a duré 29 jours, 11 heures et 59 minutes.

Et si le courage de cette femme en inspirait de nombreuses autres à réaliser leurs rêves ?

Mary L.

4

« Choisis une étoile et ne la quitte jamais des yeux. Elle te fera avancer loin sans fatigue et sans peine. »
Alexandra David-Néel

Automne 1845, Mississippi

ABY SE TRAÎNAIT POUR REJOINDRE SA CASE. Cambrée, une main au bas du dos et une autre agrippée à la main de son petit garçon, elle avançait d'un pas lourd dans les allées de son quartier, comme elle aimait l'appeler. Plus les semaines passaient et plus le travail aux champs devenait douloureux. Son ventre qui s'arrondissait la ralentissait dans sa cueillette et, à chaque pesée, elle encaissait en silence les reproches du régisseur. « Encore moins de cent livres, pour sûr qu't'as d'la chance d'être grosse ! Fais tout de même attention à mon fouet », lui répétait chaque jour Bill avec un regard oblique et perçant.

Aby touchait son ventre et faisait tourner délicatement son index autour de son nombril qui ressortait. Elle ne savait plus à quelle occasion cette mauvaise graine s'y était invitée. Les jeunes pousses et l'éclosion des premières feuilles vertes accompagnaient la fatigue et les haut-le-cœur du début de grossesse. Puis les petits bourgeons s'étaient arrondis au même moment que son bas-ventre. La floraison avait eu lieu et les champs resplendissaient de ces tiges ornées de boules colorées quand elle avait annoncé à son petit Ed qu'il allait être grand frère. Elle revoyait son regard coquin et pétillant quand il avait arraché un de ces pétales et qu'avec celui-ci, il lui avait caressé le ventre tout en murmurant quelques mots gardés secrets. Elle se souvenait avoir pensé qu'à cinq ans la vie n'avait pas encore éteint la flamme de joie qui brillait dans ses yeux. Une lueur aussi douce et belle que ces teintes en cet instant d'éternité. Aujourd'hui, les fleurs avaient fané et le coton était sorti de son cocon. Aussi, les champs n'oubliaient pas de rappeler ses cueilleurs à un labeur encore plus fatigant.

Les journées étaient éprouvantes, mais Aby bénissait ce moment où, quand elle rentrait, elle retrouvait ce visage d'ange, sa gaieté et ces joues pleines de boue. Quand, enfin, elle joignait sa main à celle de son fils, elle se sentait sereine et apaisée. Ce petit être qui berçait son cœur depuis qu'il avait émis son premier cri.

Malgré tout, elle remerciait le maître de ne pas lui avoir arraché ce garçon à la naissance. Il en avait pourtant tous les droits au vu des lois de son pays et beaucoup l'auraient compris. Par chance, la mère d'Aby, de son vivant, avait travaillé dans la grande maison ; de ce fait, Robert Wikson connaissait Aby depuis l'enfance. Grâce à cela, la diction de la jeune femme était plus fluide et son vocabulaire plus nuancé que celui de la majorité des esclaves. Elle se tenait aussi différemment, droite comme le chêne qui s'élevait devant l'entrée principale. Il y avait toujours eu une distinction entre les travailleurs des champs et les domestiques qui n'échappait ni aux Blancs ni aux Noirs. Mais la naissance de son fils, Ed, avait empêché Aby de suivre la même voie que sa mère. Elle n'avait pas pu intégrer la maison principale et avait été contrainte, à son tour, de cultiver la terre.

Toutefois, peu lui importait sa place tant qu'Ed grandissait auprès d'elle. Elle avait pu lui donner le sein, le porter contre son cœur, le border chaque soir. Elle chérissait chacune de ces secondes, car elle savait qu'au quartier tout était éphémère.

Ed était un petit garçon curieux et vif. Ses grands yeux marron observaient le monde avec appétit. Il adorait inventer des histoires en contemplant les étoiles. Il disait toujours que ces astres éclairaient son ciel. Il en avait choisi une, une de ces lumières. Ce n'était pas la plus brillante ni la plus volumineuse, mais c'était la sienne. Il l'avait nommée comme lui : Ed. Aussi avait-il l'intime conviction qu'elle ne l'abandonnerait pas et qu'elle le guiderait le moment venu. En attendant, l'étoile l'observait et veillait également sur d'autres en silence. Elle étincelait comme une promesse et cette promesse, d'après sa croyance, tiendrait pour l'éternité. Ed ne connaissait rien d'autre que cette plantation, mais il parcourait tout le pays et bien au-delà à la force de son imagination. C'était lui, par ses mots, qui faisait rêver Aby. Elle fixait ses petites lèvres rosées quand il bavardait et elle buvait inlassablement ses récits de sa voix enrouée, ne cessant d'admirer les traits fins de son visage comme seule une mère peut le faire.

Il était son émerveillement, son prolongement. Même si sa couleur n'était pas la même que la sienne, elle ne percevait aucune différence entre eux. Seul le regard des gens rappelait à Aby les origines de son fils. Qu'importe ce qu'elle avait enduré, Ed était sa liberté à elle, la liberté qu'elle pensait avoir gagnée.

C'est pourquoi elle s'était promis que, comme pour son aîné, elle abreuverait cette nouvelle graine d'un amour infini. D'un geste pur, un sourire suspendu aux lèvres, elle caressait son ventre et se dirigeait vers sa case.

Le chemin de terre où elle marchait, unique terrain de jeu des enfants esclaves, était bordé à droite par les baraquements éparpillés çà et là et à gauche par des pacaniers, tristes témoins de la perversité humaine. Trois petites marches séparaient le sol de leur porte d'entrée. La bâtisse était composée de quelques planches de bois, dont la vieille peinture craquelait, ainsi que d'une unique et sombre fenêtre dénudée. L'image de ces habitations reflétait celle de ses occupants. Elles étaient posées là par nécessité et non par choix. Construites dans la précipitation pour faire face au besoin de main-d'œuvre qui avait crû avec le développement du pays. Elles étaient à l'opposé de la demeure du maître. Aucune colonne blanche pour les soutenir, aucun escalier pour s'élever, aucune véranda pour se prélasser pendant les douces soirées d'été, aucun volet pour se protéger et aucune hauteur pour rêver. Ces petits baraquements faisaient partie du paysage, mais le flétrissaient. En retrait d'un domaine flamboyant où se mêlaient potagers, écuries, allées d'arbres centenaires, ruisseaux et champs de coton à perte de vue, ils se maintenaient et luttaient pour ne pas s'effondrer. Ces habitations et leurs résidents luttaient.

Sur le pas de leur porte était assise Rose, mais tout le monde l'appelait Grandma. En voyant arriver Aby, le cœur de Grandma sourit et, péniblement, elle se redressa. La vieille femme avait élevé Aby à la mort de sa mère et elle la considérait comme l'enfant qu'elle n'avait pas pu avoir.

— Comme tu as l'air fatiguée ! s'inquiéta-t-elle tout en replaçant une mèche dans les nattes collées d'Aby.

— Les journées me semblent de plus en plus longues et j'ai du mal à trimbaler ce gros corps, répondit Aby, les traits tirés.

Grandma saisit le bras d'Aby avec tendresse et bienveillance.

— Entre vite, c'est encore chaud ! Un peu de riz et du pain d'maïs pour…

— Changer ! dirent-elles ensemble en s'esclaffant.

Grandma avait vu et entendu plus d'une tragédie dans sa vie. Mais c'étaient surtout ses propres tragédies qu'elle portait et qui rendaient la douceur de son cœur si unique. Elle aimait rappeler que les malheurs changeaient les âmes humaines à jamais, mais que chacun était libre de les utiliser pour se bonifier ou non. Elle, elle avait su transformer chacune de ses épreuves en autant d'occasions de montrer sa générosité. À la suite d'un accident, comme elle disait, elle avait perdu l'usage de son œil et de son bras droits. Depuis qu'elle n'était plus utile pour les cultures, elle s'occupait, avec l'accord de M. Wikson, des enfants durant la journée.

C'était au sein de ce cocon qu'Ed grandissait, aimé et choyé par ces deux femmes. Tous les trois entrèrent dans leur petite case où, ce soir, l'odeur de la marmite, bien que celle-ci ne débordât pas, emplit leurs narines.

Une dizaine de personnes s'entassaient ici, enfants et femmes seules. Un drap en toile faisait office de séparation de l'espace. Une partie était réservée au sommeil et une autre aux repas. Les habitants se soutenaient mutuellement. Les mères et les non-mères prenaient soin des enfants. Les femmes se réconfortaient à tour de rôle. Quand une sombrait, les autres la relevaient. Les enfants, eux, par leur belle humeur, apaisaient les plaies. Ils avaient fait de ce lieu un refuge étanche au monde extérieur. Bien qu'en apparence cette case ressemblât à toutes les autres cases du quartier des esclaves, morne et insipide, en son sein y fleurissaient l'amour, l'entraide et la bienveillance. Et cette faculté que seules les femmes ont de jeter des rayons de soleil à la pluie afin d'y laisser naître l'arc-en-ciel.

5

« Les rencontres dans la vie sont comme le vent, certaines vous effleurent juste la peau, d'autres vous renversent. »
Florence Lepetitdidier-Rossolin

Avril 1964, Ohio

Les recherches de Mary la conduisirent tout droit à un rendez-vous avec un certain Edris Carlson, professeur d'histoire à l'université. Rien ni personne n'avait pu lui retirer son idée d'article de la tête. Même Janet, étonnée, s'était montrée enthousiaste et l'avait encouragée à sortir enfin des sentiers battus.

C'est avec une fierté gonflée à bloc qu'elle se rendit à cet entretien. Le campus lui parut immense et la replongea dans ses années d'étudiante. Tous ces jeunes gens encore pleins de rêves et d'insouciance circulant dans les allées… La nostalgie l'envahit en se revoyant à cet âge. Mary avait son groupe d'amies à l'époque, quatre filles inséparables. Ensemble, elles avaient bourlingué et refait le monde des centaines de fois. Elles s'étaient soutenues dans les prémices de leur vie amoureuse, comme dans les échecs inéluctables qui avaient succédé. Puis, ces bouts de femmes s'étaient épaulées à chaque examen et avaient fêté leur diplôme comme il se devait. Malheureusement, la fin des études avait coupé les liens. Deux d'entre elles s'étaient mariées et avaient abandonné l'idée de travailler. Devenir mère, puis femme au foyer étant alors la priorité de la plupart. Quant à la troisième, elle avait déménagé, avec sa famille, dans un autre État.

Mary s'était retrouvée seule, une fois de plus, et avait décidé de ne pas repartir chez ses parents. Rapidement, elle s'était pris un petit appartement et avait cherché un emploi dans un journal. Elle avait cru qu'après ça, le monde s'ouvrirait à elle.

D'un coup, elle secoua la tête comme pour en chasser les mauvaises pensées. Elle n'était pas venue ici pour faire un point sur la femme qu'elle était devenue, sur ses rêves perdus en chemin, mais pour un entretien qui la mènerait à la réussite. Et c'était avec cette détermination qu'elle devait poursuivre sa journée.

Elle respira l'air printanier qui s'infiltrait dans ses poumons, puis éternua à cause du pollen. En foulant ce bitume, elle s'était remémoré de doux moments. Aussi, elle se demanda si le destin l'avait amenée ici afin de réaliser ses anciens rêves, d'accomplir ce qui lui tenait réellement à cœur à cette époque ? La jeune journaliste leva la tête vers le ciel, admira les nuages blancs cotonneux qui y flottaient, puis, posant son regard sur l'édifice principal, pressa la marche. La grosse horloge lui indiqua qu'elle allait être en retard, ce que Mary n'appréciait guère.

Elle trouva assez rapidement le bâtiment et, après avoir parcouru deux étages, puis un long couloir, elle frappa à la porte d'un bureau sur laquelle étaient mentionnés plusieurs noms, dont celui de son interlocuteur. Elle fut accueillie par une poignée de main ferme, mais chaleureuse.

— Edris Carlson, ravi de faire votre connaissance, dit-il avec assurance.

Mary, découvrant Edris, comprit au vu de ses origines afro-américaines l'importance d'un tel sujet pour lui. Il était grand et sa carrure avantageuse aurait donné l'envie à n'importe quelle femme de s'y blottir. Face à elle, il arborait un large sourire qui illuminait deux iris châtaigne. Instantanément, elle sentit une aura particulière se dégager de lui. D'un coup d'œil rapide, elle parcourut la pièce, remarqua quatre tables alignées contre le mur, des étagères où s'entassaient des livres, des feuilles à n'en plus finir, ces fenêtres sales et une plante oubliée là. Après cet état des lieux, elle huma cette odeur d'encre qui lui semblait si familière et sans trop savoir pourquoi, elle se sentit tout de suite bien dans ce lieu plein de fouillis. Ces bureaux ressemblaient à une des nombreuses salles du journal.

— Désolé pour le désordre, les grottes des enseignants sont souvent ainsi, confia Edris après avoir observé sur quoi se portait l'attention de Mary.

— Cela me correspond tout à fait, assura-t-elle avant de s'exclamer, tout en s'approchant d'une chaise encombrée de papiers. Je m'y sens même parfaitement à mon aise !

— Vous vouliez donc me voir pour un article sur la lutte pour les droits civiques, c'est bien ça ?

— Exactement, lui répondit Mary en s'asseyant enfin après avoir vidé l'assise des dossiers qui la recouvraient. Et je vous remercie d'avoir accepté de me recevoir. Pour démarrer cette interview, pouvez-vous vous présenter brièvement ?

— Edris, trente ans, homme libre, commença-t-il en rigolant avant de reprendre plus sérieusement : Je suis professeur et je vis ici même, dans l'Ohio.

Mary, qui l'écoutait attentivement, fut instantanément troublée par sa voix grave qu'elle ressentit dans tout son être comme un écho réconfortant.

— Vous enseignez quelle matière ? enchaîna-t-elle pour ne pas laisser de silence entre eux.

— L'histoire, mais je mets un point d'honneur à transmettre plus particulièrement l'histoire des Noirs de ce pays.

Mary avait sorti un carnet et, depuis le début, prenait des notes. Elle inscrivait les mots qui lui semblaient indispensables, de façon éparpillée sur la page. En redressant la tête, elle se risqua à plonger ses yeux dans ceux d'Edris et se sentit rougir. La douceur que dégageait son regard la perturba. En espérant ne rien laisser paraître, d'un hochement de la tête, elle l'encouragea à poursuivre sa présentation.

Mais, un court moment, elle ne l'écouta plus. Elle voyait ses lèvres se mouvoir sous ses yeux et fut perturbée par cette sensation étrange qui l'envahit. Plus rien n'existait autour d'elle, aussi elle n'entendait même plus les paroles qui sortaient de sa bouche. Elle fut déstabilisée par cette décharge au creux du ventre. Elle n'avait jamais ressenti une telle émotion et se dit en le regardant que c'était lui. Lui ? Comment était-ce possible ? Ils ne se connaissaient pas et appartenaient probablement à deux mondes que tout opposait. Elle ne comprit ni ce sentiment ni ce qui se dessinait en elle à cet instant, mais elle sut que cet homme allait changer sa vie d'une manière ou d'une autre.

Elle se ressaisit après qu'Edris lui eut posé deux fois la même question.

— Comment avez-vous eu l'idée de ce sujet ? répéta-t-il.

— Après avoir entendu l'allocution de Malcolm X à la radio, j'ai pensé qu'il pouvait être intéressant d'écrire un article sur l'accès au vote des Noirs dans les États du Sud en cette période préélectorale. J'ai entendu dire que vous en connaissiez un rayon et j'aurai besoin de vos connaissances pour m'éclairer.

Edris parut réfléchir un court instant avant de lui confier :

— Alors, il faut que je vous parle de ce qu'il va se dérouler d'ici peu…

— C'est-à-dire ?

— Avez-vous entendu parler du Mississippi Freedom Summer ?

— Non, de quoi s'agit-il ?

— À partir de fin juin, une campagne se déroulera durant trois mois dans le Mississippi. Des volontaires, essentiellement des militants de groupes de défense des droits civiques, d'associations étudiantes, d'églises ou encore de syndicats d'enseignants, vont aller dans le Sud.

— Que vont-ils faire dans le Sud ?

— Le but premier est d'inciter les citoyens noirs à s'inscrire sur les listes électorales, répondit Edris en se levant de sa chaise afin de se dégourdir un peu les jambes.

— Ils ne s'inscrivent pas d'eux-mêmes ? hasarda Mary. Ma question doit vous sembler idiote, mais je n'ai aucune connaissance sur ce sujet..., ajouta-t-elle d'une voix honteuse.

Edris alla chercher des documents et les déposa sous les yeux de Mary.

— Regardez cette enquête. Actuellement, ils sont à peine plus de six pour cent à être inscrits.

— En effet, c'est très peu, admit Mary d'un air songeur.

— Ils ont d'autres priorités, reprit Edris. La majorité vit dans une grande pauvreté et la plupart ne sont que très peu allés à l'école. Ils doivent travailler pour survivre.

Mary analysait les chiffres devant elle et restait silencieuse. Edris éclaircit ses propos en détaillant les différentes actions mises en place.

— Il y aura, d'une part, des volontaires qui essaieront d'inciter ces gens à s'inscrire sur les listes électorales et, d'autre part, des écoles nommées Freedom School.

— Quel est le rôle de ces écoles ? interrogea Mary dont la curiosité laissait place à l'intérêt.

— Inculquer l'histoire des Noirs américains souvent omise des manuels scolaires et également apporter une forme de soutien scolaire dans les matières principales. Pour le moment, je ne sais pas trop à quoi m'attendre, confia Edris, je ne sais pas s'il y aura beaucoup d'enfants ou non. Malheureusement, ils subissent encore la pression d'une certaine population blanche.

— Le Ku Klux Klan ?

Edris haussa les épaules.

— En font-ils tous partie ? Je ne sais pas, mais il est certain que beaucoup se considèrent comme des suprématistes blancs.

Edris lui parla alors longuement des problèmes de racisme encore très présents dans le Sud, des conditions des personnes de couleur dans ces États, de la nécessité d'aller « éduquer » les populations pour faciliter la cohabitation. Visiblement, Edris était passionné par le sujet, et Mary l'écouta avec attention. Elle fut fascinée par cette conviction qu'il portait en lui, sûr que l'action et la détermination triompheraient des obstacles qu'ils ne manqueraient pas de rencontrer au cours de ce fameux « été de la liberté ». Ils discutèrent pendant un long moment et ni l'un ni l'autre ne virent le temps passer. Mary retranscrivit leur échange en se disant qu'elle avait enfin matière à écrire un bel article qui lui permettrait de se distinguer au journal, mais la demande soudaine d'Edris la prit au dépourvu et changea sa perspective.

— Je pars également en tant que volontaire, débuta-t-il, il serait intéressant pour moi d'avoir une couverture médiatique. Cela vous plairait-il de m'accompagner durant ces quelques semaines ?

Mary ne s'était pas imaginé quitter sa routine et s'engager en quelques instants dans l'inconnu. Pourtant, sans même réfléchir, elle s'entendit répondre par un grand « oui ! » enthousiaste. Elle venait de découvrir le projet et on lui proposait de participer à ce mouvement qui serait probablement historique. C'était une chance unique qui s'offrait à elle ; elle allait enfin clouer le bec à beaucoup de ses collègues ! Son destin l'avait emmenée ici et la poussait à écrire sur un sujet qu'elle trouvait passionnant et, en prime, avec un homme captivant. La roue semblait enfin tourner.

6

> *« Ceux qui aiment la paix doivent apprendre à s'organiser aussi efficacement que ceux qui aiment la guerre. »*
> Martin Luther King

Juin 1964, Ohio

DEUX MOIS S'ÉTAIENT ÉCOULÉS depuis son entretien avec Edris et, aujourd'hui, Mary se dirigeait, au volant de sa Cadillac, vers le Western College d'Oxford pour enfin le retrouver. Elle était impatiente. Leur première rencontre l'avait troublée et elle gardait précieusement dans sa poche le papier froissé qu'elle avait trouvé dans son carnet de notes. *« Je crois en cette aventure et je suis ravi que vous m'accompagniez. Ed »* Par une heureuse coïncidence, la chanson qui passait à la radio lui confirmait que la décision qu'elle avait prise était la bonne. D'une voix imparfaitement aiguë, elle se mit à chanter avec Bob Dylan.

« *Yes and how many deaths will it take till he knows, that too many people have died ? The answer, my friend, is blowin' in the wind…* »

Pour la première fois depuis un long moment, un vent de liberté semblait parcourir son être.

Arrivée à destination, la journaliste gara sa voiture sur l'immense parking qui entourait l'établissement. Elle sortit et inspira un grand bol d'air pour se donner du courage. Enfin, elle prenait des initiatives. Ce n'était pas sans questionnements, bien entendu. Avait-elle raison de faire cela ? Ne risquait-elle pas sa vie ? Ne s'ennuierait-elle pas tout ce temps loin de chez elle ? Ce dernier point ne l'inquiétait pas tant que ça. Elle pouvait toujours revenir dans l'Ohio si elle en ressentait le besoin. Rien ne l'obligeait à rester deux mois entiers dans le Mississippi. Une fois rédigés quelques articles qui l'aideraient à prendre un nouveau départ professionnel, elle pourrait rentrer dans son petit appartement cosy.

L'air chaud avait empli ses poumons et elle commença à avancer dans l'allée. Le bruit de ses pas résonnait sur le pavé. Puis, en apercevant Edris au loin, son sang accéléra. Il lui parut des plus élégants, vêtu simplement d'un polo bleu marine et d'un pantalon en coton. Mais ce qui la faisait chavirer, c'était son visage éclairé d'un large sourire charmeur qui lui était destiné. Elle sentit, une nouvelle fois, son visage s'empourprer et dut se forcer à respirer profondément pour calmer les battements de son cœur. Il lui restait une dizaine de mètres et elle espérait bien que le teint rose de ses joues s'estomperait.

Edris accueillit Mary avec le même regard généreux qu'à leur première rencontre. Elle remarqua qu'il gardait sa main dans la sienne un peu plus longtemps que la fois précédente. Ce qui ne lui déplut pas, bien au contraire.

— Tu as fait bonne route ? la questionna-t-il sans la lâcher.

— Oui, ça a été. Il y a beaucoup de monde, observa-t-elle sans détourner ses yeux de lui.

— Oui, et il s'agit de la deuxième vague des participants, confirma-t-il avec élan. Les premiers militants présents la semaine dernière sont déjà arrivés dans le Mississippi.

Tous deux marchèrent côte à côte. Mary essayait de s'imprégner de l'atmosphère du lieu, qui lui parut si singulière. Mais ses pensées s'envolaient vers Edris dès que son épaule frôlait la sienne. Ils se faufilèrent parmi les volontaires et parcoururent le campus. C'était immense. Edris lui expliqua où étaient situés les dortoirs, la cantine et il lui indiqua même où se trouvait un sanctuaire d'oiseaux réputé.

— Un sanctuaire d'oiseaux, répéta Mary, étonnée qu'une telle chose puisse être ici.

— C'est symbolique ne crois-tu pas ? Des oiseaux… en cage ?

Cette réflexion laissa Mary pensive qui se demandait où elle avait atterri, au milieu de ces militants pleins d'enthousiasme. Comme à son habitude, elle griffonnait des mots dans son carnet dès qu'elle en avait l'occasion « *population jeune – beaucoup de Blancs – temps agréable – médias en nombre important* » tout en s'alarmant par moments – « Qu'est-ce que je fais là ? » se répétait-elle, à la fois étonnée et craintive.

Elle fut sortie de ses pensées par l'arrivée de June, une collègue d'Edris. Les deux femmes avaient à peu près le même âge, mais ne se ressemblaient pas du tout. June était de ces femmes totalement libérées, ce qui contrastait avec la timidité de Mary. Dès qu'elle les eut rejoints, June enlaça Edris et lui fit la bise spontanément. Cette attention éveilla une pointe de jalousie en Mary. Non, pas qu'une pointe, observa-t-elle avec surprise, son corps entier tressaillit.

— June, je te présente Mary, dont je t'ai déjà parlé, c'est elle qui va nous accompagner, dit Edris visiblement heureux de retrouver son amie, et voici June, continua-t-il avec le même entrain, une femme exceptionnelle pleine de fortes convictions. Si je l'écoutais, nous mènerions une guerre civile à l'instant où l'on parle, confia Edris, les yeux remplis de fierté.

— Enchantée, Mary, dit June en la prenant à son tour dans ses bras pour l'embrasser, geste qui provoqua un mouvement de recul chez Mary qui n'était pas à l'aise avec le contact physique.

— Ravie également, répondit-elle, gênée, puis elle ajouta : L'ambiance ici semble unique.

Elle se sentit soudain ridicule avec ses paroles vides de sens, mais elle ne savait pas quoi dire devant cette femme qui venait d'enlacer très naturellement l'homme qui l'attirait secrètement.

Tout en s'efforçant de rester discrète, Mary détailla la nouvelle venue. Celle-ci portait un pantalon jaune, ce qui interpella la journaliste car le port du pantalon était encore rare pour une femme. Mais June l'arborait avec bon goût et il était parfaitement assorti avec un nœud dans sa chevelure rousse. Deux mèches retombaient sur son visage aux traits fins, encerclant de beaux yeux bleus. Son rire communicatif retentissait au-delà de son auditoire.

— Effectivement, l'ambiance est unique, mais ne sommes-nous pas tous uniques ? répondit-elle d'une voix tonnante en l'entraînant par le bras vers l'édifice.

Tandis qu'ils se rendaient tous trois vers le bâtiment principal, June, surexcitée, leur rapporta tout ce qu'elle avait entendu dire depuis son arrivée. Mary ne savait pas si elle exagérait ou si elle relatait les faits avec justesse. Mais June s'imaginait déjà l'arrivée des premiers volontaires au Mississippi et les enviait même d'avoir ces quelques jours d'avance sur elle. Entre deux phrases, elle s'interrompit et regarda l'heure.

— Le SNCC va faire son discours d'accueil ! Allons-y vite ! Je ne veux rien louper, lança-t-elle avec entrain.

Malgré ce côté un peu survolté, Mary devait reconnaître qu'elle se sentait plutôt à l'aise à ses côtés. Profitant d'un court silence, elle voulut en savoir plus sur les organisateurs d'un tel projet.

— Que peut-on dire à propos du SNCC ? demanda-t-elle.

Elle ne connaissait pas grand-chose aux différents mouvements de lutte pour les droits civiques. Il lui fallait y voir un peu plus clair si elle voulait en rendre compte dans ses articles.

— C'est le Comité de coordination non violent des étudiants, lui expliqua Edris, ce sont eux qui sont à l'origine de cette campagne. Ils luttent pour les droits des Afro-Américains du pays. Avec d'autres groupes, ils ont recruté les volontaires sur dossier et préparent leur départ ainsi que les missions qui seront attribuées à chacun.

— Comment sont distribués les rôles ? interrogea Mary tout en griffonnant dans son calepin.

— On ne sait pas trop, des vœux ont été formulés, mais les femmes, d'une façon générale, sont plus cantonnées à l'administratif, déclara June d'un ton soudain agacé.

Visiblement elle n'était pas d'accord avec cette décision d'écarter la gent féminine du terrain. Mais June retrouva son visage jovial au moment où elle arriva au milieu de la foule. Elle se fraya un chemin pour s'approcher au plus près de l'estrade. Les deux femmes se tenaient la main et Mary s'assurait, d'un regard furtif, qu'Edris les suivait. June s'assit au sol et les autres firent de même. Lorsque, enfin, un jeune homme prit la parole, un silence s'abattit dans la pièce.

— Je suis né dans le Mississippi, annonça-t-il solennellement, là où le fleuve serpente entre les terres et où les bayous enlisent les corps de nos frères. Je pourrais vous parler des inégalités entre Blancs et Noirs, de la balle que je me suis prise dans le ventre, clama l'homme avec détermination en relevant son tee-shirt, dévoilant ainsi sa large cicatrice devant un parterre bouche bée tout en reprenant d'une voix forte : Je pourrais vous décrire les injustices commises à notre encontre, vous détailler des brimades d'enfants que vous jugeriez modestes et qui, pourtant, marquent dans la chair. Mais tout cela serait ressasser des histoires que vous lisez déjà dans les journaux. Que vous lisez avec détachement. Des histoires qui vous interpellent et vous choquent un instant et que vous laissez derrière vous en tournant la page. Pour comprendre certaines choses, il faut les traverser, les voir, les ressentir. Aujourd'hui, vous êtes là pour cela et je vous invite à venir les vivre avec nous, à venir combattre avec nous !

Après ce discours, l'enthousiasme gagna l'assemblée et des cris se mêlèrent aux applaudissements. Puis l'homme reprit d'une voix plus posée son allocution. Il choisissait ses mots avec soin et maîtrisait ses intonations à la perfection, emportant l'adhésion de son public.

— Je suis né et j'ai grandi dans le Mississippi, j'ai grandi auprès d'un oncle qui s'est fait tabasser sans raison. À la suite de son agression, il a perdu l'usage de ses jambes. Qu'auriez-vous fait à sa place ? questionna-t-il en balayant de son doigt les volontaires, probablement que vous auriez porté plainte. Dans le Mississippi, les Noirs ne portent pas plainte car ils savent que cela ne servira à rien, fit-il tout en remuant son index. J'ai grandi dans le Mississippi en écoutant mon oncle gratter les cordes de sa guitare de façon mélancolique des années durant. Il grattait ses cordes et faisait pleurer ses mots de sa voix éraillée. Sa tristesse s'écoulait de ses notes, de son vibrato, de ses doigts qui parcouraient l'instrument car c'est la seule chose qu'il pouvait faire désormais. Je vous invite à venir découvrir ses larmes et toutes les larmes cachées du Mississippi, puis à les ressentir se déverser dans votre âme, conclut l'homme en laissant un silence plein d'émotion emplir la salle.

Dans l'heure qui suivit, des discours différents se succédèrent et un sentiment étrange envahit Mary. En entendant ces récits très durs, elle eut l'impression de ne pas être à sa place en ces lieux. Il était probable que de nombreux étudiants ne devaient guère être plus à l'aise. On leur répétait que les semaines dans le Sud n'allaient pas être une colonie de vacances et qu'il fallait qu'ils y soient préparés. Si ces conditions ne leur convenaient pas, ils devaient abandonner, tout de suite. C'était comme si on leur reprochait indirectement d'être blancs et de ne pas avoir connu la misère.

À la fin de cette première soirée, Mary rejoignit seule l'un des vastes dortoirs improvisés au sein du bâtiment principal. Elle y avait déposé ses affaires, aidée de June, plus tôt dans la journée. Éreintée par le flot des informations accumulées ce jour, elle se coucha avec un sentiment mitigé. La cause semblait juste, mais ce qu'elle ressentit, cette nuit-là, la fit douter. Toutefois, il demeurait un point positif : les sourires d'Edris.

7

« Tes ailes étaient prêtes, mais mon cœur ne l'était pas. »
Anonyme

Automne 1845, Mississippi

C'ÉTAIT UN LUNDI SEMBLABLE À TOUS LES AUTRES. Le soleil sortait de son nid et le vent frais pinçait le visage des cueilleurs matinaux. Quelques pépiements d'oiseaux retentissaient dans les feuillages. À cet instant, deux courses se tenaient en parallèle : celle de l'étoile de feu poursuivant son inlassable trajectoire colorant au passage l'azur de rosé, de bleu et pour finir d'orangé, puis celle obligeant les esclaves à charger leurs sacs sous les claquements du fouet.

Bill, le régisseur, était d'une humeur exécrable. Il tordait son long corps en fouettant le sol près de Parson afin de l'effrayer. Il aimait voir le jeune homme reculer dans la poussière comme une bête au fond d'un terrier. Et plus il se terrait, plus l'homme rougeaud ricanait. La haine et la folie se lisaient dans ses yeux qui luisaient d'un éclat sanglant.

Quand le régisseur en eut fini avec Parson, il reprit la surveillance de « son troupeau », comme il l'appelait. Son regard s'attarda sur la gauche, où il aperçut Letty et Aby se gardant à bonne distance de lui. Il sentit son cœur s'accélérer, il avait toujours eu un faible pour Letty et c'était bien la seule mulâtre à lui faire cet effet-là. Si elle était son opposé, petit bout de femme attentionnée pleine de charme, il était persuadé qu'ils pouvaient s'entendre et ne comprenait pas pourquoi elle semblait apeurée quand il était près d'elle.

Elle ne l'avait toujours pas saisi, mais il ne lui voulait aucun mal, pas à elle. À tous les autres qui lui mettaient de fausses idées en tête, oui. À Parson, car il aimait traîner près de sa cabine en rentrant. À Aby, car il était certain qu'elle le détestait. Mais pas à Letty.

Il s'approcha de ses proies tel un félin en chasse. Sans un bruit, il progressait à pas feutrés dans les allées de coton. Il entendait le rire de Letty et cela lui procura davantage de frissons. Il s'imagina que ce rire lui était réservé. Un sourire béat s'afficha sur son visage, mais le chant lointain d'autres esclaves l'effaça instantanément. Les voix qui s'élevaient dans l'air tambourinaient dans sa tête et l'empêchaient de se concentrer. Frénétiquement, il se massa les tempes. Pourquoi certains s'évertuaient à pousser ces cantiques ? Tout cela était vain. N'avaient-ils toujours pas pigé, ces idiots, que personne n'entendrait jamais leur prière ? Bill le savait, lui, qu'ils n'étaient que des descendants damnés de Cham et que Dieu ne leur prêterait pas attention.

Pour se donner du courage, il porta à ses lèvres un peu de cet alcool qui l'aidait à tenir tout au long de ses journées. D'un revers de main, il essuya sa bouche, puis bondit entre les deux femmes. Surprises, elles poussèrent un cri, mais baissèrent aussitôt les yeux et reprirent machinalement leur besogne, espérant ainsi qu'il s'éloigne. Toutefois, elles pressentaient que ce ne serait pas le cas.

— Ça avance ici ? questionna Bill d'un ton des plus sévères.

Les femmes, têtes penchées vers le sol, accélérèrent leur mouvement. Elles attrapaient les boules de coton et les jetaient dans leur sac aussi vite qu'elles le pouvaient. Letty, ne voulant pas laisser planer le silence, murmura :

— On travaille d'mieux qu'on peut.

— Oh, Letty, souffla-t-il d'un ton compatissant en lui passant la main derrière la nuque, j'suis sûr qu'tu remplis ton sac, mais pas sûr que ta copine, la grosse, ce soit pareil.

En l'entendant, Aby s'empressa de tourner sa tête vers Bill et le foudroya du regard.

— Aby fait d'son mieux et ce n'est pas simple, répliqua Letty d'une voix tremblante, consciente qu'elle lui tenait tête.

— Ta copine se fait engrosser par le fils du maître parce qu'elle espère en tirer des avantages, mais avec moi y a pas d'avantages, dis-lui de faire plus vite, grogna-t-il.

Il sentait la peur de Letty et cela le mettait en rogne. De plus, elle lui faisait l'affront de défendre cette esclave et il ne le supportait pas. Il la voulait de son côté, pas de celui de cette traînée. Sa haine se renforça quand Aby, qui n'avait pas apprécié sa réflexion, lui répliqua sèchement :

— Je fais de mon mieux et je n'ai aucun ordre à recevoir de toi.

À ces mots, la fureur s'empara de Bill. Il attrapa Aby par les cheveux et attira son visage si près du sien qu'elle put en ressentir tous les relents de la boisson.

— T'es qu'une garce, toi. La ramène pas, sinon j'te colle une bonne raclée, pesta-t-il juste contre son oreille.

— Arrête, implora Letty, tremblante, en tirant son amie. Laisse-la, s'il te plaît.

Letty pouvait voir les yeux de Bill s'injecter de sang. Elle aurait voulu prendre ses jambes à son cou et s'enfuir loin de lui. Mais son courage, aussi petit soit-il, lui intimait de s'interposer.

— Toi et ta grosse, vous jouez un peu trop près des hommes. Vous méritez mon fouet.

Dans son excès de colère, Bill jeta violemment Aby au sol, qui s'écrasa sur son ventre. Puis il s'en alla en proférant de nouvelles menaces, laissant derrière lui les deux femmes terrorisées. Aby resta allongée de longues secondes, et quand enfin elle se redressa, elle sentit une vive douleur.

***

La nuit était tombée sur la plantation et, avec elle, ses secrets et les drames terribles qui s'y nouaient à chaque instant, dans un calme trompeur. Il n'y avait pas un bruit dans les allées du quartier des esclaves, la corne avait sonné depuis un moment déjà. La lune se dissimulait dans les nuages et les étoiles se retiraient, portant déjà le voile noir de ce qui allait se dérouler.

Autour de la case d'Aby, l'atmosphère était pesante. Les enfants dormaient, mais les femmes s'affairaient. Grandma Rose tenait la main d'Aby qui gémissait en silence. Les contractions avaient commencé dans l'après-midi et ne s'estompaient pas, bien qu'elle s'efforçât de ne plus bouger. Elles étaient de plus en plus douloureuses et de plus en plus rapprochées. Discrètement, Letty avait rempli une bassine d'eau chaude et préparait les linges. Mais Aby refusait la réalité brutale qui s'imposait à elle. Elle le refusait si fort que tout son corps se crispait, empêchant la délivrance.

Harriet, passant sa main sur le front d'Aby, essayait de la convaincre. Tant bien que mal, de trouver les mots pour l'apaiser et lui rappeler qu'au final, pour cet enfant, c'était peut-être la plus belle preuve d'amour qu'elle pouvait lui offrir. Le laisser s'envoler afin qu'il ne connaisse pas la cruauté humaine, la souffrance, les humiliations, la différence. Beaucoup des leurs sacrifiaient leur nourrisson – paradoxalement, c'était un pur amour maternel qui les guidait.

Cette nuit, Aby pouvait, à son tour, offrir ce cadeau appelé liberté. Mais la jeune femme n'y avait pas été préparée. Même si cet enfant n'était pas désiré, elle l'avait aimé dès qu'elle avait découvert sa présence. Elle lui parlait tous les jours, caressait son ventre chaque soir avant de s'endormir et prenait pour réponse les petits coups qu'elle ressentait. Elle avait imaginé son visage, puis la taille de ses mains. Il était là pour agrandir sa famille et elle devait vieillir auprès de lui. Pourtant, ce soir-là, dans ce ciel tourmenté, ses espoirs se brisaient. On lui disait qu'elle devait faire le deuil de cet enfant, le deuil de son avenir. On lui disait que ce n'était pas grave, qu'elle était jeune et qu'elle pourrait en avoir d'autres. Comment pouvait-on penser que cela n'avait aucune importance pour elle ? Elle dont le corps entier se transformait pour héberger un nouveau cœur ? Un cœur qu'elle aimait et qu'elle aimerait toujours plus que le sien.

Aby se recroquevilla, tentant de faire abstraction de ce qui se déroulait autour d'elle. Sourdement, elle souffrait. Elle fixait la flamme de la bougie et priait Dieu du plus profond de son être afin qu'une autre issue s'offre à eux.

Le maître, M. Wikson, avait été averti de la situation. Il avait envoyé Jack chercher son médecin. Son attelage arrivait dans l'allée et tous deux entrèrent dans la case. Ils observèrent les femmes, puis la paillasse sur laquelle était couchée Aby. Aussitôt, ils furent choqués par ce qu'ils virent.

M. Wikson n'était pas un méchant homme, bien au contraire. Comme beaucoup, il profitait du système et des lois du Sud sans trop réfléchir et faisait fructifier sa richesse, mais il n'aimait pas qu'on fasse régner la terreur sur sa plantation. Aby avait grandi près de lui, et il avait une certaine affection pour elle et encore plus pour son fils, Ed, qui était de son sang, tout comme ce bébé porté. Le médecin, qui n'avait pas cette compassion, s'approcha d'un pas vif et l'ausculta. Froidement, il annonça que l'enfant était déjà mort et qu'il fallait procéder à l'accouchement si elle-même ne voulait pas également y laisser sa vie. Ces mots percutèrent Aby et elle ne put contenir ses larmes, qui inondèrent son visage. Tout ce qu'elle retenait depuis quelques heures explosa et la submergea. C'était le moment, le point final de leur histoire. Son ange l'avait quittée et elle ne l'avait pas senti. Elle n'avait pas senti son propre cœur se déchirer à l'instant même où le sien avait cessé de battre. Comment était-ce possible ? Une mère ne devait-elle pas percevoir cela ? Cette pensée transperça son âme.

Durant ce temps qui lui sembla une éternité, les femmes présentes, machinalement, l'installèrent et le médecin insista pour qu'elle pousse. Aby ne coopérait pas, elle n'avait plus la force de rien et les linges maculés de son sang s'amoncelaient sans résultat. Plus les minutes passaient plus on s'inquiétait de son état. Le médecin, comprenant l'urgence de la situation, appuya sur son ventre, puis tira le bébé et, grâce à ce geste, l'enfant vint enfin au monde. Le petit garçon fut posé sur Aby qui l'enveloppa timidement de ses mains. Elle aurait aimé l'étreindre de toutes ses forces, mais sa pudeur ne le lui permit pas. Elle n'osait ni le bercer contre son cœur ni même l'effleurer d'un baiser. Elle se sentait indigne et pensait même ne pas mériter cet adieu. Elle l'observait silencieusement, lui, sans rire, sans larme, sans cri, sans bruit, sans temps, la laissant là, vide de lui, âme meurtrie, mais lui apprenant plus que quiconque où était l'essentiel. Telle une étoile filante, il rallumait le ciel et bénissait son cœur.

8

« Tu n'es plus là où tu étais,
mais tu es partout là où je suis. »
Victor Hugo

1848, Mississippi

TROIS ANS QU'IL N'ÉTAIT PLUS LÀ. Il n'était pas parti tout seul. Il avait emporté avec lui une partie du cœur d'Aby, de son sourire et de ses espoirs. Grandma Rose et Letty lui rappelaient régulièrement qu'elle avait été une femme forte, comme si tout cela était fini. Toutes les deux ne comprenaient pas, elles ne le pouvaient pas faute de l'avoir vécu. De quelle force parlaient-elles ? Aby n'avait pas eu le choix, tout simplement.

Le soleil continuait de se lever à l'aube et la nuit de tomber au crépuscule. Elle devait toujours se réveiller, travailler, s'occuper d'Ed et se coucher. La douleur du début, étouffante et insoutenable, s'était atténuée, mais la déchirure dans son être demeurerait toujours. Cachée dans ses silences, terrée dans ses absences. Désormais, elle attendait d'être seule pour laisser ses larmes s'écouler. Car, pour tous, son enfant n'avait pas existé. Tandis que, pour elle, elle qui avait vu son ventre gonfler, elle dont les seins s'étaient déjà préparés à le nourrir, elle qui avait ressenti ses coups, elle qui avait eu le corps encore chaud de son garçon blotti contre sa poitrine, il était là chaque jour. Il l'accompagnait dans chacun de ses pas et sa force aujourd'hui était de lui dédier le moindre de ses sourires.

Ce jour-là, c'était un peu d'elle-même qu'elle avait enterré avec lui. Néanmoins, elle ressentait sa présence. Il était là quand le souffle du vent effleurait ses joues, il était là dans le papillon virevoltant près d'elle, il était là dans le scintillement d'une étoile. Il était là, en elle, dans chacun des battements de son cœur. Bien que Dieu eût épargné son ange de cette vie ici-bas, Aby ne pardonnait pas. Sa haine la consumait chaque jour et, depuis cette nuit, elle ne désirait qu'une chose : se venger de Bill. La seule raison pour laquelle elle ne l'avait pas encore tué, c'était Ed.

Ce dernier avait grandi et découvrait sa situation d'un œil nouveau. À huit ans, il était en âge de se rendre aux champs, mais Robert Wikson, sans qu'il fût possible de savoir si c'était par devoir ou par affection, l'avait pris sous son aile. Ce qui, évidemment, faisait enrager Bill. Contre toute attente, une réelle complicité était née entre l'enfant et le maître. Ceci ne plaisait ni à la femme de M. Wikson, Helen, ni à leur fils, Thomas. Pour madame, son mari faisait un affront à leur famille en se baladant avec la preuve du péché de leur fils et Thomas ne supportait pas de les voir côte à côte. Il pensait que son père voulait lui donner une leçon.

Tout cela ne contrariait pas Ed qui, de ce fait, passait ses journées aux abords de la grande maison. Le jeune garçon apprenait à s'occuper des chevaux et se joignait à M. Wikson lors de ses déplacements. Il avait l'occasion ainsi de découvrir les alentours de la plantation, ses chemins et la ville la plus proche. Il entrait dans les boutiques, observait les échanges entre clients et commerçants. Il analysait le monde des Blancs, la place réservée aux Noirs et prenait grand soin de tout mémoriser.

Un jour d'été, alors que le soleil chauffait à son maximum, Ed accompagna M. Wikson chez son beau-frère, le capitaine Harris. M. Harris n'avait ni plantation ni esclave. Il possédait deux bateaux à vapeur et parcourait le fleuve Mississippi. Les deux hommes avaient grandi dans le même comté et se connaissaient depuis l'enfance. Le capitaine avait épousé la sœur de Robert, Alice, et tous deux partageaient leur temps entre fleuve et terre. De cette union n'était né aucun enfant, mais cela ne semblait pas entacher leur complicité.

Quand ils arrivèrent devant la maison, ce fut M. Harris lui-même qui les accueillit. Ed fut étonné de ne voir aucun esclave accourir. Puis il observa l'ancre posée près du rosier à l'entrée, synonyme de voyage, de rivière et d'horizon. Le capitaine, scrutant Ed, saisit immédiatement qui il était. Du haut de son perron, il ouvrit grand les bras.

— Rob, comment vas-tu ? s'exclama-t-il, heureux de le voir.

— Le coton, toujours le coton, j'ai l'impression que toute ma vie ne tourne qu'autour du coton, se lamenta Robert en s'essuyant le front.

Dans la foulée, le capitaine lui proposa de s'asseoir et demanda à sa femme d'apporter un rafraîchissement à Ed. Ce dernier était surpris d'un tel accueil. Jamais un Blanc ne s'intéressait ainsi à un enfant de son rang, et encore moins ne se montrait prévenant.

Quand leurs boissons furent servies, Robert, souriant, encouragea Ed à boire d'un hochement de tête.

— Ne serait-il pas temps que tu penses à affranchir tes esclaves et à les payer pour leur travail ? questionna Paul, toujours virulent au sujet de l'abolition de l'esclavage.

— Ce que je pense ? Bah, il vaut mieux le garder pour soi dans un État où il n'est pas bon de penser de telles choses et tu devrais faire attention à tes paroles si toi-même tu ne veux pas finir au bout d'une corde, lui conseilla vivement Robert.

À ces mots, M. Harris explosa de rire.

— Je sais, Rob, je sais bien à qui je peux exposer mes idées ou non.

Ed n'écouta pas la suite de la conversation, il fut entraîné dans la cuisine par Mme Harris qui lui proposa une part de gâteau. C'était la première fois qu'une femme de son rang était aussi gentille avec lui et son attention ne se focalisa que sur elle. La bouche pleine, il détaillait cette femme si gentille. Elle lui paraissait plus grande que sa mère. Son corps était fin et élancé. Son teint était encore plus pâle que ceux des Blancs qu'il connaissait, ce qui pouvait effrayer, mais son sourire se voulait rassurant. Après l'avoir détaillée, son œil fut attiré par une salle remplie de livres. Il inclinait la tête sur le côté, comme un oisillon curieux, et se penchait pour découvrir l'intérieur de la pièce mystérieuse sans espérer pouvoir y aller.

— Tu peux entrer si tu en as envie, lui suggéra Mme Harris d'un ton bienveillant.

En pénétrant à pas feutrés dans la bibliothèque, Ed fut aussitôt envoûté par l'endroit et l'odeur qui s'y dégageait. Des rais de lumière se posaient sur des pans des étagères, dans lesquels dansait un ballet de poussières. Bouche bée, l'enfant frôla du bout des doigts les reliures de certains ouvrages. Il n'en avait jamais vu autant et n'imaginait même pas qu'un tel lieu pût exister. Un bureau se dressait là et, au milieu de celui-ci, trônait un carnet ouvert où l'on pouvait apercevoir des lignes d'encre rédigées à la main. Alice, surprenant son regard, lui dévoila :

— Tu as découvert mon journal. J'y écris toutes nos aventures en espérant qu'un jour il aide à transmettre une partie de l'histoire, confia-t-elle en caressant les pages du carnet.

Intrigué, Ed s'approcha pour l'observer de plus près. Mais Alice détourna soudainement son attention en lui désignant un livre particulier.

— Si Robert accepte, je t'offrirai cette Bible, indiqua-t-elle en se dirigeant vers l'étagère, elle m'appartient depuis l'enfance.

Ed éprouva une immense gratitude envers la maîtresse de ces lieux. S'il n'était pas sûr de ce qu'était une Bible, il savait que ce bien était un objet inestimable pour un enfant comme lui.

Un peu plus tard, sur le chemin du retour, il repensait à cet agréable après-midi tout en serrant le précieux présent dans ses petites mains, contre sa poitrine.

— Il faudra bien la cacher, Ed, que personne ne la voie, dit Robert en plongeant tendrement son regard dans le sien.

— Ne vous en faites pas, monsieur, répondit Ed, encore sous le charme de la pièce remplie de livres.

— Ici, tu n'as pas à m'appeler monsieur, confessa Robert en tirant sur le harnais du cheval.

Cette manœuvre stoppa la carriole en haut d'une colline. En cette brûlante fin de journée d'été, ils pouvaient admirer des champs à perte de vue et voir les méandres du Mississippi se faufiler entre les terres. Robert prit le livre, puis fixa de nouveau Ed. Dans ses yeux, on pouvait voir de la fierté et de l'amour, toutefois cet attachement devait demeurer secret pour préserver l'enfant. À son tour, le maître caressa la couverture et la tourna vers Ed. Il savait que ce qu'il allait faire était interdit, mais cet enfant était de son sang et il se devait de lui transmettre quelque chose.

— Vois-tu, cette première lettre est un B, commença-t-il sous le regard étonné d'Ed. B comme Bible ou comme Bateau le son est « be ». Là, c'est un I et ici…

— Encore un B, le coupa Ed, fier de lui.

— Exactement, sourit Robert en lui tapotant l'épaule, tu apprends vite, dis donc ! Continuons après le B et le I, puis encore ce B. Ici, il y a la lettre L, son son est « le », et pour finir le E. E comme la première lettre de ton prénom, vois-tu ? Quand tu les assembles toutes, tu peux lire le mot BIBLE.

— Bi-ble, répéta Ed, avec émerveillement en articulant bien chaque syllabe.

À partir de ce jour, Ed et Robert retournèrent régulièrement chez M. et Mme Harris. L'enfant et le maître partageaient un accord secret. Ils profitaient de ces balades pour déchiffrer de plus en plus de lettres, puis des mots et enfin des phrases. À la plantation, M. Wikson prenait soin de lire son courrier en présence d'Ed et à haute voix afin qu'il progresse. Ce dernier mémorisait, puis, dès qu'il en avait l'occasion, reprenait les papiers pour travailler ce qu'il avait entendu. Au bout d'un certain temps, ses efforts portèrent leurs fruits ; il arrivait désormais à lire, seul, les affiches en ville. C'est ainsi qu'il découvrit que certains esclaves étaient recherchés, car ils s'étaient enfuis. Peu à peu, il entrevit alors un autre avenir pour lui et sa mère. Non pas qu'il était malheureux auprès de Robert, loin de là, mais il ressentait l'amertume de tous les autres. Il se gardait bien de révéler à quiconque ses découvertes, pas même à Aby, qui s'inquiéterait pour son fils. Si quelqu'un apprenait qu'il savait lire et, pire, qu'il avait en tête de partir, il se ferait battre ou tuer.

Alice contribuait également à ses nombreux apprentissages. À ses côtés, Ed rêvait de faire partie des récits qu'elle rédigeait avec tant de soin. Il s'imaginait souvent qu'il quittait la plantation et montait dans un de leurs bateaux afin de parcourir le fleuve vers d'autres horizons.

Le soir, au coucher, quand Aby le bordait, il lui racontait les aventures qu'il avait vécues auprès des adultes de la grande maison. Grandma, elle, se montrait très attentive et attendait chaque fois son retour avec impatience. Elle demandait régulièrement des nouvelles d'Alice, ce qui étonnait l'enfant qu'il était. Sa mère, en revanche, l'écoutait, mais n'appréciait guère son affection pour ces gens. Elle avait peur que son fils s'imagine qu'il pourrait être autre chose qu'un esclave. C'est en voyant ces espérances naître dans les yeux de son fils qu'elle acceptait, enfin, la perte de son bébé. Les femmes avaient eu raison, se disait-elle, ce fils perdu ne portera jamais le fardeau de l'esclavage et ses conséquences.

Aby, quant à elle, avait été sortie des champs par Robert, même si cela avait fortement déplu à Mme Wikson. Elle s'occupait désormais du linge de la grande maison. Cela n'était pas moins fatigant que d'arpenter les allées de terre, mais de ce fait, elle n'était plus sous la coupe de Bill.

Elles étaient trois lavandières. Minty, la plus jeune, avait atterri ici sur décision de Thomas. C'était une enfant encore insouciante et cela inquiétait Aby qui lui répétait de se méfier de cet homme. Et Linah, qui, par souci de santé, ne pouvait plus travailler aux champs après avoir été battue à plusieurs reprises par Bill. Robert avait décidé de l'éloigner du régisseur. Il pouvait contrôler la fureur de Bill, malheureusement, il ne pouvait rien faire contre les démons de son propre fils. Il espérait qu'il se marie rapidement afin de calmer ses ardeurs envers certaines esclaves. Si le maître n'avait jamais compris le comportement de son fils, il avait tu son indignation et maintenant il avait honte de l'homme qu'il était devenu.

9

« Malgré leurs différences philosophiques et rituelles, toutes les religions se ressemblent : elles délivrent un message de compassion, d'amour et de pardon. »
Dalaï-Lama

Juillet 1964, Mississippi

LES PREMIERS VOLONTAIRES ARRIVAIENT en bus dans le Mississippi. Les voitures ralentissaient à leur passage et des regards haineux étaient lancés. Andrew, le shérif du comté, et Martin, son nouvel adjoint, étaient sur le qui-vive. Andrew avait la quarantaine, il était entré dans la police, tout comme son père et son grand-père avant lui. Il s'était toujours dit que c'était une sorte de tradition familiale, pourtant ses idées étaient à l'opposé de celles de ses aïeux. Ce grand brun plaisait beaucoup aux femmes, mais lui n'avait d'yeux que pour Hannah, son épouse, avec qui il avait eu deux enfants. Martin, quant à lui, venait d'arriver dans l'équipe et apprenait le métier sous la supervision d'Andrew.

Les deux hommes se tenaient sur le trottoir. Andrew guettait les alentours et Martin s'admirait dans la vitre de leur voiture. Les mains posées sur les hanches, l'oblique de la fenêtre allongeait sa silhouette et le rendait plus fin. Ce n'était qu'une illusion d'optique ; à vingt ans, il avait déjà un petit ventre qui s'arrondissait sous les boutons de sa chemise.

— Pourquoi ils viennent nous emmerder, ces étudiants ? pesta-t-il en suivant du regard un bus rempli de jeunes.

Il cracha à leur passage et s'étonna de l'absence de réaction d'Andrew.

— Ils ne te foutent pas la gerbe ? poursuivit-il.

— Nous sommes dans un pays libre, non ? Notre rôle n'est pas d'avoir un avis, mais de protéger la population, répondit Andrew d'un ton neutre.

— Un pays libre, persifla Martin qui manqua de s'étouffer, un pays libre ? Chez eux peut-être, mais ici nous sommes dans le Mississippi ! Qu'ils aillent s'occuper de leurs Noirs et qu'ils nous laissent nous occuper des nôtres à notre manière, grogna-t-il en remontant son pantalon.

Un des bus s'arrêta et trois volontaires en descendirent.

— Regarde-les, ces clowns ! Ils doivent avoir mon âge. Ils se prennent pour qui ?

— Tu veux mon avis, petit ? Ils vont bien vite retourner chez eux, déclara Andrew pour essayer de le calmer.

— Enfin une parole sensée, ricana Martin, on va les aider.

Andrew examinait Martin et son regard foudroyant. Il savait que la majorité des gens d'ici pensait comme ce dernier. Son père et son grand-père l'avaient pensé de leur vivant. Noirs et Blancs cohabitaient dans un même endroit, mais s'évitaient soigneusement. Martin s'avança vers les trois volontaires pour contrôler leur identité. Son visage n'exprimait rien, mais sa voix semblait tout de même un peu menaçante.

— Martin, faut les enfermer directement ! lança un homme qui était adossé à une vitrine.

— Bientôt, aboya-t-il avec un sourire moqueur.

— Personne ne veut de vous ici, continua l'homme en dévisageant les trois jeunes, vous allez rapidement le comprendre !

Cet homme était Tommy, il était barbier et n'acceptait qu'une clientèle blanche dans sa boutique. Comme beaucoup, il n'appréciait pas la venue d'étrangers dans son comté. Aucun des militants ne lui répondit et ils demandèrent poliment à Martin s'ils pouvaient partir.

— Quand je l'aurai décidé, couina-t-il en faisant mine d'analyser leur carte d'identité.

Andrew rappliqua et les libéra.

— Ils n'ont rien fait, glissa-t-il à l'oreille de Martin, tu n'as pas à les retenir. Viens ! Allons patrouiller, maintenant.

Martin était vexé que son chef l'ait remis à sa place devant les nouveaux venus et, surtout, devant un homme du Klan. Il ne pipa mot durant tout le chemin tandis que les rues lui semblaient de plus en plus sombres.

Ils avaient parcouru la ville et se dirigeaient vers l'église du pasteur Leyers. Il détestait ce prédicateur et ses fidèles. Tous des Noirs ! Décidément, il ne les supportait pas. Tout en eux le rebutait. Chaque fois qu'il en croisait un, il bouillonnait. Il se souvenait de ce jour d'été, quand il était plus jeune et qu'à la rivière il s'était fait ridiculiser par un des leurs. À l'époque, Noirs et Blancs se partageaient les berges, chacun sur une rive. Martin, pour faire le mariole devant les filles, avait traversé à la nage et s'était allongé de l'autre côté pour défier ces autres garçons. Il vociférait des tas d'injures au nez des quatre gosses qui faisaient mine de ne pas le voir. Martin avait été fier de lui, trois étaient plus grands et plus costauds et il s'imaginait à cette époque que sa seule carrure les effrayait.

Néanmoins, ses amis, de l'autre côté, l'incitaient à revenir. Martin ne comprenait pas pourquoi ils acceptaient de se baigner dans la même eau que ces gens-là. Et, dans un sursaut d'ego mal placé, il avait alors ordonné aux quatre garçons de s'en aller. Malheureusement pour lui, le plus jeune et le plus fin avait riposté en lui disant que c'était hors de question qu'ils partent. Martin avait été troublé par cet affront, car il n'avait jamais vu un Noir tenir tête à un Blanc. Il avait refusé de céder et poursuivi ses menaces.

Tout à coup, le petit garçon, exaspéré, lui avait foncé dessus, tête baissée, puis l'avait poussé au sol. À terre, Martin n'avait pas su réagir et, avant qu'il n'ait pu se relever, il avait été traîné, roulé dans le sable et jeté à l'eau. Il se souvenait parfaitement que, quand il était remonté à la surface, tout le monde se moquait de lui, aussi bien les Noirs que les Blancs, ses prétendus amis. Sa haine s'en était trouvée décuplée ce jour-là ; et si son père avait appris ce qui lui était arrivé, il lui aurait flanqué une bonne raclée.

Ce qu'Andrew venait de faire l'avait ramené à ces mauvais souvenirs, tandis que son animosité envers son chef grandissait.

Il revint à la réalité quand la voiture s'arrêta devant l'église. Bon sang, que fichait-il là ? Sa seule pensée fut qu'il devait y avoir un tas de nègres à terroriser ici. Andrew avait ouvert la porte et était sorti se dégourdir les jambes. D'où ils se tenaient, ils entendaient du bruit à l'intérieur.

— C'est bon, tu as fait ton job de surveillance ; on peut se tirer maintenant, gloussa Martin.

— Oui, on y va, répondit sèchement Andrew, qui visiblement ne supportait pas sa nouvelle recrue.

De l'autre côté de la rue, un chant religieux s'élevait de la bâtisse. À l'intérieur, le pasteur Isaiah Leyers, vêtu d'une longue toge noire, se tenait bien droit devant son assemblée. Les fidèles, debout, écoutaient, pénétrés des voix des choristes. Des enfants serraient leur Bible entre leurs doigts, des larmes coulaient sur les joues de certaines femmes, des hommes fermaient les yeux, de brèves exclamations de joie jaillissaient de la bouche des croyants et tous priaient en accompagnant la chorale. Une odeur d'encens flottait dans l'air. David se tenait dans les rangs, les mains ouvertes, la tête baissée. Doug, quant à lui, regardait le Christ sur sa croix et pensait à son sacrifice quand le révérend, à son pupitre, commença son sermon, invitant, par cet acte, tout le monde à s'asseoir.

— Quand je marche dans la vallée de l'ombre de la mort, je ne crains aucun mal, car Tu es avec moi, déclara-t-il d'un ton solennel. Vous allez avoir peur face à l'oppression ! Vous allez percevoir le danger, vous allez vous sentir observés, épiés ! Pour les plus investis d'entre vous, vous allez risquer les représailles, les coups, et peut-être même la MORT, poursuivit-il en levant son index devant une assemblée à l'écoute. Mais n'oubliez JAMAIS que, lorsque vous marcherez dans la vallée de l'ombre de la mort, Jésus sera à vos côtés ! Ne craignez aucun mal, NON AUCUN, Jésus vous accompagnera ! Rappelez-vous que nos ancêtres, nos grands-parents, nos arrière-grands-parents ont également risqué leurs vies en combattant pour abolir cet esclavage afin de libérer notre peuple ! Aujourd'hui, à quoi ont servi leurs sacrifices ? Qui ici n'a jamais été pris pour cible ? PERSONNE ! Qui peut prétendre pouvoir s'élever socialement ? PERSONNE ! Qui peut voter librement ? PERSONNE ! Est-ce que nos femmes sont respectées ? NON ! La plupart ont des métiers ingrats qu'elles exercent pourtant avec dignité ! À travail équivalent avez-vous le même salaire qu'un Blanc ? NON ! Pourquoi nos enfants n'accèdent-ils pas à la même éducation que les Blancs de notre État ? Qui, ici, peut manger à la même table qu'un Blanc ? PERSONNE ! clama-t-il haut et fort devant une foule qui faisait retentir des exclamations d'approbation et semblait se soulever au fur et à mesure que le prêtre déroulait son sermon. Aujourd'hui, dans notre pays qu'est l'Amérique, nous ne connaissons toujours pas une justice équitable ! Nous ne devons plus avoir peur et, à notre tour, nous devons nous battre afin de bénéficier des mêmes droits dans notre Mississippi que dans les autres États de notre pays ! conclut-il fermement.

Le chœur entonna un nouveau gospel et les regards qui se croisèrent furent pour la plupart déterminés.

Une fois la messe finie, David se rendit chez son ami Doug. La soirée était douce, l'air était agréable et la voûte céleste laissait apparaître ses joyaux au-dessus de leurs têtes. Doug se balançait sur le rocking-chair qu'il avait fabriqué pour sa femme et David s'appuyait à la rambarde tout en fumant sa cigarette.

— Isaiah est un pasteur vraiment engagé, commença David d'une voix satisfaite, il est important pour tous d'entendre de tels discours.

— Mouais, répondit Doug, hésitant. Lisa a peur. Elle écoute les ragots.

— Qui n'a pas peur ? Les volontaires seront tous arrivés d'ici une semaine. Continuons de prier pour que tout se passe bien. L'inquiétude est là parce que la tension est là ! Cela va durer, il faut s'y préparer.

— Et les disparus ? Tu sais ce qu'ils sont devenus, toi ? hasarda Doug qui n'avait pas encore osé aborder le sujet.

— Rien de plus que toi. Juste que c'était deux Blancs et un Noir venus du Nord il y a quelques jours et qui n'ont plus donné signe de vie. Les gens vont enfin découvrir avec effarement les traditions de violence du Mississippi, dit David, dont le ton était devenu soudain anxieux.

10

« Le combat que tu mènes aujourd'hui t'aidera
à développer la force dont tu auras besoin demain,
alors n'abandonne jamais. »
Anonyme

Au Western College, Mary se plaçait en observatrice de ce qu'il s'y déroulait. Elle essayait de garder une certaine distance avec les événements. Elle n'était pas là pour se répandre en émotions, mais pour retranscrire au plus juste ce qui s'y vivait.

Plusieurs militants étaient assis par terre, d'autres, plus courageux, se tenaient debout ou s'adossaient contre le mur. Tout le monde regardait le même homme sur la scène. C'était un aumônier méthodiste qui officiait dans le Mississippi. Il allait animer une des premières conférences, et tous s'impatientaient de découvrir ce qui était prévu durant cette semaine de préparation. Les volontaires allaient enfin en savoir plus sur le périple qui s'annonçait.

De profondes cicatrices marquaient le visage de l'homme sur l'estrade, mais sa voix était si mélodieuse que l'on ne s'attardait pas sur ses plaies. À l'instant où il prit la parole, un grand silence s'empara de la salle. Mary en ressentit des palpitations. Il évoqua l'assassinat de Medgar Evers, tué en juin 1963 à Jackson. Le souvenir de ce militant noir américain planait dans l'air et chaque individu présent, Noirs comme Blancs, méditait sur son meurtre. Medgar faisait partie du NAACP, l'Association nationale pour la promotion des gens de couleur, et son homicide avait, comme d'autres événements, attisé le mouvement des droits civiques aux États-Unis. Mary connaissait vaguement cette histoire. Elle avait lu quelques articles dans certains journaux à son sujet, puis elle était passée à autre chose. Finalement, l'homme qui avait fait son discours le premier soir avait raison. Nous lisons, puis nous tournons la page. La vie qu'elle menait dans l'Ohio se trouvait bien loin des combats des Noirs de son propre pays.

Aujourd'hui, au cœur de cette nouvelle lutte, elle se sentait concernée, elle aussi, par ce meurtre. Elle essaya de s'imaginer ce que cette femme avait pu ressentir en entendant les coups de feu et en découvrant son mari ensanglanté, allongé au sol. Elle voyait la scène et elle pensa à Edris. Alors, elle l'observa discrètement en se demandant pourquoi il lui faisait un tel effet. Pourquoi la majorité de ses pensées lui étaient dédiées depuis leur rencontre ? Ce sentiment était incontrôlable, tout l'attirait en lui. Elle détaillait les traits de son visage tourné vers l'orateur, la puissance de son regard et la détermination de celui-ci. Il connaissait l'histoire d'Evers par cœur et pourtant il buvait les paroles du méthodiste comme s'il l'entendait pour la première fois. Il faisait partie de ces combattants pacifistes qui, par leur action, voulaient changer les mentalités du passé sinistre de ce lieu en espérance future. Silencieusement, elle l'admirait.

Avait-elle un jour elle-même eu envie de se battre pour une cause ? Elle n'en avait pas le souvenir. Et si cette cause était Edris ? Les sentiments qu'elle avait pour lui étaient bel et bien profonds et elle savait qu'elle ne contrôlait rien. En si peu de temps, c'était comme s'il était devenu le centre de son monde. C'était un curieux mélange de bien-être et de douleur.

Soudain, Edris perçut son regard et se tourna vers elle. Il lui sourit tendrement, un de ses sourires guidé par le cœur. Elle le lui rendit instantanément et, se sentant rougir, détourna les yeux en reportant son attention sur l'intervenant. Ce dernier poursuivait son discours, tenant son auditoire sous sa coupe.

— N'oubliez pas que son assassin n'a pas été reconnu coupable devant les tribunaux. Et pour quelles raisons ? Car c'était une nouvelle fois un jury composé uniquement de Blancs, affirma-t-il de cette même voix douce qui avait emporté la foule, avant d'ajouter que les preuves du meurtre n'avaient pas été retenues par le tribunal.

Ce premier séminaire aurait pu être une alerte de ce qui s'annonçait dans le Mississippi. Evers avait été une cible, car il était avant tout un militant. Mais eux-mêmes, qu'étaient-ils tous, sinon des militants ? Mary sortit de ce colloque la tête pleine de questions au sujet d'Evers et, en marchant pour aller déjeuner, elle tenait un sujet de conversation qui lui permettrait tout à la fois de débuter un article et d'échanger avec Edris.

— De quand date le procès Evers ? demanda-t-elle, pleine de curiosité.

— Le second verdict a été rendu très récemment. Aucune charge n'a été retenue contre le meurtrier, les coutumes du Mississippi le protègent, répondit Edris d'une voix résignée.

— C'est horrible ce qu'il s'est passé… Devant chez lui, devant sa famille, ajouta-t-elle, une main couvrant sa bouche sous l'effet de l'horreur.

— Je suis du même avis que toi, Mary, commenta Edris, l'air sombre.

Une nouvelle fois, Mary ressentit une vive affection pour cet homme. De façon inexplicable, elle était attirée par sa voix, son sourire, son aura, son mystère. Elle tenta aussitôt de se reprendre ; elle devait se concentrer sur la raison de sa venue ici. Mais sa présence n'avait-elle pas également été motivée par l'existence d'Edris ?

Heureusement, June tomba à point nommé et la détourna de ses pensées.

— Hey ! pouffa-t-elle. On mange ensemble ?

— Avec plaisir, June, répondit Mary, faussement enthousiaste.

Ce midi-là, Mary n'avala rien. Elle fut même soulagée quand la journée de travail reprit. Chacun avait été affecté à un groupe géographique, dont le responsable décrivait la situation dans son comté. De nombreuses questions étaient soulevées lors de ces sessions, notamment celle des relations raciales.

Mary gardait un œil critique sur les volontaires présents. Elle s'en ouvrit discrètement à Edris :

— Il ne faut pas que l'Amérique se focalise sur ces étudiants aisés du Nord, sauveteurs des vieux démons du Sud.

— Tes articles nous seront très utiles pour cela, ne crois-tu pas ?

Depuis le début de la formation, par ces mots, Edris l'encourageait, ce dont la jeune femme lui était reconnaissante.

— Il va falloir également aborder l'histoire des Noirs américains, conseilla-t-il à Mary, remonter à la période esclavagiste et son abolition gagnée avec la guerre de Sécession. Puis sur l'émergence d'une ségrégation raciale instaurée avec les lois Jim Crow.

— Elles sont encore d'actualité ?

— Malheureusement, oui. Par exemple, dans certains États, un homme noir ne peut pas épouser une femme blanche, déclara-t-il en plongeant un regard perçant dans le sien.

Il n'en fallait pas plus à Mary pour se sentir de nouveau rougir. Elle eut même l'impression que cela amusait Edris de la mettre mal à l'aise.

Mais leur échange fut interrompu par une rumeur qui se propageait entre les différentes assemblées. De toute évidence, l'inquiétude montait chez les militants.

Les conversations s'arrêtèrent quand une femme s'avança pour s'exprimer. Toutes les oreilles étaient tendues dans sa direction.

— Un groupe de bénévoles composé de Michael Schwerner, de James Chaney et d'Andrew Goodman a disparu depuis hier dans le Mississippi. Pour le moment, personne ne sait où ils se trouvent et nous sommes très inquiets, déclara-t-elle avant de repartir.

Les paroles de cette femme firent écho dans la salle. Mary vit plusieurs étudiants se lever et interrompre leurs ateliers.

— Que font-ils ? interrogea-t-elle en tournant la tête en tous sens.

— Ils vont probablement avertir leurs parents ou les médias, répondit June d'une voix blanche.

— Et ils vont faire le nécessaire pour qu'une protection fédérale soit instaurée cet été, ajouta Edris en se levant à son tour pour se renseigner davantage.

Personne ne savait vraiment à quoi s'attendre dans le Mississippi. La plupart des jeunes venaient d'universités prestigieuses du Nord et, de ce fait, n'avaient jamais été victimes de discrimination ni d'intimidation par les forces de l'ordre. La question de leur propre sécurité ne s'était jamais posée, et encore moins au travers de considérations raciales. Ils n'avaient jamais dû se demander s'ils respectaient les lois en vigueur. Ils ne le savaient pas encore, mais le Mississippi leur enseignerait tout cela. Et ils n'imaginaient pas encore à quel point, dans cet État, les lois s'appliquaient différemment de chez eux.

Afin de calmer l'assemblée, une session reprit tout de même rapidement et les organisateurs s'attardèrent sur le respect de la non-violence qui caractérisait leur groupe de militants. Un tract du NAACP fut distribué à tous les participants et Mary en lut les premiers mots :

— « Si vous êtes arrêtés au Mississippi… »

Elle resta perplexe, ce papier entre les mains, puis elle porta son attention vers le formateur.

— Que connaissez-vous des lois ? demanda un homme d'une trentaine d'années. Sa voix s'était élevée au-dessus de tous, fort naturellement.

— Elles font le système de notre pays, répondit une jeune femme rousse assise en tailleur, ses genoux recouverts par sa robe à fleurs.

— Elles sont là pour nous protéger, compléta un autre garçon à la chemise retroussée sur ses avant-bras.

— Il est important que chacun d'entre vous ait une connaissance de ses droits constitutionnels, reprit l'homme, mais également de ce qui se pratique dans le Sud. Répondez calmement aux officiers, vous n'avez rien à vous reprocher. Nous sommes dans notre bon droit.

— Nous allons être arrêtés ? s'étonna la femme rousse.

— Probablement. Il faut vous y attendre, répliqua d'un ton cassant l'homme qui dirigeait la séance, vous allez être questionnés, épiés, suivis, contrôlés.

— Comment doit-on réagir ? s'inquiéta une nouvelle personne.

— Calmement, comme je vous l'ai dit et, en cas de contrôle agressif, nous allons vous donner les techniques de résistance non violente qu'on attend de chacun de vous !

C'est ainsi qu'après avoir lu le tract ensemble, les volontaires se prêtèrent à des simulations d'arrestation. À tour de rôle, chacun apprenait à se protéger en allongeant son corps au sol et en offrant le moins d'espace possible aux coups. Il était constamment rappelé aux participants de ne pas provoquer de situations qui pourraient les mettre en danger. Mary découvrit la philosophie de la non-violence gandhienne, mais espérait surtout ne jamais devoir la mettre en œuvre.

La semaine se déroula ainsi, entre échanges bienveillants et formation. Au fil des jours, les craintes de Mary se dissipèrent peu à peu.

Enfin, le lendemain, ce serait à eux de prendre la route pour accomplir leur mission. Ce dernier soir était empreint d'amour, de tendresse et de partage. Un des membres haut placés du NAACP fit un discours sur les Noirs harcelés ou tués dans l'État du Mississippi, afin de rappeler à chacun que ce qu'ils allaient découvrir, ils ne l'avaient jamais vu avant. Puis il s'adressa directement aux enseignants en leur répétant qu'ils devaient se montrer patients avec les élèves et qu'une différence existait entre le fait d'être lent et celui d'être stupide.

Une fois encore, Mary se retrouva avec un programme entre les mains – « Prospectus de l'école de la liberté ». Tout cela lui paraissait fort bien préparé. Elle lut en diagonale et y vit, comme lui avait appris Edris, que l'histoire noire américaine y avait toute son importance. Il fallait vraiment rappeler à ces gamins d'où ils venaient pour qu'ils comprennent où ils pouvaient aller. La destination était aussi importante que les origines. L'une et l'autre devaient être une force et non une faiblesse ou un fardeau à porter pour enfin se débarrasser de leurs chaînes, réelles ou imaginaires.

Mary arborait un léger sourire aux lèvres, elle était anxieuse, mais pressée de découvrir ce nouveau monde dont elle avait eu un aperçu ces jours passés. Une voix la sortit de ses pensées. Comme souvent le soir, un chant s'élevait dans la pièce. Une jeune femme commença à entonner les paroles de *We Shall Overcome* et, rapidement, des dizaines de voix la rejoignirent. Les paroles firent écho dans cette pièce tout en l'imprégnant d'une force et d'un sentiment uniques.

« *We shall overcome,*
We shall overcome,
We shall overcome, some day.
Oh, deep in my heart, I know that
I do believe
We shall overcome, some day. »

Chacun se tenait par le bras à ses voisins et, dans cette accolade, beaucoup d'amour se transmettait. Mary se retrouva collée une nouvelle fois à Edris et, pour la première fois, au milieu de tous, elle se laissa porter par ses sentiments.

« We shall live in peace,
We shall live in peace
We shall live in peace, some day. »

Elle découvrait une partie d'elle qu'elle ne connaissait pas. En chantant avec les autres, une larme incontrôlable roulait sur sa joue. L'émotion était palpable par tous. Ils étaient plusieurs, et très différents, en âge et en couleur de peau, mais ce soir ils ne formaient qu'un. Réunis dans un but commun, celui d'obtenir la liberté, la liberté de voter, la liberté de s'instruire, la liberté d'aimer. Mary regarda Edris les yeux brillants ; son cœur battait si fort qu'elle avait l'impression qu'il pouvait lâcher à tout instant. « C'est lui, ma liberté d'aimer », pensa-t-elle, étrangement convaincue.

Columbus Journal Libre

23 juin 1964

L'été de la liberté : l'inquiétude aurait-elle déjà pris place au sein de ce projet ?

Actuellement, des centaines de volontaires participent à la deuxième session de formation au Western College d'Oxford dans l'Ohio. Mais la peur est de mise pour ces participants après la disparition de trois des leurs. James CHANEY, Andrew GOODMAN et Michael SCHWERNER n'ont plus donné signe de vie depuis la nuit du 21 au 22 juin. Où sont passés ces trois hommes ?

Tous trois participaient au Freedom Summer Project, l'été de la liberté : cette campagne menée à l'initiative de diverses organisations comme le SNCC (Comité de coordination non violent des étudiants) dans le but de faire inscrire un maximum de Noirs du Sud sur les listes électorales. Actuellement, ils ne sont qu'un peu plus de 6 % à y être inscrits. Ce sujet est particulièrement épineux dans un Sud encore ségrégationniste.

Durant ces formations au Western College d'Oxford, un grand nombre de personnes suivent diverses conférences. Ils ont pu écouter de nombreux témoignages d'habitants du Sud, puis de militants et se préparer aux actions à mener une fois sur place.

Ces volontaires sont pour la plupart de jeunes étudiants d'universités prestigieuses du Nord, mais il y a parmi eux également des enseignants, des membres de certaines Églises, de certains partis politiques, ainsi que bon nombre de militants.

Cette formation se déroule sur deux semaines et la première vague de volontaires est déjà arrivée dans le Mississippi. Rapidement, trois des leurs n'ont plus donné signe de vie. Pour quelles raisons ont-ils disparu ? Qui leur combat gênait-il ? Sont-ils encore vivants ? Autant d'interrogations qui jettent un voile noir sur l'été de la liberté.

Mary L.

11

« On ne se rend compte de l'importance d'une personne que lorsqu'on la perd. »
Anonyme

Automne 1850, Mississippi

— Letty ! cria Parson en la rejoignant à toute vitesse. Letty, le maître…

— Quoi, le maître ? dit-elle en lui attrapant fermement les épaules.

— Le maître… ça y est… c'est la fin, cracha-t-il, déboussolé.

Dans la queue où les cueilleurs pesaient à tour de rôle leur récolte, les mots de Parson se répandirent comme une traînée de poudre et affolèrent la foule. Certains visages se crispèrent et des paniers tombèrent sur le sol laissant du coton s'éparpiller sur la terre. Même Bill parut s'éteindre et ne s'en prit à aucun des esclaves pour sa maladresse. En cette fin de journée d'automne, tous observaient l'effervescence autour de la grande bâtisse.

Le médecin était arrivé en trombe, soulevant avec les roues de son attelage toute la poussière de l'allée principale. Tous savaient que M. Wikson était malade depuis une dizaine de jours. Une pneumonie, avait-on dit. Mais, ce soir-là, il semblait à bout de souffle. Même le plus grand des hommes se rapetissait face à la maladie. En peu de temps, son apparence avait changé, les traits de son visage s'étaient tirés et il avait perdu du poids.

Dans sa chambre, où se tenaient, près de son lit, sa femme, son fils et le docteur, flottait une odeur âcre de sueur et de peur. En silence, les visiteurs s'y succédaient. Tapies dans l'ombre, certaines esclaves maintenaient l'ordre dans la pièce. Robert, dans un sursaut de lucidité, demanda la présence d'Ed à son chevet, ce qui ne manqua pas de choquer certains visiteurs. À présent, il ne se souciait plus de ménager sa femme. L'enfant était de son sang et il s'était attaché à lui. Aussi ignora-t-il la colère qu'il lisait dans ses yeux et exigea-t-il de s'entretenir seul avec le fils d'Aby, qu'on alla donc chercher.

Quelques minutes plus tard, le jeune garçon, âgé désormais d'une dizaine d'années, entra le cœur battant dans la chambre de la grande maison où il n'avait jamais mis les pieds auparavant. Sur les ordres de M. Wikson, tous s'étaient retirés. Ed s'approcha du lit apeuré, et pour la première fois il eut la sensation de voir la mort dans les yeux d'un homme.

— Maître, vous… vous avez be-besoin de quelque chose, bégaya-t-il d'une voix fluette.

— Mon enfant, ne m'appelle plus ainsi, veux-tu, commença-t-il, mais l'absence de souffle l'empêcha de continuer sa phrase.

Ed attendit, ne sachant pas quoi faire. Enfin, Robert reprit lentement :

— J'ai préparé les papiers pour vous affranchir, toi et ta mère, dit-il en tapotant son lit de sa main droite pour inviter Ed à s'asseoir près de lui.

Ed, maladroitement, lui saisit la main et la pressa entre ses petits doigts. Il mimait ce geste d'affection que Robert avait souvent eu à son encontre. Robert, tremblant, les yeux baignés de larmes, caressa la joue de l'enfant. De toute sa vie, il n'avait reçu de geste tendre que de ce cœur pur. Il respirait péniblement et l'épuisement l'empêchait de poursuivre. C'est alors qu'ils furent interrompus par Mme Wikson qui revint dans la pièce et poussa Ed vers la sortie.

— Ed, continua Robert dans un râle, tu les trouveras…

— Chut, Robert, doucement, repose-toi et garde tes paroles pour des gens qui en valent la peine, le coupa sa femme qui savait ce qu'il avait fait et refusait que cela s'ébruite.

La fatigue prit le dessus et Robert ne trouva plus la force de parler. Le médecin, de nouveau à son chevet, secoua la tête et, dans un dernier soupir, Robert Wikson s'éteignit. Ed le comprit en descendant les marches de l'escalier. Il posa sa tête contre le mur et lutta pour retenir ses sanglots. Robert avait été le seul homme qui lui avait enseigné des choses. S'il n'avait jamais compris pourquoi, il savait qu'un sentiment fort et profond les avait unis au-delà des codes à respecter. Son cœur se serra et, une fois de retour dans sa case, sa tête logée dans le cou de sa mère, il pleura.

La mort de Robert Wikson, ce maître qui avait toujours fait preuve de gentillesse et de clémence, peina un grand nombre d'esclaves de la plantation. Cette nuit-là, beaucoup s'endormirent en craignant le lendemain.

L'enterrement du maître eut lieu sous une fine pluie. Le ciel, visiblement, montrait aussi sa peine. La famille et de nombreux voisins étaient réunis. En retrait, les esclaves, dont les larmes de tristesse pour certains et d'appréhension pour d'autres coulaient, assistaient eux aussi aux funérailles. Le cortège se dirigeait vers le cimetière de la plantation.

À l'ombre d'un grand chêne, des barrières blanches entouraient des croix en bois dressées en lignes tantôt verticales tantôt horizontales. De la terre amassée sur un côté témoignait d'une place fraîchement préparée.

Ce fut une belle cérémonie ponctuée d'hommages qui se succédèrent. Au moment où le cercueil descendait sous la terre, un rayon de lumière éclaira le visage d'Ed. Les rituels de la mort étaient une découverte pour lui. Emmuré dans son silence, il resta devant cette tombe, seul, après que tous furent partis. Les invités étaient conviés dans la grande maison pour une courte réception.

Mme Harris, la sœur de Robert, observait Ed à travers la fenêtre et ressentit le besoin de le prendre dans ses bras. D'où elle était, elle percevait sa douleur et sa solitude – où étaient-ce les siennes ? Contre toute attente, faisant fi de toute convention et de tout principe, elle s'aventura en dehors de la maison et rejoignit Ed près de la tombe de son frère. Elle fut saisie par la vision de ce garçon dont la destinée allait être chamboulée mais qui, en cet instant, pleurait ce grand-père avec qui il avait noué une sincère complicité. Alice s'agenouilla silencieusement à côté de lui comme pour lui indiquer que, s'il avait besoin de se confier, elle était là. Mais ce fut elle qui fut envahie par l'émotion. Son frère disparu, c'était tout une partie de sa vie qui venait de s'effacer. Ses larmes silencieuses se muèrent en sanglots et Ed, malgré son jeune âge, sut la réconforter en la pressant contre lui. Ils avaient souvent échangé tous les deux, rigolé également, mais ils n'avaient jamais eu aucun contact physique. Elle découvrait ainsi le bien-être que pouvaient procurer les bras d'un enfant innocent.

— Je ne sais pas ce qu'il va se passer désormais, Ed, lui confia-t-elle d'un ton inquiet, mais n'oublie jamais où se situe ma maison si un jour tu as besoin de moi, d'accord ?

— Je ne l'oublierai pas, lui répondit-il solennellement avant d'ajouter en frôlant la terre humide de ses mains : Il va me manquer.

La pluie finit par les pousser l'un et l'autre dans leurs maisons respectives. Leurs chemins se séparant, ils se regardèrent une fois encore et Ed adressa à Alice un doux sourire qui la réchauffa.

Une fois les convives rentrés chez eux, la famille se dirigea vers le bureau de Robert, où le notaire s'apprêtait à transmettre les dernières volontés du défunt.

— M. Wikson lègue la maison de ses parents à sa sœur, Mme Alice Wikson-Harris. Il lui donne également la somme de cinquante mille dollars. Il transmet sa plantation, ses biens, ainsi que tous les esclaves présents à ce jour à son fils unique Thomas Wikson. Sa femme pourra jouir des biens jusqu'à sa propre mort, énonça le notaire d'un ton indifférent.

— Tous les esclaves, reprit Alice, étonnée. Il me semble que mon frère voulait en affranchir quelques-uns, notamment Aby et son fils Ed.

Helen Wikson sembla s'agacer d'une telle remarque devant cette assemblée, ce qui embarrassa le notaire.

— Je suis désolée, madame Harris, il n'en est pas fait mention ici, répondit-il d'un ton très professionnel.

— Mon mari et moi-même en étions informés ainsi que sa propre femme ici présente, continua-t-elle, déterminée.

— Mon mari ne m'en a jamais averti, la coupa Helen Wikson, je ne vois pas de quoi vous parlez, et puis où iraient-ils, une fois affranchis ? ironisa-t-elle en s'esclaffant.

Mme Harris se montra profondément affectée par ce testament. Elle aimait son frère, mais n'avait jamais apprécié sa femme. Elle ne lui pardonnerait jamais d'avoir exigé de faire battre Rose. Rose, qu'Alice avait toujours considérée comme étant sa seule amie, et qu'elle n'avait plus revu depuis l'accident.

Son souvenir restait pourtant intact, c'était au printemps 1825, un bal avait été donné pour célébrer le mariage de Robert et Helen. Tout le comté avait été invité. La fête était à l'ordre du jour et personne ne se préoccupait des allées et venues des esclaves. C'était ce jour qu'avait choisi Alice pour aider Rose à s'enfuir vers le Nord.

Les deux femmes avaient grandi dans la même maison, l'une en tant que fille du maître et l'autre en tant que fille d'esclaves. L'amitié qui les unissait ne s'était pas émoussée au fil des ans et Alice n'acceptait pas la condition de son amie.

La danse et les boissons occupaient tous les convives aussi bien blancs que noirs. Et, dans leur quartier, les esclaves aussi s'en donnaient à cœur joie. Minuit était passé, certains étaient déjà tombés de fatigue et les autres étaient trop ivres pour surveiller les mouvements d'une jeune esclave. Alice avait préparé quelques provisions, qu'elle avait soigneusement enveloppées dans un linge en coton, et retrouva son amie près des écuries.

— Rose, chuchota-t-elle en plissant les yeux afin d'adapter sa vue à l'obscurité. Rose, tu es là ?

Rose sortit timidement de derrière une meule de foin où elle s'était terrée en l'attendant. Elle n'osait pas regarder son amie et semblait avoir perdu tout le courage qu'elle avait accumulé jusqu'à ce jour pour s'enfuir. Alice le comprit et la serra fort dans ses bras.

Deux cœurs que tout opposait, qui n'auraient jamais dû s'aimer, battaient à l'unisson, poitrine contre poitrine, en se transmettant ainsi de la force et de l'amour.

— Tu ne seras pas seule. À chaque étape, tu trouveras une personne pour t'aider, la rassura Alice.

— Promets-moi que tu prieras pour moi et que tu me retrouveras ?

Alice encercla de ses mains le visage de Rose et plongea un regard déterminé dans le sien.

— Je te le promets. En attendant ce jour, envole-toi, Rose, fuis et suis-la. Suis l'étoile.

Dans une ultime étreinte, que chacune ressentit comme étant la dernière, les yeux remplis de larmes d'incertitude, elles se séparèrent.

Après avoir marché toute la première nuit, Rose escalada un arbre où elle trouva un refuge, ce qui lui permit de dormir un peu. La nuit suivante, le brouillard l'effraya et elle eut du mal à poursuivre au même rythme. Le lendemain, après avoir fini le pain de maïs que lui avait donné son amie, elle s'assoupit près d'un buisson. Soudain, les aboiements des chiens la réveillèrent en sursaut.

Précipitamment, le cœur tambourinant, la jeune femme se cacha dans les feuillages et ferma les yeux aussi fort qu'elle le put en pensant que cela éloignerait le mal.

Malheureusement, les setters anglais avaient reniflé son odeur et accouraient vers elle. Ils ne se calmèrent qu'en la présence de Bill, le régisseur arrivé à la plantation en même temps que la nouvelle maîtresse. Quand il aperçut Rose, il l'attrapa par les cheveux et la tira du buisson. Il la jeta sans ménagement sur son cheval et galopa vers la maison. Là, sous l'ordre de Helen, il traîna la jeune femme tremblante jusqu'au saule pleureur dressé à l'entrée des champs où les esclaves travaillaient. Il lui attacha les mains au tronc, puis noua fermement sa taille à l'arbre. Après avoir soufflé dans sa corne afin d'attirer un maximum de regards, il saisit sa peau de vache et l'abattit sur l'œil droit de Rose, dont le cri de douleur retentit dans toute la plantation. Sans s'arrêter, l'homme fit tomber un deuxième coup sur son épaule droite, puis un troisième et un quatrième.

Rose, incapable de supporter plus longtemps cette torture, s'évanouit. Ses vêtements étaient déchirés et se mélangeaient avec des lambeaux de peau. Attiré par les hurlements, Robert accourut, accompagné de sa sœur. Alice eut le souffle coupé par le spectacle horrible qui se jouait sous ses yeux. D'un bond, elle fit rempart de son corps, empêchant Bill de frapper à nouveau. La jeune femme pleurait, c'était de sa faute si Rose endurait une telle souffrance.

Aussitôt, M. Wikson mit fin à cette torture. Il détacha lui-même Rose et la fit transporter d'urgence dans une des cases où le médecin vint la soigner. Puis ses plaies furent lavées à la saumure afin d'éviter qu'elles ne s'infectent.

Cet incident entraîna la première dispute du mariage de M. Wikson. Helen n'avait pas accepté que son mari s'interpose dans cette punition. Quant à Alice, rongée par le remords, elle ne fut plus jamais la même. Aussi, elle se maria afin de quitter ces lieux rapidement. Elle ne voulait plus être un témoin impuissant des sévices infligés aux esclaves. Jamais plus, elle n'était revenue sur ces terres et, secrètement, elle ne désirait qu'une chose : pouvoir racheter la liberté de Rose, bien qu'une vie entière ne lui eût permis de se faire pardonner de sa promesse non respectée et de la lâcheté qu'elle ressentait. Depuis ce jour, cette culpabilité la rongeait.

Les années étaient passées, puis il y avait eu cette rencontre avec Ed, ce lien qui s'était tissé entre eux au fur et à mesure de ses visites. Les savoir, tous deux, entre les mains de son neveu tourmentait Alice. Elle savait que la vie de cet enfant serait un enfer désormais.

La première décision de Thomas confirma ce pressentiment. Le nouveau maître renvoya Ed et Aby cultiver la terre et il accorda ensuite à Bill tous les droits sur les esclaves. Par ailleurs, il avait pris soin de réduire l'allocation hebdomadaire de chacun et durcissait les conditions de travail.

À partir de ce moment, le fouet s'abattit chaque jour au hasard sur une victime. Ed avait du mal à se faire aux travaux des champs. Ses jambes ne l'avaient jamais tenu debout aussi longtemps. Il restait auprès de sa mère qui redoublait d'efforts afin de remplir son sac, mais également pour compléter celui de son fils. Un jour, Bill s'aperçut de son stratagème et battit Aby si fort qu'elle resta allongée trois jours. Depuis Ed n'accepta plus rien de sa mère et trouva la force en lui, par amour pour elle, d'atteindre le nombre de livres requis à chaque pesée. Il ne pensait désormais plus qu'à une chose : se sauver et emmener sa mère loin d'ici.

12

« Une séparation est pire que la mort. La mort met fin à nos souffrances, la séparation les fait naître. »
Thomas Jefferson

1853, Mississippi

JANE ENTRA D'UN PAS VIF dans la salle à manger et jaugea son mari du regard. Devant l'absence de réaction de celui-ci, elle recula la chaise en frottant ses pieds au sol, faisant retentir un bruit désagréable dans la pièce. Déterminée, elle s'assit en posant ses deux mains jointes sur la table en chêne, défiant ainsi Thomas.

— Tu t'es bien assuré que le marchand venait aujourd'hui ? demanda-t-elle d'un ton qui se voulait autoritaire – elle entendait bien que le problème soit définitivement réglé.

— Oui, souffla-t-il pour simple réponse en gardant son journal ouvert sous ses yeux.

— Il me semble que l'affront auquel je fais face depuis plusieurs mois a assez duré, insista-t-elle, il est grand temps de le vendre.

Thomas allongea son cou et regarda sa femme pardessus son journal. Après l'avoir perçu dans le timbre de sa voix, il vit son visage témoigner de son agacement. Il replia le bulletin et le posa. Tendrement, de sa main, il caressa celle de sa femme afin de la rassurer.

— Ce soir, tout ceci ne sera qu'une histoire ancienne, je te le promets, dit-il d'une voix mielleuse.

Jane afficha un sourire glacial en retour et se leva. D'un geste adroit, elle balaya les plis imaginaires de sa robe et tourna les talons. Avant de sortir, elle rajouta froidement :

— Je l'espère bien.

Trois années s'étaient écoulées depuis la mort de Robert et, son fils, Thomas, avait fini par se marier. Sa femme, Jane, était la fille d'un riche planteur de l'Alabama. Les deux tourtereaux s'étaient bien trouvés et se complétaient par leur perversité. Les nombreuses réceptions organisées montraient une débauche de luxe permise par leur réussite. De cette union était né un jeune garçon, Howard. Comme Ed, il avait les traits fins de son père et, de sa mère, la blondeur et un teint cireux qui le distinguaient de son demi-frère.

La présence de Jane avait conduit Thomas à abandonner ses activités nocturnes avec les esclaves. Mais, malgré l'amour et l'attention qu'il portait à sa femme, celle-ci ne supportait pas la vision d'Ed. Elle avait compris qu'il était le fils de Thomas la première fois qu'elle l'avait aperçu. Il ressemblait tellement à son mari et, aujourd'hui, à son propre enfant, qu'elle leur vouait une véritable haine, à lui et à sa mère. Régulièrement, elle insistait auprès de son mari pour l'éloigner définitivement de leur maison. Thomas avait résisté pendant longtemps, mais devant la pression de sa femme et celle de sa mère, Helen, il avait cédé, à contrecœur, et avait enfin pris la décision de vendre Ed au plus offrant.

Ce beau matin de mai, Aby, qui s'attelait à sa tâche, vit Bill venir chercher son fils aux champs. Cette scène était assez exceptionnelle pour qu'elle s'affole aussitôt, et son cœur lui dicta de stopper son travail. Le ventre noué, elle suivit les hommes discrètement. Au loin, elle observa Ed s'approcher de Thomas et de l'inconnu. Elle eut un haut-le-cœur en constatant que Helen et Jane se tenaient sur la véranda près de la rambarde – sans doute ne voulaient-elles pas perdre une miette de la transaction qui se préparait et qu'Aby n'imaginait pas encore. Le marchand, en voyant Ed à côté de Thomas, réalisa immédiatement qui il était. La ressemblance était si frappante !

— Regarde ! lança Thomas. Il a treize ans, il peut travailler dans les champs, mais il sait également s'occuper des chevaux. Je te le cède à cinq cents dollars, ajouta le jeune maître d'un ton impatient.

Le marchand saisit, à la présence des femmes, qu'il s'agissait là d'une affaire dérangeante et il décida d'en tirer le meilleur profit.

— Votre prix me semble beaucoup trop élevé, déclara-t-il de façon détachée, ce jeune garçon n'a pas encore atteint sa taille définitive. Je ne sais pas combien je pourrais le revendre, moi. S'il cesse de grandir, par exemple, que ses muscles ne se développent pas, il ne vaudra pas grand-chose et je perdrai mon investissement, monsieur Wikson !

— N'exagérez pas ! Vous êtes certain de le revendre à un bon prix. Il est solide, propre, n'a jamais été fouetté. Regardez cette peau lisse et claire qui fera grimper son prix, assura Thomas.

— Monsieur, les peaux claires font grimper le prix des jeunes femmes, pas de ces jeunes hommes, ricana le marchand. Je vous en offre deux cent cinquante.

L'affaire commençait à énerver Thomas. Il n'allait tout de même pas brader son propre sang !

— Hors de question, vociféra-t-il. Je ne vais pas vous le céder au prix d'un vulgaire cochon !

Thomas marchait de long en large en fixant le sol devant le marchand qui se frottait les mains.

— Les esclaves sont d'une même utilité que les cochons pourtant, minimisa l'homme, confiant.

Thomas se retourna vers sa femme, qui semblait vivement agacée que la négociation prenne cette tournure.

Bien sûr, elle ne désirait qu'une chose, qu'il se débarrasse une bonne fois pour toutes de ce bâtard.

— Quatre cents et il est à vous, aboya Thomas.

— Alors, disons trois cent cinquante, et marché conclu, répondit, satisfait, le marchand en lui serrant la main.

Il donna l'argent à Thomas qui lui remit en échange le certificat de vente. L'homme, fier de son achat, sortit des fers afin de menotter Ed. Ce n'est qu'à cet instant qu'Aby réalisa avec effroi ce qui se jouait sous ses yeux. Elle accourut en hurlant.

S'agrippant à Ed de toutes ses forces, elle implora son maître de ne pas vendre son fils unique. Ses jambes tremblotaient, son ventre se tordait et elle avait, une nouvelle fois, l'impression que son cœur se brisait.

— Je ferai tout ce que vous voudrez, cria-t-elle, mais laissez-le-moi !

À ces mots, Jane descendit les marches du perron et se dirigea vers eux d'un pas rapide.

— Retourne aux champs, négresse, ordonna-t-elle, je ne vois pas en quoi tu pourrais nous apporter la moindre compensation.

Aby ne prit même pas la peine de la regarder. Ses yeux n'étaient tournés que vers Thomas. Pour la première fois de sa vie, elle soutenait son regard.

— Votre père, lui, il n'aurait jamais fait cela. Laissez-moi mon fils, je vous en supplie.

Elle ne lâchait pas Ed qui sentait les larmes de sa mère dans son cou. Thomas, qui ne supportait pas d'être ainsi ridiculisé devant le marchand, retourna la colère qu'il éprouvait contre Aby. D'un geste brusque, il la bouscula et gueula :

— Ça suffit ! Lâche ce garçon. Il ne t'appartient pas, il est à moi, à moi, tu entends ! Faites appeler Bill immédiatement.

Aby hurla et repoussa chaque personne qui s'approchait d'elle. Sa force se décuplait sous la pression de son cœur qui se déchirait. Tout son être était en train de s'effondrer lorsque Bill arriva.

— Bill ! Comment as-tu pu la laisser sans surveillance ? grogna Thomas, dépassé par la situation.

Depuis l'intérieur, les esclaves regardaient par la fenêtre et tous ceux qui erraient aux abords de la grande maison avaient les yeux rivés sur Aby.

— Désolé, bégaya Bill.

Le régisseur entreprit de sortir son fouet et le fit claquer de manière menaçante au sol.

— Lâche-le, il a été vendu. Vous ne vous reverrez jamais, inutile de faire un tel scandale, tonna Thomas à l'attention d'Aby.

Ed serra sa mère dans ses bras et lui murmura qu'il l'aimait et l'aimerait toujours.

— Mon garçon, prends soin de toi, lui recommanda-t-elle, le cœur meurtri.

Elle se cramponnait toujours à son fils, les yeux aveuglés par le chagrin, le visage déformé par la douleur. Quatre hommes séparèrent enfin Aby de son fils et on pressa Ed de monter à l'arrière de la charrette. Sans plus attendre, le marchand fit partir les chevaux. Aby se mit à hurler tandis qu'on lui enlevait son fils. Elle jeta un cri si poignant qu'il émut aux larmes ceux qui l'entendirent. Le fouet s'abattit sur elle, une fois encore, mais elle ne s'arrêtait plus. La douleur de son cœur était bien plus forte que sa douleur physique. Une fois Ed hors de sa vue, Aby s'évanouit et fut ramenée dans sa case.

Depuis la carriole qui s'éloignait, en regardant sa mère anéantie et frappée, Ed venait à son tour de découvrir la haine qui peut saisir chaque homme en une telle épreuve.

***

Malgré les mois qui passaient, Aby demeurait inconsolable comme si son cœur n'était désormais plus qu'une triste tombe. Ses amies l'entouraient, mais rien ni personne ne pouvait la soulager. La jeune femme était rongée par l'absence de son fils. Elle se demandait chaque jour quel sort on lui avait réservé. Mangeait-il seulement à sa faim ? Dormait-il au chaud ? Elle s'était transformée et portait désormais sur elle la douleur de son âme. Même Bill n'osait plus lui faire la moindre réflexion tant la haine qu'il lisait dans son regard l'accablait.

L'hiver était arrivé et avait gelé toutes les terres de la plantation. Les esclaves des champs avaient moins de travail et se reposaient davantage. Un matin, Aby se rendit au lavoir pour retrouver Minty et profiter de cet espace au sec afin de nettoyer ses vêtements. C'était une de ces claires journées d'hiver où le bleu remplissait l'immensité du ciel. En marchant, de la fumée sortait de sa bouche. Elle se souvint d'Ed, enfant, qui adorait faire des nuages avec son souffle les jours de grand froid. Cette pensée la peina. C'étaient maintenant des douleurs ponctuelles, des picotements de l'âme qui surgissaient sans qu'elle s'y attende. Un souvenir, une image et Aby souffrait, esseulée.

En songeant à son bébé décédé avant son premier cri, une autre pointe la transperça. Ses espoirs de retrouver Ed, un jour, s'étaient aussi envolés. Elle savait que Jane l'en empêcherait et qu'elle ne la vendrait jamais par simple plaisir d'assister à sa déchéance.

Elle stoppa à quelques mètres du hangar et observa le chemin. Ce même chemin, où elle avait vu son fils pour la dernière fois. Elle ne savait même pas où il menait. Ed le lui avait pourtant déjà décrit des centaines de fois, mais elle seule n'aurait jamais pu s'y retrouver.

En se rapprochant de la cabane, elle reconnut la voix de Bill qui provenait de l'intérieur. Puis lui vinrent aux oreilles les supplications de Minty. Son sang ne fit qu'un tour, la replongeant dans sa propre histoire. Elle crut revivre l'atroce moment où Thomas avait abusé d'elle pour la première fois. Sans même réfléchir, la jeune femme saisit une fourche qui était posée près de la bâtisse et y pénétra furtivement. Il était temps pour elle de se venger, se venger du fait qu'on lui avait retiré sa mère quand elle n'était encore qu'une enfant, pour les viols qu'elle avait subis, pour ce fils qu'on lui avait tué, pour Ed qu'elle ne reverrait jamais. Qu'importaient les conséquences, plus rien ne comptait. Elle aimait Grandma comme une mère, Letty, Linah et Minty comme des sœurs et elle refusait de les voir souffrir comme elle avait souffert. De son vivant, elle n'accepterait plus cela.

Elle vit Bill de dos et le regard apeuré de Minty. Il avait défait sa ceinture et lui avait arraché le haut de sa robe. Une telle occasion ne se présenterait pas deux fois.

Minty, en voyant Aby, écarquilla les yeux, mais elle n'eut pas le temps de prononcer un mot. Aby, d'un bond, planta la fourche dans le dos de Bill, qui poussa un affreux gémissement de bête blessée. Il tomba à terre et Aby retira la fourche.

— Tu ne poseras jamais les mains sur mon amie ! rugit-elle.

La haine s'empara d'elle et elle enfonça de nouveau l'outil dans le ventre de Bill qui s'était retourné vers elle.

— Ce coup-ci, c'est pour le bébé que tu m'as retiré ! cracha-t-elle avec un regard effrayant. Et ce dernier, il est pour m'avoir séparée d'Ed ! Va crever en enfer ! éructa-t-elle en plantant rageusement les piques dans son cœur.

Les hurlements de Bill avaient attiré une foule autour du bâtiment. Au moment où Aby en sortit, l'instrument à la main et les habits couverts de sang, tout le monde fut saisi d'effroi par cette vision. Thomas entra en courant dans la remise et découvrit avec horreur le corps de Bill. Quand il ressortit, tremblant, il se trouva face à Aby dont les yeux étincelaient d'une fureur sans limite. Instantanément, elle se précipita sur lui et planta de toutes ses forces la fourche dans sa gorge, le clouant au bois du cabanon.

— J'aurais pu accepter les abus répétés, mon cher maître, nos conditions de vie, les humiliations, le manque de nourriture, mais la vente de mon Ed, JAMAIS, dit-elle calmement, mais fermement.

Elle avait parfaitement conscience de ce qu'elle venait de faire. Plongeant son regard dans celui de Thomas, elle y lut sa détresse. Déterminée, Aby approcha son oreille des lèvres du maître pour entendre son dernier souffle.

Jamais personne n'avait été témoin d'une telle violence sur cette plantation. Du haut du perron de la grande maison, Jane et Helen avaient assisté, horrifiées, à toute la scène qui n'avait duré que quelques minutes. Épouvantée, Helen accourut serrer son fils dans ses bras.

— Chacune son tour, lui souffla Aby, d'un ton glacial avant de se détourner.

— Qu'on l'attrape sur-le-champ et qu'on la pende, vociféra Helen, hystérique.

Aussitôt, Aby fut saisie par des amis de Thomas présents cet après-midi-là, et traînée à un chêne. Elle ne se débattit pas. Étrangement, elle se sentait enfin libre et apaisée. Elle avait vengé ses fils, sauvé son amie, elle était désormais sereine et prête à déployer ses ailes pour s'envoler. À son tour, sans larme, sans cri, sans bruit, elle s'éteignit.

Le lendemain, ses amies l'enterrèrent près de son bébé. Enfin réunis.

13

« On a deux vies et la seconde commence quand on se rend compte qu'on n'en a qu'une. »
Confucius

Juin 1964, Ohio

QUELQUES BUS ÉTAIENT STATIONNÉS devant le collège d'Oxford. Ils se remplissaient petit à petit. Des bras s'agitaient de part et d'autre du car en guise d'adieux. Les gens se disaient au revoir dans un étrange mélange d'impatience et de crainte. Ils quittaient un lieu où ils avaient vécu le confort d'une communauté de pensée, comme une sorte de cocon, et rejoignaient un endroit où ils allaient appliquer ce qu'on leur avait inculqué et se trouver confrontés à des opinions radicalement différentes des leurs. Avant le départ, les volontaires se tinrent par la main et se mirent à chanter à l'unisson. Mary, cette fois, n'y prit pas part et se contenta de regarder la scène, debout, sur le trottoir. Le premier convoi s'en alla et elle restait sans réaction.

June la rejoignit et attrapa sa valise. Elle déposa son sac dans le coffre d'Edris.

— En route ! Direction le Sud ! s'exclama-t-elle, pleine d'entrain.

Pour la première fois, Mary eut une boule au ventre. À mesure que se profilait l'inconnu, elle se sentait de plus en plus anxieuse. Même si la présence d'Edris, à ses côtés, la réconfortait malgré tout.

June s'installa sur le siège arrière et ne cessa de conjecturer au sujet des trois personnes disparues, et cela ne rassurait en rien Mary, qui demeurait silencieuse. La route durerait au moins quatorze heures et il avait été décidé qu'ils s'arrêteraient à mi-chemin afin de se reposer.

Au bout de quelques heures, June, à force de discussions, s'était endormie et ses ronflements vibraient dans l'habitacle. Les paysages défilaient à la fenêtre. Mary, en les admirant, semblait se perdre dans ses songes.

À son tour, Edris l'observait du coin d'œil. Il y avait chez cette femme une sensibilité qui l'avait d'emblée troublé et profondément touché. Elle lui paraissait si seule. Cette semaine à ses côtés avait fait naître en lui un sentiment nouveau, l'envie de la protéger. Protéger cette femme qui ne faisait pas partie de son monde ni de sa vie, qui ne partageait ni ses codes ni ses croyances. Il avait été séduit alors que tout lui dictait de ne pas l'être. Il ne le fallait pas, il ne devait pas tomber amoureux car il savait que sa famille ne l'accepterait pas. Malheureusement, les idéaux ne nous permettaient pas tous les sacrifices. Sa famille attendait de lui qu'il se marie avec une femme qui leur ressemblerait. Une femme de la même couleur que lui. Et pourtant, c'est Mary qui l'avait attiré, malgré lui. Était-ce la couleur de ses yeux qui l'avait fait chavirer ? Son sourire gêné ? Ses joues rosées ? Son humour ? Ou sa détresse ? Avait-elle des rêves ? Était-elle heureuse ? Il regarda la route en pensant que sa présence avait bouleversé une partie de son existence. Tout était pourtant réuni pour qu'il se construise en tant qu'homme épanoui et heureux. Ce chemin, c'est lui qui l'avait choisi, personne ne l'avait forcé, mais il manquait quelque chose à sa vie. Il le savait, et ce qui lui manquait, étrangement, c'était Mary. De cela, il avait pris conscience ces derniers jours, sans bien comprendre ce qui lui arrivait. Il désirait tout connaître d'elle. Il était en train de tomber amoureux.

Envahi par des émotions contradictoires, il entreprit de briser le silence pesant entre eux deux.

— Comment cela se passe-t-il au journal ? demanda-t-il d'une voix faussement détachée alors qu'il guettait la moindre de ses réactions. Cela ne doit pas être facile pour une femme de se faire une place ?

— Les dernières semaines ont été compliquées pour moi, confia Mary. Cela devrait me paraître intéressant, mais ce métier ne me procure pas autant de plaisir que je l'avais imaginé. J'ai toujours aimé écrire, mais je voulais écrire bien plus que de banals articles.

— Et qu'attends-tu pour te lancer dans ce que tu veux vraiment faire ?

— Je ne sais pas. Je ne suis pas certaine d'avoir le talent pour réussir, pour écrire un roman qui touche le cœur des gens. Puis, inconsciemment, je dois craindre les avis et les jugements que je pourrais recevoir.

Edris fut affecté par cet aveu de fragilité. Il lisait dans ses yeux. Bien qu'un sourire illuminât en permanence son visage, cette femme dissimulait de profondes cicatrices. Qui ne portait pas en lui des doutes, des regrets, des blessures, des souffrances ? Mais les seules plaies qu'Edris voulait panser étaient celles de Mary. Il avait compris qu'elle était cette femme qu'il aurait voulu aimer jusqu'à son dernier souffle. Désireux de l'aider, il lui confia un souvenir :

— Quand j'étais petit, ma mère me récitait souvent le même poème afin que je n'oublie jamais que la vie est un dur combat à mener, que tout doit se gagner et qu'il ne faut jamais abandonner. De temps à autre, à la tombée du soir, en me bordant, elle me répétait ces mots du poète Langston Hughes, dit Edris avant de déclamer d'un ton sérieux et sage :

« *Eh bien, mon fils, je vais te dire quelque chose :*
La vie ça n'a pas été pour moi un escalier de cristal

Il y a eu des clous,
Des échardes,
Et des planches défoncées,
Et des endroits sans moquettes,
À nu.
Mais quand même,
Je grimpais toujours,
Je passais les paliers,
Je prenais les tournants,
Et quelquefois j'allais dans le noir
Quand y'avait pas de lumière.
Alors mon garçon faut pas retourner en arrière.
Faut pas t'asseoir sur les marches
Parce que tu trouves que c'est un peu dur.
Et ne va pas tomber maintenant…
Parce que, mon fils, moi je vais toujours,
Je grimpe toujours,
Et la vie ça n'a pas été pour moi un escalier de cristal. »

— Je suis pressé d'avoir entre les mains ce livre que tu désires tant écrire, ajouta-t-il avec une lueur dans les yeux, et je ferai de mon mieux pour y lire entre les lignes.

Mary le regarda avec gratitude et confirma d'un signe de tête. Par ces encouragements et sa confidence, il venait de lui donner une raison d'accomplir son rêve. Elle écrirait pour elle, mais aussi pour lui.

Les lueurs du crépuscule emplissaient le ciel en colorant son azur tantôt d'orangé tantôt de violet. La route dégagée laissait apparaître, sous leurs yeux émerveillés, l'immensité de l'horizon. Mary avait souvent eu cette impression de solitude et ce paysage la ramenait aussi bien à la fragilité qu'à la beauté de l'existence. Aujourd'hui, à côté d'Edris, elle se sentait entière. Comme s'il pouvait la compléter.

Elle le regarda de nouveau et reprit :

— Et toi ? L'enseignement ?

— Oh ! J'adore ! s'esclaffa-t-il, c'est plus qu'un métier pour moi, c'est une passion. J'aime accompagner ces jeunes encore pleins de rêves et d'idéaux. Entendre leur rire, voir leur innocence, puis j'aime partager, transmettre. Je crois surtout que c'est dans mes gènes. Transmettre un savoir et recommencer, année après année, sans s'en lasser. Avec de nouvelles têtes en face de moi, de nouveaux parcours de vie qui me bouleversent. Je prends leurs sourires comme récompense. Il est là, le vrai trésor de ce métier, conclut-il.

— Si je pouvais parler de mon métier avec la même ferveur ! renchérit Mary en rigolant. Et le Mississippi, tu peux me le décrire aussi bien ?

— Malheureusement non, je ne suis jamais allé dans le Mississippi.

— Nous avons enfin un point en commun, admit Mary. Moi non plus, et avec tout ce qu'on a entendu durant cette semaine de formation, je l'appréhende un peu…

— Promis, je te protégerai, plaisanta-t-il avec un clin d'œil. Personne n'approchera ma journaliste préférée.

À ce moment, June se réveilla et se plaignit de crampes d'estomac. Il fallait stopper le voyage et se reposer. Ils dénichèrent un motel perdu dans la campagne du Tennessee dont la façade clignotait de façon aléatoire. Une fois qu'ils eurent récupéré leurs clés à l'accueil, chacun se dirigea vers sa chambre, au rez-de-chaussée. Mary prit celle au fond du couloir. Discrètement, elle murmura un doux « bonne nuit » au creux de l'oreille d'Edris afin que June ne l'entende pas. Il eut ce regard espiègle en lui répondant de même.

Mary entra. L'endroit ressemblait à toutes les chambres de motel du pays. Un lit se dressait au milieu entouré de deux tables de nuit. Une porte s'ouvrait sur une douche et des toilettes. Un tableau un peu particulier décorait le mur et penchait d'un côté : c'était une grosse cylindrée rutilante. Après s'être lavée rapidement, la journaliste s'allongea dans son lit, épuisée par la route. Cependant, elle ne trouva pas tout de suite le sommeil. Trop de choses tournaient en boucle dans son esprit. Le moment de vérité du Mississippi arrivait à grands pas, et avec lui ses interrogations. Et au-delà, Edris la perturbait plus que tout le reste, elle devait bien l'admettre.

Le visage enfoui dans l'oreiller, les pieds tapotant le matelas, elle émit un petit cri d'agacement. Pourquoi était-il dans toutes ses réflexions ? Elle se prit à s'imaginer qu'il viendrait la rejoindre, qu'elle poserait sa tête contre son torse et que, en le serrant bien fort, elle s'endormirait apaisée. Si elle le pouvait, elle lui enverrait toutes ces pensées et bien plus encore. Accrochée à son oreiller, elle finit par s'assoupir en espérant le retrouver dans ses rêves.

***

June tambourina au mur quand les premiers éclats du jour s'infiltrèrent dans la chambre. Mary se redressa immédiatement, puis se prépara. Quand elle ouvrit la porte, elle découvrit Edris sur le seuil. Il lui décocha cet éternel sourire ravageur qui la faisait fondre et lui confia qu'elle avait été sa dernière pensée avant de s'endormir et sa première au réveil. Son cœur flancha. Avait-il lui aussi des sentiments pour elle ou nourrissait-elle de faux espoirs ?

Heureuse comme une adolescente découvrant les premiers émois amoureux, elle sortit, légère, et rejoignit le parking où June les attendait. Chacun prit place dans la voiture, Edris au volant et, tandis qu'ils reprenaient la route, Mary le regardait dans le rétroviseur central. Ses yeux pétillaient si fort qu'elle en voyait elle-même l'éclat.

Les paysages défilaient de nouveau, entourant ces énormes routes américaines. June faisait la causette pour tout le monde. Mais plus le Mississippi s'approchait, moins les discussions fusaient. Leur cœur palpita à la vue du panneau décoré de magnolias où était inscrit « Bienvenue dans le Mississippi ». Les souffles furent retenus et se relâchèrent une fois l'obstacle dépassé. Ils ne savaient pas à quoi s'attendre et ils furent presque déçus de pénétrer dans cet État sans entendre la détonation d'un coup de feu. Dans un calme assourdissant, cette douce journée ne laissait pourtant présager aucun incident.

Après avoir enchaîné les miles, ils décidèrent de s'arrêter pour déjeuner dans une ville qui ressemblait à celles du Nord. Les gens s'y promenaient d'un pas léger, longeant les magasins avec le sourire. Quelques habitantes, toutes vêtues d'une robe, d'une paire de gants et d'un chapeau élégamment assorti à leur tenue, étaient regroupées devant l'épicerie. Elles stoppèrent leur conversation et arrondirent les yeux en voyant Jane, Mary et Edris entrer dans la boutique.

— Comment font ces dames pour se balader sans honte avec un de ces nègres, déclara l'une d'entre elles d'un ton acerbe.

— Je préférerais encore nettoyer moi-même mes propres toilettes, ajouta une autre, mimant le dégoût.

Sa réflexion ne manqua pas de faire s'esclaffer son auditoire.

Mary feignit de ne pas avoir entendu ces commentaires. La jeune journaliste se sentait honteuse de la réaction de ces femmes et se questionna soudain sur la légitimité de sa présence ici. Après avoir acheté de quoi grignoter, ils se dirigèrent vers leur véhicule. Edris portait un sachet de provisions dans ses mains dans lequel étaient fourrés deux paquets de chips, de quoi faire des sandwichs ainsi qu'une bouteille de Coca-Cola.

— Qu'ont-elles à nous dévisager ainsi, ces pimbêches, pesta June en attrapant le bras d'Edris pour les faire enrager.

— Ne leur prêtez pas la moindre attention, n'oubliez pas ce qui nous a été conseillé cette semaine, dit Edris très calmement.

— Je n'aime tout de même pas leur attitude, siffla June, irritée.

Mary partageait la colère de June, aussi, dans un geste qu'elle assimila à de la bravoure, elle saisit l'autre bras d'Edris. Cet acte, si infime fût-il, la rendit fière d'elle.

— Me voilà bien entouré, mesdames, fanfaronna Edris en jetant un regard oblique à Mary.

Arrivés à leur voiture, ils furent alpagués par un shérif du comté.

— On nous a signalé la disparition de trois personnes et j'aimerais vérifier vos identités, déclara l'officier d'un ton inquisiteur.

Un échange rapide eut lieu ; l'homme écrivit dans son carnet, releva leurs noms et prénoms. Il ne souriait pas et les défiait d'un œil mauvais. Il reprit tout aussi sèchement :

— D'où venez-vous ?

— Nous venons de l'Ohio, répondit June d'une voix mielleuse.

— Il n'est pas de coutume ici de voir un homme noir accompagné de deux femmes blanches, déguerpissez de là, grogna l'officier. Mais faites attention à vous, ajouta-t-il d'un air sombre.

Inquiète en percevant la menace à peine voilée, Mary monta dans la voiture. Edris démarra en s'y reprenant à deux reprises. Le shérif, lui, ne perdit pas de temps et en fit autant. Puis, il les escorta jusqu'à la limite de sa juridiction avant de disparaître dans leur rétroviseur.

— Nous y sommes, bienvenue dans le Mississippi ! s'exclama June une fois qu'elle vit le danger éloigné.

14

« Celui qui combat peut perdre,
mais celui qui ne combat pas a déjà perdu. »
Bertolt Brecht

Juin 1964, Mississippi

LISA NETTOYAIT UNE NOUVELLE FOIS sa maison pour accueillir correctement les volontaires. Angoissée par ces arrivées, elle se focalisait sur cette tâche pour occuper son esprit, sans hésiter à passer son torchon plusieurs fois au même endroit.

— Arrête de frotter aussi fort ! Tu vas abîmer le bois, se moqua Doug avec tendresse.

— Je ne veux pas recevoir des inconnus du Nord et qu'ils se disent qu'une femme d'ici ne sait pas tenir sa maison.

— Attends qu'ils goûtent à tes plats et ils ne pourront plus repartir !

À ces mots, Lisa donna un coup de chiffon à son mari tout en lui souriant. Puis, elle se stoppa quand elle entendit frapper à la porte. Son cœur s'accéléra. Elle fut soulagée de voir apparaître David – cela lui laissait encore du temps pour finir sa besogne.

David accrocha son chapeau au portemanteau, puis les rejoignit avec une sélection de journaux et, en les brandissant, il s'exclama :

— Lisez-moi ces unes : « Toujours sans nouvelles des disparus du Mississippi », « Le Mississippi n'a pas besoin de ces volontaires du Nord »...

— Que leur est-il arrivé, à votre avis ? questionna Lisa, qui n'aimait pas la tournure que prenaient les événements.

— Morts, c'est certain, répondit David froidement.

— On risque la même chose, s'inquiéta-t-elle en jetant un regard paniqué à Doug.

— Ils sont morts, Lisa, morts pour nous ! Nous devons poursuivre leur combat qui est avant tout le nôtre, répliqua David.

Elle frotta encore plus fort les taches imaginaires autour de la fissure du carreau de sa fenêtre. Ce qu'elle fixait dehors lui semblait insignifiant ; elle ne savait plus pour quelles raisons il fallait se battre.

— Il paraît que des marins vont aider à fouiller les bayous, reprit David en lisant un des journaux sous ses yeux.

— Ça en fait, du monde venu d'ailleurs, souffla Doug.

***

La voiture d'Edris traversait la voie ferrée séparant les quartiers des Blancs de ceux des Noirs. Les maisons se succédaient, révélant la pauvreté de leurs habitants. Toutes se ressemblaient. Ils longèrent un stade abandonné où un panier de basket trônait sans filet. Chacun découvrait une partie du pays qu'il ne connaissait pas. La beauté des campagnes et des champs à perte de vue laissait place, dans ces quartiers sinistrés, à la tristesse d'un paysage qui semblait sans âme et sans couleur. « En peu de temps, ils sont passés de la lumière à l'ombre », songea Mary. Elle fut sortie de sa stupeur quand, enfin, ils trouvèrent l'adresse de Doug et Lisa.

June bondit à l'extérieur du véhicule, heureuse d'être sur ces terres qu'elle avait tant imaginées. Mary et Edris firent de même et tous regardèrent la maison. Des touffes de fleurs sauvages filaient jusqu'à l'entrée où une modeste terrasse en bois hébergeait une porte entourée de deux fenêtres. Les murs étaient à rafraîchir, mais les pots de jonquilles et de marguerites éparpillés un peu partout apportaient une touche joyeuse et désordonnée à la véranda, la rendant plus accueillante.

David, qui avait entendu une voiture se garer, sortit le premier pour les recevoir.

— Bienvenue ! Je suis David, lança-t-il, visiblement soulagé de les voir.

June s'avança vers lui, un large sourire aux lèvres et lui tendit la main.

— Salut ! Moi, c'est June ! répondit-elle, et voici Mary et Edris.

Les enfants qui jouaient sur la terre ocre de la rue s'étaient arrêtés pour observer ces volontaires du Nord. Ils étaient intrigués et des murmures filtraient parmi eux. Ils n'avaient jamais vu de femmes blanches dans ce quartier, cela attisait leur curiosité. Des personnes âgées traînaient sur le seuil de leur maison et des silhouettes apparaissaient derrière les fenêtres.

David les invita à entrer, ce qui les délivra du poids de toute cette attention. Doug et Lisa leur firent un accueil des plus chaleureux. L'odeur d'un poulet à la sauce oignon chatouilla aussitôt leurs narines. June, qui se plaignait de ne pas avoir fait de repas complet depuis leur départ, était impatiente de goûter à la cuisine locale, tout comme Mary et Edris dont le ventre gargouillait. Rapidement, ils s'installèrent et purent déguster les mets qu'avait préparés Lisa.

— Je n'ai jamais mangé un poulet aussi bien assaisonné, souligna Edris, repus.

Doug se sentit empli de fierté en entendant ses paroles.

— Alors, qui d'entre vous va m'aider à démarcher pour obtenir de nouveaux votants ? questionna David qui n'avait à l'évidence pas de temps à perdre avec ces compliments.

June leva une main et lui demanda comment cela se déroulerait.

— Il faut savoir qu'ici, tout le monde est réticent à s'inscrire sur les listes électorales, expliqua-t-il. Les Blancs mettent la pression sur les familles et font une sorte de chantage au travail.

— Comment allons-nous nous y prendre ? s'inquiéta June.

— Nous allons faire du porte-à-porte pour débuter. Rencontrer les gens me semble essentiel. Être à la sortie des lieux de culte également, pour essayer d'attirer de futurs votants.

— Et concernant les écoles ? questionna Edris. Je dois y intervenir.

— Demain, nous irons à l'église du quartier. C'est là que se dérouleront vos cours. Vous êtes deux enseignants ?

— Non, Mary m'accompagne, elle est journaliste, répondit Edris en adressant un sourire à Mary.

— Journaliste ? s'étonna David.

— Oh, c'est pour un modeste canard de Columbus. Le sujet me plaisait et j'ai pensé qu'il serait intéressant de réaliser une série d'articles en étant immergée au cœur du mouvement, expliqua Mary, intimidée.

David acquiesça de la tête, mais n'eut pas le temps de commenter.

— Comment s'est passée cette première semaine ? demanda June.

— J'ai l'impression que tout le monde s'observe pour savoir jusqu'où chacun pourrait aller, dit David tranquillement.

Quand ils eurent fini de manger, Mary se leva pour aider Lisa à débarrasser. Elle l'accompagna dans la cuisine et commença à faire la vaisselle. Tout était calme. La fenêtre ouverte faisait entrer les douces rumeurs de l'été. Lisa était gênée de voir une femme blanche s'affairer ainsi dans sa cuisine et voulut la remplacer, mais Mary refusa :

— Assieds-toi, Lisa, tu nous accueilles et ton repas était des plus délicieux. Permets-moi de faire ma part des choses également.

— Je ne suis pas habituée à voir une autre personne s'affairer dans ma cuisine, encore moins une femme comme vous, avoua Lisa d'une voix étouffée.

— Et si nous arrêtions, nous-mêmes, de nous observer à travers nos différences respectives et que nous prenions le temps de nous découvrir en tant que femmes ? suggéra Mary affectueusement.

Lisa hocha la tête avec un large sourire, dévoilant ainsi toute sa dentition sans la moindre gêne. Elle était dans le même état d'esprit et semblait conquise par Mary.

— Alors, Lisa, loin de ces hommes qui monopolisent la parole, dit Mary en rigolant, raconte-moi ce que tu fais dans la vie ?

— Je travaille en tant que nourrice dans une famille du centre-ville.

— Combien d'enfants ?

— Deux, un facile et une moins facile, répondit-elle en s'esclaffant.

— Tu as beaucoup de temps de transport ?

— Non, ça reste raisonnable. Je prends le bus avec quelques amies. C'est un peu notre routine quotidienne, l'endroit où nous faisons le point.

Rapidement, les deux femmes se sentirent proches. Lisa, qui d'habitude était réservée, s'ouvrait naturellement à Mary sur les détails de sa vie.

Mais leur conversation fut interrompue par le vrombissement d'une voiture. Mary s'avança vers la fenêtre quand elles entendirent « Cassez-vous de là ! ». La violence des mots résonna dans la cuisine, et Lisa eut tout juste le temps d'empoigner Mary pour la coucher au sol.

L'instant d'après, une pierre finit sa course sur les casseroles entreposées sur l'étagère. Un bruit de métal retentit dans la pièce et les marmites tombèrent sur le carrelage. Mary et Lisa restèrent un moment collées l'une à l'autre, allongées sur le sol.

— Tout va bien ? hurla Doug en déboulant dans la cuisine, inquiet du vacarme.

Il trouva les femmes tétanisées. Edris arriva sur ses pas et accourut vers elles. Il prit Mary, tremblante, dans ses bras.

— Que s'est-il passé ? Tu es blessée ? questionna-t-il en lui caressant le visage.

— Une voiture a ralenti dans l'allée, un homme a crié..., commença Mary, affolée, en se blottissant dans ses bras.

David et June se précipitèrent au-dehors, mais il n'y avait déjà plus personne. La rue était déserte et de la poussière retombait en nuage sur le sol. Dans la cuisine, Doug ramassa la pierre où était attaché un mot à l'aide d'un élastique. Il le déplia et lut : « PREMIER AVERTISSEMENT ». Lisa se raidit et le dévisagea.

— Comment savent-ils ? bredouilla-t-elle.

— Ne t'en fais pas, cela n'ira pas plus loin, assura Doug en serrant sa femme contre son torse.

— C'est ma maison et mon travail que je risque de perdre.

— Ce n'est qu'une pierre, Lisa. Calme-toi, ma chérie.

— Que je me calme ? Là, ce n'est qu'une pierre, Doug, mais si on te fait du mal ? dit-elle d'une voix étranglée.

C'était la première fois que Doug ressentait la colère de sa femme. Son cœur battait à toute vitesse contre son torse. Pour dissiper la tension qui s'était emparée d'eux, il fit mine d'être épuisé et proposa que chacun aille se coucher. Ils y verraient plus clair le lendemain.

La chambre commune était simple. Une table de chevet trônait au milieu des lits et une armoire branlante accueillait leurs vêtements. Les meubles étaient vétustes, néanmoins tout était d'une propreté impeccable. La chaleur emmagasinée la journée stagnait, mais la fenêtre ouverte permettait à un air légèrement frais de s'infiltrer.

— Allons-nous rester ici ? s'enquit Mary. Je suis mal à l'aise par rapport à Lisa...

— Nous verrons bien la tournure que cela prend dans les jours à venir, dit sagement Edris. Allez, nous devons nous reposer. Bonne nuit !

Mary s'était recroquevillée dans son lit et demeurait éveillée. De plus en plus, elle se demandait ce qu'elle faisait là et ce qui lui avait pris de risquer ainsi sa vie pour une cause qui ne la concernait pas. Son bras tombait du lit et elle sentit la main d'Edris qui attrapa la sienne depuis son lit à lui. Ce geste lui fit instantanément oublier ses mauvaises pensées. Elle pressa fort sa paume et s'endormit ainsi paisiblement.

***

La nuit était tombée et un vent agréable s'engouffrait enfin dans les plaines dont le souffle remuait les cultures. Tony, dans sa Buick rouge, roulait à pleine vitesse sur les chemins de terre, cigarette à la bouche, vitre baissée.

Martin, sur le siège passager, hurlait, et avec sa main dehors, donnait des coups dans la portière comme s'il fouettait son cheval de course. Ils arrivèrent aux hangars d'une exploitation de coton éloignée de la ville. Tony gara sa voiture sur un talus et les deux garçons sortirent. Tony descendit pour soulager sa vessie. Il était beaucoup plus grand que Martin et beaucoup plus fin également. Ses deux petits yeux bleu vif scintillaient au clair de lune, soulignant la forme disgracieuse de son nez.

— Cette pierre qu'on a lancée, dommage qu'elle n'ait pas cassé la vitre, ricana-t-il.

— Dépêche-toi, mec, nous sommes en retard, soupira Martin en poussant l'épaule de Tony.

— Merde ! je me suis mouillé à cause de tes conneries.

Tony continuait à vociférer en avançant.

— J'en ai marre de cet endroit. Pourquoi devons-nous nous cacher ? J'ai les pompes pleines de boue.

Tous deux contournèrent un des entrepôts et se retrouvèrent au milieu d'une dizaine d'hommes. Le prédicateur principal était toujours cagoulé de blanc. L'homme qui le secondait également. Très peu savaient qui ils étaient. Les autres, pour la plupart, étaient à découvert. Ils se connaissaient tous, il y avait le fermier du coin John, l'adjoint du shérif, Martin, le coiffeur, Tommy, l'épicier, Michael, le garagiste, Tony, un avocat, maître Scott, un conseiller municipal, M. Williams ou bien encore le juge Lewis.

Un feu avait été allumé au milieu de l'assemblée et les bûches crépitaient. Tout le monde regardait l'homme cagoulé qui se tenait au centre de la ronde. On attendait avec impatience ses nouvelles directives. Sous l'astre lumineux de la nuit se reflétant dans la fumée noire, il tendit les bras pour exiger le silence, et les bavardages cessèrent immédiatement. Puis, il éclaircit sa voix avant d'enfin prendre la parole :

— Ils arrivent de plus en plus nombreux, dit-il d'un ton ferme.

— Avec leurs idées à la con ! s'écria Tony, qu'on somma de se taire par un geste de la main.

— Dans les autres comtés, ils commencent à agir. Des églises et des écoles ont brûlé, des hommes ont été battus. On dit même que certains ont disparu. Nous ne nous laisserons pas faire, nous non plus !

À la lueur des flammes, les yeux de Martin rougissaient de haine. Il buvait les paroles de l'orateur. Il avait trouvé auprès de ces personnes ce qu'il recherchait depuis toujours, un groupe qui le comprenne et qui partage ses idées. Les hommes étaient en train de s'organiser, de se répartir les tâches. Des noms de Noirs qui accompagnaient et aidaient le mouvement avaient été donnés. Il y avait David et Doug en première ligne. Il fallait effrayer tous ceux qui participaient de près ou de loin à ce mouvement et toucher leurs proches. Certains allaient devoir les surveiller, d'autres les menacer, enfin d'autres seraient discrètement présents au palais de justice pour empêcher les inscriptions.

Tout se mettait en place petit à petit, mais on comptait sur certains pour frapper un peu plus fort. Martin se proposa, convaincu que cette cause était la bonne. Il était prêt à entrer en guerre, à se battre pour défendre son territoire, qu'il croyait être sous le coup d'une grave menace.

Columbus Journal Libre

2 juillet 1964

L'été de la liberté :
la découverte d'un autre mode de vie

Où vivent les volontaires venus du Nord
durant cet été ?

Après une semaine de partage et d'union lors des sessions de formation, tous les volontaires sont désormais arrivés dans le Mississippi. Le décor est soudain différent. Aussi, toujours sans nouvelles des trois disparus et ce malgré la présence du FBI, les premiers pas des militants se font avec méfiance et crainte. Dans un État où plus de 40 % de la population est afro-américaine, beaucoup découvrent avec stupeur la précarité dans laquelle vivent les habitants. Plus de 80 % se trouvent sous le seuil de pauvreté, un tiers n'ont pas accès à l'eau courante et bon nombre n'ont pas de toilettes. Le revenu moyen d'une famille noire ne représente qu'à peine un tiers du revenu moyen d'un foyer blanc du Mississippi. Certains des volontaires sont logés chez ses habitants et n'ont jamais été confrontés à la misère. Pour les autres, ils sont hébergés dans des centres appelés « maisons de la liberté ». Cet été pourrait bien modifier la vision de ces bénévoles venus du Nord qui se retrouvent face à des maux de notre pays qu'ils ne soupçonnaient pas.

Malgré tout, leur motivation n'est pas entamée et les missions de chacun vont pouvoir enfin débuter ! Certains iront enseigner dans les écoles de la liberté, d'autres s'activeront à faire s'inscrire le maximum de citoyens noirs sur les listes électorales. Tous espèrent le faire sans danger bien qu'une réelle menace plane au-dessus de ce projet.

Mary L.

15

« Enfant sans mère, c'est comme un nid sans plumes,
sans chaleur. »
Arthur Rimbaud

Été 1858, Mississippi

LE CORPS D'ED SE BALANÇAIT au rythme des à-coups de la charrette contre les barreaux de sa nouvelle cage. Il remarqua qu'il avait moins de place pour se mouvoir qu'il y avait quelques années. Ses pieds et ses mains ferrés étaient reliés par des chaînes dont le cliquetis lui était devenu si familier qu'il n'y prêtait même plus attention.

Cinq ans s'étaient écoulés depuis qu'il avait quitté la plantation des Wikson. Durant cette période, il avait été confronté aux atrocités de l'esclavage, lui qui en avait été protégé dans son enfance grâce à la bienveillance des adultes qui l'entouraient. Pourtant, malgré toutes ces nouvelles épreuves, il songeait que rien ne l'avait plus affecté que la séparation d'avec sa mère. Les cris déchirants qu'elle avait poussés ce jour-là résonnaient encore en lui et, ponctuellement, ses hurlements venaient le hanter la nuit.

Après qu'il eut été vendu par Thomas, le jeune garçon avait rejoint une plantation de canne à sucre où il était cantonné aux travaux agricoles. Durant ces quelques années, il s'était rapproché d'un homme d'une trentaine d'années que l'on appelait Black Jeff. Ce dernier prêchait au sein du quartier des esclaves. Tous les dimanches, il enseignait la Bible à ceux qui le souhaitaient. Ed aimait l'écouter et s'inspirait de ses paroles. Malheureusement, ces apprentissages n'étaient pas du goût de leurs maîtres qui refusaient qu'une quelconque éducation, fût-elle religieuse, soit transmise sur leur terre. À plusieurs reprises, le prédicateur avait été fouetté et enfermé dans un local vide et insalubre servant de prison pour les esclaves qui osaient défier l'autorité au sein de la plantation.

Ed se souvint qu'il aimait observer la manière dont l'homme priait. Sa foi n'était pas ébranlée par les mauvais traitements qu'il recevait, ce qui rendait Ed admiratif. À partir de ce moment-là, il commença lui-même à étudier les textes sacrés, non plus pour découvrir la lecture, car maintenant il savait lire, mais pour s'imprégner de la parole de Dieu. En espérant y trouver une réponse et un soutien moral.

Les mois puis les années avaient défilé ainsi, laissant à Ed le temps de se familiariser avec d'autres séparations, d'autres corrections et d'autres humiliations. Puis il se félicita de n'avoir noué aucun lien affectif, car le jour de ses quinze ans, il fut revendu à un nouvel homme. Il découvrit alors une plantation différente, beaucoup plus petite que les deux précédentes. Ses tâches étaient plus variées : il travaillait toujours dans les champs, mais avait également la possibilité de s'occuper du potager et des animaux. Là, ils étaient moins nombreux, une vingtaine d'esclaves se partageaient les travaux.

C'est dans cette exploitation qu'Ed avait commencé, à son tour, à enseigner la Bible à ceux qui le désiraient. Ici, le maître acceptait qu'un enseignement religieux soit transmis aux esclaves et Ed se découvrit un talent dans ce domaine. Malgré son jeune âge, il était respecté par la petite communauté. Là, la vie était plus douce et les travaux moins pénibles. Ainsi, Ed attendait patiemment chaque dimanche pour ranimer la flamme dans les yeux de ceux qui l'écoutaient.

Il se souvenait encore de ce jour de Noël où la fille unique du maître, qui avait le même âge que lui, était venue discrètement l'observer, comme lui l'avait fait auparavant avec Black Jeff. Il avait été frappé par la beauté froide qu'elle dégageait.

C'est au cours de ce même hiver, qui avait été encore plus rude que les autres, que son nouveau maître fut emporté subitement par la maladie. Un matin où le sol et toute la nature étaient gelés, il aperçut cette jeune femme grelottant, debout, seule, attendant l'arrivée du médecin. Se risquant à s'approcher d'elle, Ed reconnut dans la profondeur de son regard bleu la détresse d'une orpheline. Il ressentit une certaine empathie pour la jeune femme qui, comme lui jadis, était en train de perdre tous ses repères. C'était la dernière fois qu'il l'avait vue. Leur maître avait laissé de nombreuses dettes et tous ses biens furent vendus ainsi que les esclaves, un à un, à différents marchands au profit des créanciers.

Ce jour-là, Ed était de nouveau en chemin pour le marché des esclaves. Il était devenu un bel homme avec des muscles saillants. Ses tâches variées sur les plantations lui avaient fait gagner en habilité. Il remerciait intérieurement M. Wikson de lui avoir appris les codes de la société blanche, convaincu que cela lui serait utile le moment venu. Régulièrement, il repensait avec douleur à ses papiers d'affranchissement et était sûr qu'ils avaient fini brûlés. En revanche, jamais il n'osait imaginer la vie qu'il aurait eue avec. Il ne pouvait songer à ce qu'il ne connaissait pas. Chaque jour, il pensait à sa mère dont il ignorait la mort et, dans chacune de ses prières, il avait toujours un mot pour elle.

Fin observateur, il épiait d'un œil sévère ce nouveau commerçant qui se nommait Correy. Ce dernier venait de l'acheter, mais Ed le savait, ce serait pour une courte durée. Cela commençait mal, l'odeur de sueur qu'il dégageait le dégoûtait. Ed avait pourtant l'habitude des forts effluves dus au labeur. Mais ce type empestait un mélange de transpiration et de parfum bon marché. Une vaste tache humide se dessinait sous ses bras et dans son dos. Il portait un large chapeau de paille qui était censé le protéger du soleil, mais ses joues demeuraient d'un rouge aussi vif qu'un ciel se colorant de sang à l'aube d'un mauvais présage. À longueur de journée, en chiquant son tabac, il lançait des jurons à tout-va. Un homme noir l'accompagnait, Samuel, dont l'œil étincelait de méchanceté.

Ed n'avait jamais compris comment des hommes de la même couleur qu'eux pouvaient les trahir à ce point. Samuel ressemblait à tous les régisseurs que le jeune homme avait rencontrés dans les champs. Avide du plus petit pouvoir et disposé à l'exercer avec cruauté, d'une main de fer, persuadé qu'ainsi il se ferait bien voir du patron. Ed ne lui prêta pas plus d'attention, car l'homme ne lui semblait pas malin pour un sou.

Le pied gauche d'Ed était relié par une chaîne au pied droit d'un autre homme. Ce dernier retenait davantage sa curiosité. Il devait être du même âge que lui. Et, comme lui, il ne pipait mot. Ses haillons étaient déchirés et laissaient apparaître une plaie profonde et purulente. Les deux hommes se détaillèrent du regard. Ed fut stupéfait de la taille de sa poigne, aussi grosse que l'enclume du forgeron. Il finit par tirer quelques herbes médicinales de sa poche et les déposa sur le sol. Il en prit une partie qu'il frotta entre ses paumes et, après avoir humidifié le tout, il appliqua son remède sur la blessure de l'homme, lequel se laissa faire.

— Merci, mais pas sûr qu'ça fasse du bien, dit l'homme d'une voix tranquille.

— J'ai appris cela de ma Grandma quand j'étais petit, répondit Ed, soudain nostalgique en mentionnant ce nom.

— Tu as raison, il faut écouter les anciens. Moi, c'est Abraham, se présenta l'homme en hochant la tête.

— Ed, répondit-il avec un sourire. Que t'est-il arrivé ?

— Arf, un souv'nir de chaqu' maître et celui-ci du dernier !

Comme Ed allait vite le comprendre, Abraham n'était pas un homme à se plier facilement aux ordres et en avait fait les frais. Après plusieurs punitions, ses maîtres avaient décidé de se séparer de lui. Bien qu'il eût un physique imposant qui l'aurait rendu utile pour un bon nombre de travaux, son caractère lui attirait trop souvent le fouet. Pour son maître, cela revenait surtout à abîmer la marchandise qu'il était et à affecter le bénéfice qu'il aurait pu en tirer.

Comme Ed, Abraham avait été séparé de sa mère plus jeune. Mais ce dernier n'avait pas eu l'occasion d'entretenir des relations avec elle. Le seul être avec qui il avait eu des liens était son jeune frère. C'était en le défendant durant des années qu'il s'était forgé cette âme de guerrier. Mais cela lui avait également valu d'être vendu une première fois, détruisant le seul lien familial qu'il possédait. Depuis, il enchaînait les plantations et les corrections qui allaient avec. Son dos meurtri était le reflet de la vie qu'il avait menée. Des cicatrices anciennes et de plus récentes témoignaient de ses châtiments. Ed, qui avait assisté bien malgré lui à plusieurs de ces sévices au cours de sa vie, n'avait jamais vu un dos aussi amoché. Pour la première fois, depuis des années, il se prit d'affection pour une personne.

Le voyage fut harassant et dura de longs jours, sous un soleil brûlant. Au début, ils n'étaient que deux, mais à force de parcourir les différentes exploitations, ils furent bientôt une dizaine. Ed et Abraham assistèrent à des scènes qui les ramenaient tous deux à leurs souvenirs. Deux jeunes enfants venaient d'être séparés de leur mère et se serraient l'un contre l'autre en pleurant. Un autre garçon, probablement âgé d'une quinzaine d'années, quant à lui, avait été arraché des bras de son père. Ed fut ému et se souvint de Robert, qui avait été la seule présence masculine bienveillante dans sa vie. Chaque séparation réveillait en eux des douleurs enfouies.

Une nouvelle journée annonçait un nouveau périple et, afin de soulager les chevaux, les hommes devaient marcher les uns derrière les autres, enchaînés, en suivant les bêtes. Au fil des heures, le convoi ralentissait, car tous souffraient de la chaleur, de la fatigue et de la soif. À la tombée du soir, le maître décida de s'arrêter au milieu d'un pré. Les geôliers enlevèrent les fers aux enfants afin qu'ils aillent se soulager. Les hommes demeuraient attachés, assis autour d'un vieux chêne. Des quatre enfants partis derrière les fourrés, seulement trois étaient revenus. Samuel le remarqua sans tarder.

— Où est le négro qui était avec vous ? grogna-t-il.

Ed observa qu'il s'agissait de l'adolescent qui venait d'être séparé de son père.

— On n'sait pas, m'sieur. Il était là, il va revenir, répondit un des enfants d'une voix tremblante.

Samuel pénétra dans les arbustes et n'entendit pas un bruit.

— P'tit ! N'essaie pas de nous jouer un vilain tour, dit-il en émettant un grognement.

Une seconde plus tard, un large morceau de bois s'abattit lourdement sur sa tempe. Le jeune garçon avait ramassé une branche de chêne morte et s'en était servi comme d'une massue. Samuel tomba au sol et le garçon courut à travers les herbes hautes pour s'enfuir. M. Correy avait l'habitude de ces tentatives désespérées et attendait toujours ce moment avec impatience pour donner une leçon à tout le monde. Il sauta sur sa monture et se précipita derrière le fugitif. Chaque esclave, tout en priant silencieusement pour le garçon, tendait le cou afin de regarder. Correy sortit son fusil. Posément, il l'épaula, ajusta et fit feu. L'enfant s'abattit au sol, tué net sous les yeux de tous. Laissant son corps à même la terre, Correy revint près du groupe en chiquant son tabac.

— Maintenant vous connaissez le sort que je réserve à ceux qui veulent s'échapper. Ne croyez pas que ça m'amuse de perdre comme ça cinq cents dollars ! pesta-t-il sans une once de remords.

16

« Il suffit d'une seule rencontre pour faire basculer toute une vie. »
Virginie Polissou

LES ESCLAVES ARRIVÈRENT DANS UNE PETITE VILLE du Mississippi. Pour certains, c'était la première fois qu'ils franchissaient les limites de leur plantation. Ils regardaient, les yeux ébahis, les allées et venues des attelages, les boutiques de tissus, les merceries, les épiceries, le marchand de journaux et les gens circulant librement, traversant les routes dans tous les sens. Eux, ces hommes enfermés en cage, étaient traînés à travers la ville, sans que cela ne choque aucun des passants. Comme les boutiques et les animaux, ils faisaient partie du décor. M. Correy et Samuel s'arrêtèrent devant un entrepôt en retrait d'une rue. Ils défirent les cadenas et pressèrent les hommes, les femmes et les enfants de descendre. Le frère aîné de M. Correy arriva. C'était lui qui gardait les esclaves ici pendant que son cadet arpentait les comtés pour trouver la marchandise.

— Belle récolte, des gaillards jeunes et forts, approuva-t-il d'un air satisfait après avoir observé la nouvelle cargaison. Cela complétera ce que l'on a déjà.

— J'ai dû abattre un garçon, bredouilla M. Correy.

Ed remarqua que l'assurance du marchand disparaissait face à son aîné.

— Je te le répète chaque fois ! Fais attention ! Nous perdons de l'argent. Vous êtes deux, quand même, débrouillez-vous pour les rattraper la prochaine fois, grommela l'aîné. La vente aura lieu dans trois jours. Il va nous falloir les préparer correctement, poursuivit-il d'un ton autoritaire.

Ed, Abraham et les autres pénétrèrent dans le bâtiment où leurs yeux durent s'habituer à la pénombre. Il y avait là une vaste salle et ils se figèrent en constatant le nombre de personnes déjà présentes. Ils devaient être une trentaine enfermés ici, à attendre de savoir où leur destin les mènerait.

Ed sentit des yeux posés sur lui et, en tournant la tête, aperçut une jeune femme. À première vue, elle lui sembla vulnérable, et instantanément il eut envie de la serrer dans ses bras, afin de la préserver de la réalité cruelle à laquelle elle était livrée. Le temps sembla s'arrêter et se recouvrir d'une brume épaisse au travers de laquelle cette femme n'était désormais que le seul point de lumière. Ses bras frêles repliés sur ses genoux indiquaient sa fragilité tandis que ses vêtements déchirés et salis contrastaient avec la grâce de son visage. Elle avait ce teint d'un ébène sombre qui était harmonieux, lisse et sans aucune imperfection. Ses cheveux lâchés et courts se dressaient de part et d'autre de son crâne en petites boucles. Son regard d'un noir aussi intense et profond que les plumes d'un corbeau foudroya le cœur d'Ed qui battit soudainement différemment. Elle était une de ces beautés africaines qui portait en elle et sur elle tout l'héritage de ses racines. Un échange électrique se produisit et la jeune femme, finalement embarrassée, baissa les yeux pudiquement. Ed n'avait jamais connu ce sentiment auparavant. Mû par un instinct qu'il n'aurait su définir, il s'approcha d'elle pour s'asseoir à son côté. Abraham l'accompagnait, les deux hommes s'étaient liés durant ce périple et se sentaient plus forts l'un auprès de l'autre.

— Depuis quand es-tu ici ? demanda Ed avec douceur à la jeune femme.

— Quelques jours, mais combien exactement je ne sais pas, dit-elle d'une voix éteinte.

— On va rester ici longtemps ? questionna Abraham.

— Aucune idée.

— Ils nous traitent pire qu'du bétail, bougonna Abraham en tapant son poing dans sa paume opposée. C'est quoi, ton nom ? reprit-il.

— Batsy, répondit-elle en inclinant la tête.

Un silence s'installa ; chacun était plongé dans ses pensées, s'inquiétant de ce qui l'attendait. Des femmes et des hommes pouvaient encore serrer leur enfant contre eux, mais pour combien de temps ? D'autres savaient que des séparations auraient lieu d'ici peu. La tension était palpable et la tristesse aussi.

***

Le jour de la vente redoutée arriva, et les Correy préparèrent leur marchandise avec beaucoup de minutie. Ils graissaient les lèvres afin de faire croire que les esclaves avaient été bien traités et nourris correctement. Ils menottèrent les hommes les plus forts pour éviter tous débordements qu'ils jugeaient inutiles.

La salle de vente se remplissait de maîtres de plantations, de marchands et d'intermédiaires. Chacun avait en tête ce dont il avait besoin. La période de récolte allait vite arriver et une nouvelle main-d'œuvre serait nécessaire pour beaucoup. Tous les esclaves à vendre furent présentés à la foule. Chaque acheteur potentiel avait le loisir de venir les examiner comme on scrutait un cheval avant de l'acquérir. On ouvrait leur bouche pour regarder la dentition. On observait s'ils étaient déjà marqués par le fer. On scrutait leur dos pour analyser les cicatrices et, par conséquent, on en déduisait l'obéissance de l'esclave. On caressait leurs cheveux comme on caressait une crinière. Une fois cet examen établi, les hommes reprenaient place dans la salle. L'estrade avait été dressée au milieu de la pièce. Elle était disposée de façon à ce que la lumière qui s'infiltrait par les fenêtres l'éclairât au maximum. Le pupitre du commissaire-priseur était en contrebas. L'homme se tenait debout, son marteau à la main, prêt à briser des destins comme on brisait des noix. Les esclaves furent ensuite reconduits dans leur pièce. Une porte séparait la salle de vente de la remise. L'aîné des Correy s'avança sur l'estrade et décrivit ses ventes du jour.

— Messieurs, comme vous avez pu le constater, aujourd'hui, nous allons vous proposer des produits de haute qualité. Jeunesse, force, femmes fertiles ! À vous de faire votre choix selon vos besoins, clama-t-il avant de reprendre : Pour commencer, deux enfants d'une dizaine d'années. Ils sont frères et peuvent être vendus ensemble ou séparément.

M. Correy avait annoncé tout cela d'un trait sans reprendre son souffle. Les deux garçons qui avaient été séparés de leur mère quelques jours auparavant furent poussés, tremblants, sur la scène. Ils avaient été dévêtus afin que le futur acquéreur puisse voir en détail l'objet convoité. M. Correy, plus enjoué, reprit son discours :

— Comme vous le voyez, ils sont propres, aucune trace de châtiment, ce qui témoigne de bons comportements, commenta-t-il. La mise à prix est de six cents dollars pour le lot.

— Quatre cent cinquante dollars pour les deux ! cria un homme dans la foule.

— Quatre cent cinquante ? Ils en valent bien plus, grinça Correy.

— Je n'en prendrai qu'un seul alors… trois cents pour un !

Devant l'absence de contre-offre, Correy fit mine de réfléchir. Les garçons, dont l'avenir se jouait durant ces quelques secondes de réflexion, se regardaient les yeux larmoyants sans oser se toucher.

— OK pour quatre cent cinquante les deux, je n'ai pas envie de commencer cette vente sous les jérémiades des séparations, s'écria-t-il, heureux de sa générosité, et l'officier abaissa son marteau.

— Marché conclu, dit précipitamment l'homme, content de son affaire.

Les jeunes garçons se rhabillèrent en vitesse et rejoignirent leur nouveau maître une fois l'argent et les papiers administratifs échangés.

M. Correy, dans son élan d'orateur, reprit la vente :

— Continuons avec une famille venant d'une plantation de coton. L'homme est fort, la femme féconde et, à voir le jeune garçon, leur progéniture est un bon cru pour de futurs travaux.

L'homme nu et menotté grimpa les marches, accompagné de sa femme et de son fils.

— Et la mise à prix pour ce bel ensemble n'est que de mille cinq cents dollars ! s'exclama M. Correy.

— Neuf cents et je repars avec l'homme seul ; je n'ai pas besoin de sa femme et de son enfant.

Sans autres propositions, M. Correy se plia à cette décision. La femme s'accrocha de toutes ses forces à son mari, mais en fut éloignée après que le claquement menaçant du fouet retentit sur le sol. L'homme ne put contenir sa fureur. De ses mains attachées, il balança des coups à gauche, puis à droite. Sa femme, pleine de dignité, ne poussa pas un cri. Une larme silencieuse roulait sur sa joue. Elle tremblait, on lui retirait son mari, mais pour le moment elle avait toujours son enfant avec elle. Elle pensait à cela, et de ce fait, ne se lamentait pas pour ne pas effrayer un futur acheteur qui pourrait tenter de la séparer de son enfant. Son mari fut bâillonné sous le regard des siens. Il fut immobilisé par quatre hommes et conduit hors de la pièce. Le jeune garçon croisa une dernière fois les yeux de son père et se promit intérieurement de rester fort.

Pour Correy, le temps, c'était de l'argent et il n'avait pas de temps à perdre avec des pleurs qui, d'ailleurs, ne l'affectaient pas. « Ces Noirs ne peuvent guère ressentir les liens familiaux », pensa-t-il, alors il poursuivit sa vente en haussant le ton :

— Il reste cette femme et son enfant, huit cents dollars.

— Sept cents pour moi et je prends les deux.

M. Correy, d'un geste de la main, accepta l'échange et regarda le commissaire-priseur abattre une nouvelle fois son marteau sur le pupitre.

Les esclaves défilèrent ainsi, les fratries et les familles étaient séparées dans les cris et les pleurs. Derrière la porte, ceux dont le tour n'était pas encore venu demeuraient apeurés, témoins impuissants de ces déchirements. Dans la salle, il n'y avait pourtant pas le moindre regret. C'était là leur représentation de l'esclavage. Batsy monta à son tour sur l'estrade. Elle était accompagnée d'Ed et d'Abraham. Correy avait constitué ce lot espérant ainsi tirer un meilleur profit d'Abraham, qui risquait d'être une vente compliquée avec ses cicatrices.

— Voici trois jeunes gens, deux hommes robustes ! Un avec cette peau claire rare sur le marché et un dont les muscles témoignent d'une vigueur exceptionnelle ! Et cette femme, belle, jeune, saura enfanter de la meilleure façon qui soit !

Correy vantait en plaisantant les mérites de ses poulains et des rires éclatèrent dans la salle.

— Mille cinq cents pour le lot et je ne négocie pas ! Ils ne seront pas vendus séparément.

Les enchères commencèrent à monter.

— Mille cinq ici, lança un homme blanc qui, d'après sa tenue, était probablement lui-même un marchand.

— Mille cinq cent cinquante, surenchérit un autre.

— Nous avons mille cinq cent cinquante sur la droite ! Qui d'autre ? clama Correy.

— Mille six cents pour moi ! s'écria un nouvel homme.

Les murmures se répandirent dans la pièce devant une telle proposition.

— Mille six cents, qui d'autre ? répéta trois fois M. Correy avant de déclarer : Personne ! OK, marché conclu !

C'est ainsi que les chemins d'Abraham, Ed et Batsy furent liés. Chacun se rhabilla, gêné de sa nudité, et ils se dirigèrent tous trois vers leur nouveau maître, John

Hailey. Ce dernier avait une plantation de coton dans le Mississippi, non loin de l'endroit où avait grandi Ed. Cette nouvelle fit naître en lui l'espoir de revoir sa mère et Grandma. M. Hailey était un homme qui avait une réputation correcte, mais dont les régisseurs sévissaient impitoyablement. Abraham, Ed et Batsy furent de nouveau enchaînés les uns aux autres et placés dans une charrette. John fit encore quelques courses, accompagné d'un de ses régisseurs, Richard, qui épiait ses trois nouvelles recrues assises côte à côte. De son regard bleu polaire, il semblait transpercer leur chair. Ses cheveux roux bouclés s'éparpillaient sur une tête ronde à la mine sévère. Sa peau laiteuse était marquée par de nombreuses taches de soleil. Tout en se grattant l'avant-bras qui pelait sous sa nervosité, il les défia :

— J'espère que vous êtes en forme, ricana-t-il en grimaçant.

Aucun ne prit la peine de lui répondre. Mais en secret, leurs mains s'unirent et se serrèrent.

17

« Fais ce que tu crois juste, selon ton cœur,
car on te critiquera de toute façon. »
Eleanor Roosevelt

Juillet 1964, Mississippi

L'odeur des œufs brouillés parvenait à l'étage et réveilla Mary. En ouvrant les yeux, elle découvrit que les lits de June et Edris étaient vides. Elle se sentit gênée de ne pas s'être levée plus tôt. Après être passée à la salle de bains en hâte, elle descendit à la cuisine.

Des photos de la vie de Doug et Lisa étaient affichées sur le mur de l'escalier, une représentant leur mariage et une autre, un bébé sans que cela n'interpelle encore Mary.

Lisa, en voyant son hôte, se confondit en excuses pour ses propos de la veille.

— Oh ! Ce n'est rien, répondit Mary, toujours sur un nuage après s'être endormie en serrant la main d'Edris mais les yeux encore pleins de sommeil. Oublions… Je comprends votre position. Nous allons essayer de trouver une autre solution.

— Non ! Restez ici, s'il vous plaît. C'est avant tout pour Doug, cela lui tient à cœur, et ce qui est important pour lui l'est pour moi.

Edris, en retrait, demeurait pensif en observant Lisa. Son amour pour Doug se ressentait, il se voyait, il se vivait. Cela l'impressionnait et il les enviait. Il songea que lui-même espérait trouver ce soutien inconditionnel auprès d'une épouse, un jour. Puis ses yeux se posèrent sur Mary, le cœur serré.

— Ce petit déjeuner m'a l'air délicieux, lança la jeune journaliste en acquiesçant aux paroles de Lisa.

— Je vais devoir aller travailler, indiqua Lisa. Doug est déjà parti à la scierie. David passera vous récupérer pour vous accompagner. Il a les clés. Je file, je n'ai pas envie d'être en retard. Bonne journée à vous et courage.

Lisa s'avança vers la porte quand Mary l'interpella.

— Lisa, merci pour tout, dit-elle.

La jeune femme lui sourit timidement en retour tout en portant sa main à la bouche, puis elle sortit.

Lisa longea la petite allée qui bordait sa maison et se dirigea dans la rue principale pour rejoindre l'arrêt de bus. Elle ne se sentait pas en sécurité. Elle s'accrochait à son sac et se retournait dès qu'elle entendait un bruit. Depuis l'incident de la veille, elle gardait une boule au ventre même si, depuis le matin, elle laissait croire au contraire.

Elle aperçut une de ses amies qui attendait déjà à l'ombre d'un arbre et pressa le pas ; la voir la rassurait. Janice l'observa arriver d'un œil inquiet.

— C'est quoi cette mine, Lisa ? demanda-t-elle en fronçant les sourcils.

Janice n'y allait jamais par quatre chemins, c'était une personne franche et, dans sa position, ce trait de caractère la desservait plus qu'autre chose. Elle portait un chapeau vert assorti à sa robe du jour et remuait le pied à gauche, puis à droite, comme si elle devait écraser l'ombre de son sac qui bougeait avec elle. Janice avait une carrure imposante pour une femme et elle n'hésitait pas à s'en servir pour intimider son auditoire.

— Oh, rien, ne t'en fais pas, répondit Lisa, qui pourtant regardait autour d'elle d'un air tendu.

— Je te connais par cœur et tu as ta mine des mauvais jours. Ce sont déjà ces gens du Nord, j'en suis sûre, qui te causent du tracas. Quelle idée a eue encore Doug, dis-moi !

Lisa souffla et lâcha le morceau. Elle avait besoin de se confier.

— Hier soir, on nous a lancé une pierre avec un message menaçant. Elle est tombée dans la vaisselle. J'étais morte de peur !

— Bah, voilà, je le savais ! Tu aurais dû m'écouter et refuser. C'est de la folie, de les héberger. S'ils veulent faire du bien, qu'ils le fassent, mais loin de chez nous, pesta Janice.

— Doug me répète que c'est pour nous qu'ils font cela.

— Pour nous ? Tu rigoles, j'espère. Ils débarquent dans nos vies, quoi, deux mois ? et ils vont repartir en laissant quoi ? Hein ? À ton avis ?

Devant l'absence de réponse de Lisa qui haussait seulement ses épaules, Janice reprit d'un ton sévère :

— Rien d'autre que des problèmes, crois-moi ! Ça changera quoi pour nous, de voter ? J'ai entendu les femmes en parler la dernière fois chez le coiffeur.

— Que disaient-elles ? s'empressa de lui demander Lisa.

— Paraît-il qu'ils font des listes ! chuchota Janice en guettant les alentours.

— Des listes de quoi ? s'étonna Lisa en écarquillant les yeux.

— Des listes des Noirs comme nous qui vont s'inscrire, et tu sais ce qu'ils en font, de ces listes ?

— Non ?

— Ils les publient dans le journal pour qu'à ton travail, ils sachent que tu es contre eux, assura Janice en relevant le menton et en bombant le torse.

— Oh, mais c'est dangereux, tout ça ! gémit Lisa.

— Oui, ma petite Lisa. Ils font ça, crois-moi ! Alors, imagine-toi ce qu'ils feront à ceux qui les hébergent ! Non, non, non, tu dois t'en débarrasser rapidement.

Sur tout le chemin qui les conduisit dans le quartier des Blancs, Janice ne cessa de mettre en garde Lisa. Elle qui déjà n'était pas trop rassurée depuis la veille avait maintenant les jambes qui flageolaient. Une fois chez ses employeurs, elle se sentit enfin en sécurité. C'était une des plus belles demeures du centre-ville. À l'avant, une pelouse parfaitement entretenue résistait fièrement au soleil. Quelques bosquets de roses bordaient l'entrée de la maison et la présence d'une niche laissait présager qu'un chien y vivait, mais Lisa n'y avait jamais vu l'ombre d'un animal.

Comme chaque matin, elle fit le tour et pénétra par la porte de la cuisine. Elle se dirigeait vers la salle de bains du fond où elle avait pour habitude de changer d'habits avant de préparer le petit déjeuner des deux enfants dont elle avait la garde, quand elle s'entendit appeler.

— Lisa, pouvez-vous venir ici ?

Lisa sursauta. Elle était surprise d'entendre la voix de M. Smith qui n'était généralement pas là quand elle prenait son service.

— Oui, monsieur Smith, répondit-elle en s'approchant du grand salon, inquiète. Bonjour, monsieur Smith.

Mme Smith, également présente, se tenait droite, assise sur le canapé, les mains posées délicatement sur ses genoux. Comme à son habitude, elle ne laissait transparaître aucune émotion. Ses cheveux bruns retombant sur ses épaules paraissaient figés. Lisa avait toujours pensé que même le vent le plus violent ne les ferait pas se mouvoir d'une mèche. M. Smith, quant à lui, un épi aussi clair que le maïs sur la tête, buvait sa tasse de café à la table, un journal ouvert sous ses yeux. C'était le plus riche planteur du comté. Il avait déménagé de son exploitation en se mariant, car sa femme ne supportait pas la vie à la campagne. Gardant une posture très professionnelle, il planta un regard froid sur Lisa et laissa quelques secondes passer, la déstabilisant encore un peu plus.

— Lisa, je suis très contrarié ce matin, commença-t-il en cornant les coins du journal.

À ces mots, Lisa paniqua et tenta de se remémorer la journée de la veille. Les enfants avaient été sages et aucun incident n'était survenu. Qu'avait-elle bien pu faire de mal ?

— Il m'a été rapporté que vous hébergiez des militants du Nord, reprit-il d'un ton plus sec.

— C'est mon mari, Monsieur, Doug. Vous savez, il…

— Que pense donc votre mari, Lisa ? l'interrompit-il d'un ton calme mais ferme. Qu'il pourrait avoir plus de droits qu'il n'en a déjà ? N'est-on pas assez généreux avec vous ?

— Si, Monsieur, répondit-elle d'une voix étranglée. Très généreux, Monsieur.

— J'espérais que ce qui m'avait été dit était faux. Au vu de votre réponse, il semblerait que cela soit la vérité.

— Monsieur, je…

— Taisez-vous ! la coupa-t-il d'un ton encore plus désagréable. Je ne peux pas tolérer que quelqu'un qui a ce genre de comportement entre dans ma maison ! Alors, puisqu'il en est ainsi, voici votre solde de tout compte. À partir de maintenant, vous ne travaillez plus pour nous.

Lisa s'était attendue à tout durant le trajet pour venir ici, elle s'était méfiée de chaque passant et de chaque voiture. Elle n'avait été rassurée qu'en pénétrant dans cette allée, et là, devant cet homme froid et distant, elle perdit de nouveau tous ses moyens. Honteuse, elle ne savait même pas quoi répondre. Il était le patron et elle, elle n'était rien, car finalement toute son éducation avait servi à lui inculquer cette certitude de profonde inégalité de race et de classe. Quand l'homme blanc parlait, l'homme noir exécutait.

Le cœur battant à tout rompre, elle ressortit de la maison aussi vite qu'elle y était entrée. Quand elle se retourna, elle aperçut dans une des chambres de l'étage, Joey, l'aîné de cinq ans de la fratrie qui lui faisait un signe de la main à travers les rideaux. En voyant son innocence, son cœur se serra. « Quel genre d'adulte deviendra-t-il et quelle bataille décidera-t-il de mener ? » pensa-t-elle. Aujourd'hui, elle n'avait même pas pu lui dire au revoir… Se souviendrait-il de l'amour qu'elle lui a donné ? C'était ce qui manquait le plus à Lisa, des enfants. Les années passaient et avec elles l'espoir de fonder la famille nombreuse qu'elle s'était imaginée. Aujourd'hui, elle espérait encore pouvoir être enceinte et que ce bébé décide fermement de vivre. Mais, en attendant, elle adorait s'occuper de ceux des autres, sans jalousie et sans envie, simplement parce qu'elle aimait les enfants sincèrement. Ils étaient ses petits bonheurs. Joey allait lui manquer, sa petite sœur également.

Elle rejoignit le bus et ne pensa plus aux dangers qu'elle pourrait rencontrer sur son chemin. Elle n'en voulait à personne. C'était ainsi. Elle connaissait ce sentiment d'injustice et trouva même l'occasion de puiser une force nouvelle dans ce qui venait de lui arriver. Ils pouvaient bien se débarrasser d'elle, elle continuerait à soutenir son mari dans son combat si c'est ce qui lui semblait juste. À cet instant, elle ne craignait plus rien.

18

« L'éducation est l'arme la plus puissante qu'on peut donner pour changer le monde. »
Nelson Mandela

La route menant à l'église longeait un magnifique champ de coton. On y apercevait des milliers de tiges vertes ornées de fleurs jaunes se fondant avec l'horizon. Un cabanon abandonné à mi-parcours ajoutait à la beauté du panorama, donnant l'impression à Mary qu'ici, le temps était suspendu.

Après quelques minutes, la voiture quitta le chemin principal et s'engagea dans une allée zigzaguant vers une colline où la jeune femme découvrit les vestiges d'un moulin en haut de la butte.

David se gara sur un parking de terre et de cailloux. Tous descendirent et contemplèrent ce décor bucolique tout en sentant cet air chaud et humide se plaquer sur leur visage.

— De quand date ce moulin ? questionna Mary en réajustant sa robe de ses mains gantées de blanc.

— Il était déjà là au siècle dernier. Tu peux aller y jeter un œil si tu veux, répondit David en se dirigeant vers l'église.

Tandis que David faisait faire le tour des lieux à June, Mary, accompagnée d'Edris, entreprit de grimper jusqu'au moulin. Leurs pieds s'enfonçaient lourdement dans l'herbe et Edris lui attrapa la main pour l'aider à poursuivre la montée. Arrivés en haut, ils se retrouvèrent face à une succession de collines verdoyantes où se glissaient les lacets du Mississippi surplombé d'un ciel bleuté à perte de vue. Cette palette de couleurs émerveilla la jeune journaliste.

— Ma mère me racontait que certains esclaves se cachaient dans les moulins pendant leur fugue vers le Nord, confia Edris. On entre ?

Mary, qui n'avait pas lâché sa main, le suivit à l'intérieur. La porte bancale grinça à l'ouverture. La lumière pénétrait par de petites lucarnes et des trous percés dans la pierre. Des poutres recouvraient le plafond et des toiles d'araignées s'y étaient logées. Mary cria en sentant cette soie se plaquer contre sa peau. Elle bondit de frayeur et se retrouva collée à Edris. Tous deux se figèrent, sa poitrine frôlait son torse, elle sentait son souffle sur ses lèvres. Puis, déstabilisée, elle recula.

— Je déteste ces bêtes, lâcha-t-elle en se sentant rougir.

Edris tendit la main vers le dos de Mary et mima de ses doigts la démarche de l'animal. Elle sursauta de nouveau en poussant un petit cri, puis sortit en courant et en se contorsionnant, pour chasser l'araignée imaginaire qui se promenait sur elle. Le rire d'Edris retentissait encore quand le regard de Mary se dirigea vers l'église située au pied de ce petit mont en pente douce. Elle était faite de planches en bois blanc vieilli par les intempéries. Ce lieu de culte ne ressemblait pas à ceux auxquels ils étaient habitués dans le Nord. En dessous d'elle, elle aperçut June qui lui faisait de grands gestes.

— Rejoignez-moi ! Dépêchez-vous ! hurla-t-elle.

Une fois en bas, June enlaça Mary et lui glousse à l'oreille, avec un clin d'œil appuyé :

— Ça a l'air de coller entre vous.

Dans un éclat de rire, les deux femmes avancèrent bras dessus, bras dessous vers l'église. David pénétra le premier, retira son chapeau de sa main gauche et se dirigea vers le bénitier pour se signer. Le lieu était simple, une grande croix se dressait sur le mur du fond pour rappeler à tous les fidèles le sacrifice de Jésus. Une estrade et un pupitre plantaient le décor au bout de nombreux bancs en bois qui se succédaient dans la salle. Le pasteur Leyers descendit les marches et s'approcha de David.

— Il me semblait bien vous avoir entendu arriver, dit-il d'un ton accueillant.

Les présentations furent faites rapidement, puis June et David en profitèrent pour s'éclipser de leur côté afin de commencer aussi leur mission. Quant à Mary et Edris, ils suivirent le pasteur Leyers jusqu'à une pièce mansardée sous les toits.

— C'est dans cette salle que se dérouleront vos cours, déclara le pasteur, c'est l'endroit le plus sûr auquel nous avons pensé. S'il y fait trop chaud, n'hésitez pas à aller sous les chênes de devant. L'ombre y apporte un peu de fraîcheur pendant les longues journées d'été.

Mary parcourut du regard ce lieu vétuste. Un fil électrique pendait du plafond et une ampoule y était suspendue. Sur le mur du fond, une carte des États-Unis était affichée. C'était là sa seule décoration.

Comme à son habitude, Edris ne perdit pas de temps et entreprit aussitôt de faire un peu de ménage. Il ouvrit la fenêtre pour y faire pénétrer air et lumière. Il fallait dépoussiérer la grande table et les étagères de la bibliothèque. Plusieurs livres y étaient rangés et il constata que certains de ces ouvrages étaient très anciens. Mary se tenait devant et caressa délicatement leur couverture comme si elle était en présence d'un trésor.

— Combien d'enfants vont venir ? demanda Edris, impatient de commencer.

— Je pense qu'aujourd'hui ils seront une petite dizaine, répondit le pasteur d'un ton confiant.

— Viendront-ils tout l'été ?

— Je l'espère, même si les futures récoltes les pousseront probablement aux champs à la fin de l'été.

— Les récoltes ? s'étonna Mary.

— Oui, les récoltes de coton. Souvent, les enfants de notre communauté aident à cueillir le coton en septembre et en octobre. Cela retarde la reprise de l'école d'un ou deux mois, selon les années.

Mary fut choquée par cette découverte. « Comment une société moderne peut-elle permettre cela ? » songea-t-elle avec amertume.

***

Edris était fin prêt. La pièce avait été rafraîchie et son premier cours n'attendait plus que son public. Il se tenait à l'entrée de l'église, une main sur le chambranle de la porte et une autre dans la poche de son pantalon beige. Il guettait, fébrile, l'arrivée de ses nouveaux élèves. Comme à la veille de chaque rentrée scolaire, une petite boule se logeait au creux de son ventre. Comment seraient les enfants ? Auraient-ils envie d'apprendre ? Lui-même parviendrait-il à capter leur attention ? Des dizaines de questions se bousculaient dans sa tête quand il fut sorti de ses pensées par Mary.

— Je vois des adolescentes ! s'exclama-t-elle, enthousiaste elle aussi.

La journaliste se rapprocha de lui en lui susurrant que le moment était venu de lui montrer son savoir-faire.

— De quel savoir-faire parles-tu ? la taquina Edris.

Mary, sentant son cœur s'emballer, osa enfin entrer dans son jeu.

— Je ne savais pas que tu en avais de nombreux, répondit-elle avec un regard espiègle et en se mordillant la lèvre inférieure.

Leurs épaules se collèrent et chacun ressentit clairement l'attirance de l'autre, cette alchimie si singulière et si rare. D'un même regard, ils fixaient deux groupes de trois jeunes filles remontant l'allée qui menait à l'église. Elles devaient avoir environ douze ou treize ans et étaient suivies de cinq garçons d'approximativement le même âge.

Ainsi, sous une chaleur pesante, débuta le premier après-midi d'école pour tout le monde. Chacun s'installa autour de la table en recherchant, en vain, un filet d'air en direction de la fenêtre. Edris détaillait tous ces nouveaux visages qui avaient bravé un réel danger pour venir ici. Il ne les connaissait pas encore, mais il était déjà fier de chacun d'entre eux. Ils étaient ici pour apprendre et il comptait bien, avec l'aide de Mary, compléter un peu leurs savoirs.

De son côté, Mary l'examinait, comme toujours le cœur brûlant, puis elle fut aussi attentive que les élèves quand il prit enfin la parole. En déposant ses gants sur le rebord de la table, elle écouta Edris introduire son premier cours. Il demanda à ses nouveaux élèves où se trouvait l'État dont ils étaient originaires.

— Dans le Nord, monsieur, dit timidement une écolière vêtue d'une robe à carreaux rouges et coiffée de deux tresses collées.

Après sa réponse, elle abaissa ses yeux noisette, n'osant pas croiser le regard de son nouvel enseignant.

— Exactement, mademoiselle ! Mais le Nord est aussi vaste que le Sud. Aussi, je vous ai apporté des photos afin que vous voyiez dans quel endroit je travaille.

Il déposa les clichés en noir et blanc sur la table, suscitant la curiosité des élèves. Ces derniers commentaient la grandeur du lieu et les langues commencèrent à se délier naturellement.

— Afin que l'on se connaisse davantage, je vais demander à chacun de vous de me parler de lui, reprit-il d'une voix chaleureuse.

À tour de rôle, Emy, Janet, Dana, Gayle, Crystal, Josephine, Jesse, Ricky, James, Wilfred et Daniel se présentèrent. Craintivement pour certains, et avec assurance pour d'autres. Mais des rires éclataient déjà dans la salle, ce qui conforta Edris dans sa manière de les aborder.

Mary s'était assise parmi les élèves et s'était prise au jeu. Elle était entourée de Janet et de James, mais sentait que ni l'un ni l'autre n'étaient à l'aise en sa présence. Elle comprit à leur posture que sa couleur les effrayait. Elle avait toujours entendu clamer haut et fort le danger de l'homme noir. Une femme blanche dans la rue ne devait craindre que cela. Aujourd'hui, pourtant, elle sentait bien que c'était ces deux jeunes qui avaient peur d'elle, puis de sa réaction, et non l'inverse. D'ailleurs ils ne se risquaient même pas à la regarder quand ils parlaient. La jeune femme en ressentit une pointe de déception et elle chercha les yeux d'Edris qui avait compris son malaise. Celui-ci lui sourit pour la soutenir et, d'un geste de la main, l'incita à se présenter également. Quand les élèves découvrirent qu'elle était journaliste, tous les yeux la fixèrent. Elle suscitait enfin un intérêt chez eux. Cependant, ils n'osaient pas encore échanger directement avec elle. Enfin, ce fut au tour d'Edris de prendre la parole, et il entra dans le vif du sujet.

— Savez-vous pourquoi nous sommes ici ?

— Pour du rattrapage scolaire, répondit Jesse en basculant sur sa chaise.

— Revoir l'algèbre, souffla Gayle qui ne semblait pas trop apprécier les chiffres.

— Un peu de tout cela, oui, mais à quoi sert réellement la présence des militants venus du Nord ?

— Mon père dit que ça peut nous apporter des problèmes, commenta Dana en mordillant son stylo.

Cette jeune fille semblait malicieuse et ne mâchait pas ses mots. Cela plaisait à Edris.

— Donc, reprit-il, j'ai entendu que j'étais ici pour vous aider dans certaines matières, mais aussi que cela pouvait vous causer des ennuis. Je vais demander à chacun d'entre vous de m'écrire un petit texte sur ce que vous, et vous seul, attendez de moi et du travail à faire ensemble dans les semaines à venir. Dites-moi également vos craintes si vous en avez, qu'elles soient en rapport avec moi, Mary, ou les risques que vous prenez. Vous pouvez tout nous dire. Il ne faut pas qu'il y ait de barrières entre nous.

Les enfants attrapèrent une feuille et un crayon et commencèrent à griffonner quelques mots. Certains n'écrivirent pas grand-chose tandis que d'autres remplirent plusieurs lignes. Mary ramassa l'ensemble des papiers, puis elle resta à côté d'Edris alors qu'il les lisait. Enfin, il lança :

— Y a-t-il des Blancs dans vos écoles ?

— Non, pas du tout ! s'étonna Ricky en réajustant son débardeur qui flottait et tombait vers l'avant. Ce serait étrange ! Nous sommes toujours séparés.

— Pourquoi serait-ce étrange ? Connaissez-vous la loi *Brown v. Board of Education* de 1954 ? questionna Edris qui comptait bien donner son premier cours d'histoire dès ce jour.

Plusieurs « non » retentirent dans la salle. Edris ne parut pas étonné, et cela le conforta dans son rôle.

— Il s'agit d'une élève qui s'appelle Linda Brown. Linda, comme vous et moi, a la peau de couleur noire, raconta-t-il d'un ton soudain sérieux. Cette petite fille voulait aller à l'école publique la plus proche de chez elle. Mais elle n'a pas pu s'y inscrire, car cette école était réservée aux Blancs. Cette jeune Linda était donc obligée de se rendre à l'école destinée aux Noirs à plus d'un mile de chez elle.

— Pfff ! Un mile, c'est pas si loin ! Beaucoup font ça, commenta Dana d'un haussement d'épaules.

— Oui beaucoup, mais est-ce normal ?

— On ne sait pas ; ça a toujours été comme ça ici, commenta Crystal tout en replaçant son fin bandeau bleu derrière sa frange.

Aucun des enfants présents ne paraissait choqué par cette histoire.

Edris reprit :

— Le père de Linda est allé devant les tribunaux pour plaider son cas.

— Dans un tribunal pour les Blancs ? interrogea Emy.

— Il n'existe pas de tribunal pour les Blancs ou de tribunal pour les Noirs. Les tribunaux sont les mêmes pour tout le monde, Emy, intervint Mary.

Edris redressa la tête et lui adressa un hochement de tête empreint de tendresse et d'encouragement. Son intervention lui fit chaud au cœur. Il réalisa que la présence de Mary ne tiendrait pas seulement à de simples écrits journalistiques, mais qu'elle pourrait également transmettre des choses à ces adolescents.

— Un arrêt – autrement dit une décision de justice – du nom « Brown » a été établi, déclarant la ségrégation raciale inconstitutionnelle dans les écoles, poursuivit-il.

— Inconstitu… quoi ? questionna Ricky, la bouche grande ouverte.

— In-con-sti-tu-tion-nelle, répéta Edris en prenant soin de détacher chaque syllabe, cela signifie que c'est un acte contraire à la Constitution, aux lois de notre pays.

— C'est quoi, la ségrégation ?

— Qui peut expliquer à Crystal ce qu'est la ségrégation ? demanda Edris.

— C'est quand on sépare les gens, monsieur, répondit Wilfred.

Edris s'attendrit devant ce jeune homme. Habillé d'un polo grisonnant laissant apparaître la fragilité de ses bras croisés sur la table, Wilfred était assis de la même manière depuis le début du cours, il se tenait très droit, attentif. Il osait enfin prendre la parole pour la première fois.

— Exactement, Wilfred ! C'est quand on divise les hommes par rapport à leur couleur de peau, par exemple, ou à leur classe sociale, confirma leur professeur. À votre avis, est-ce juste de mettre les enfants riches dans des écoles publiques avec de meilleurs moyens financiers et les enfants de pauvres dans des écoles où il manque du matériel ?

— Non ! C'est pas juste ! Les riches auront plus de chance, vociféra Emy.

— De chance de quoi ?

— Bah… de réussir leur diplôme, dit-elle avec agacement.

— Et n'est-ce pas la même chose pour les Noirs et les Blancs ? insista Edris qui voulait que son jeune auditoire prenne conscience de ces différences.

— Mais, si on est dans des collèges avec des Blancs, on risquerait pas de devenir copains ? hasarda Jesse.

Jesse semblait être le clown du groupe, néanmoins la réflexion qu'il venait de faire prenait tout son sens en cet été 1964.

— Et est-ce que ce serait si grave ?

— Ma mère me dit toujours d'être sur mes gardes avec eux, glissa Ricky d'une voix soudainement basse en évitant soigneusement de croiser le regard de Mary.

— En général, on se méfie des gens différents de nous. Mais cela ne doit pas être un obstacle dans nos relations aux autres, observa Edris d'une voix qui se voulait rassurante.

Chaque enfant était pensif. Attentive, Mary découvrait avec stupeur leurs croyances et leur innocence.

— Voilà ce que je vous propose durant ces semaines, conclut Edris. En plus des cours de soutien que vous m'avez demandés, nous retracerons l'histoire des Noirs américains. Afin que chacun de vous mesure l'importance de celle-ci et comment elle vous sera utile dans votre vie future. Puis nous écrirons ensemble une pièce de théâtre et, si vous le voulez, à la fin de l'été, nous proposerons un spectacle.

— Mais qui viendra nous regarder ? questionna Wilfred.

— Vos parents ! Vos voisins, s'ils en ont envie, répondit Edris avec emballement.

Un engouement soudain parcourut la classe où chacun des enfants se prit à rêver de ce moment. Edris avait réussi, ce dont Mary fut admirative. La jeune femme était émue par son amour pour les enfants et par le regard brillant que le professeur posait sur ses élèves.

La journée touchait à sa fin et Mary avait retrouvé Lisa dans la cuisine. Elle lui détailla avec entrain ce merveilleux après-midi qu'elle avait passé auprès d'Edris et des enfants sans se douter un instant que, le matin même, Lisa avait été licenciée. S'écroulant enfin sur une chaise, elle poussa un long soupir hébété en se remémorant la sensation qu'elle avait éprouvée quand son corps s'était collé à celui d'Edris dans le moulin. Son ventre brûlait de désir et son cœur manifestait un peu plus chaque jour le besoin qu'elle avait d'être avec cet homme.

Columbus Journal Libre

10 juillet 1964

Les écoles de la liberté : le courage des plus jeunes

Un système scolaire différent et inégal ! Ici, la majorité des Noirs de plus de 25 ans n'ont été scolarisés en moyenne que six ans.

Dans un État qui dépense environ 81 dollars pour un élève blanc et 21 dollars pour un élève noir et où de nombreuses écoles ferment à l'automne pour bénéficier d'une main-d'œuvre dans les champs à un coût dérisoire, il devenait primordial de se concentrer également sur l'éducation à donner aux enfants noirs.

Au sein de ces écoles de la liberté, de nombreux enfants et adolescents bravent avec courage les intimidations d'un État entier. Malgré les pressions qu'ils peuvent subir de la part d'une partie de la population, ils viennent poursuivre leur instruction et découvrir un peu plus leur histoire et leur héritage. En effet, actuellement, les manuels scolaires circulant dans les écoles ne font pas mention des réussites des Noirs américains et encensent les traditions sudistes.

Des enseignants et des volontaires sont répartis dans différentes structures afin de transmettre l'histoire des

Noirs des États-Unis. Chaque lieu est tenu secret afin de ne pas mettre en danger les enfants. Mais cela semble difficile, les tensions sont palpables et les menaces pèsent sur tous. Ce lundi, un acte malveillant a été perpétré aux abords d'une des écoles. Une salle de classe a essuyé des jets de projectiles brisant quelques fenêtres. Fort heureusement, il n'y a eu aucun blessé à déplorer.

Malgré les difficultés pour enseigner dans des conditions favorables, tous les volontaires s'accrochent pour aller au bout de leur mission !

Un accès à l'éducation égalitaire pour tous les enfants américains de notre pays ne devrait-il pas être un combat à mener par nos dirigeants ?

Mary L.

19

« Tout le monde a une seule et unique âme sœur. Et quand on a de la chance, on la rencontre. Et quand c'est fait, quand on est frappé au cœur, il n'y a plus personne qui compte. »
Michael Connelly

1858, Mississippi

La plantation des Hailey était semblable à ce qu'avait connu Ed chez les Wikson, bien qu'encore plus spacieuse. Les deux habitations n'étaient pas si éloignées l'une de l'autre, et Ed le savait pour être déjà venu ici dans son enfance, accompagné de Robert. Aussi, il se sentit soudainement proche de l'enfant oublié qu'il avait été et il espéra, secrètement, pouvoir revoir sa mère pour la rassurer sur l'homme qu'il était devenu.

En attendant, il retrouva cette même maison principale qui était un grand bâtiment carré comportant plusieurs étages. Si elle lui paraissait moins grande que dans ses souvenirs, elle demeurait tout de même imposante. Comme de nombreuses plantations du Sud, une allée ombragée, bordée de hauts arbres, faisait bon accueil aux visiteurs. Une belle pelouse bien entretenue entourait la demeure et une fontaine étincelante dont le bassin hébergeait quelques poissons était son joyau principal. Ed se rappela y avoir trempé les mains plus jeune. Un enfant ne pouvait qu'être attiré par cette eau qui s'écoulait les journées chaudes d'été. Mais ses souvenirs s'arrêtaient ici. À l'époque, il n'avait jamais pénétré dans la partie réservée aux esclaves. Chose qu'il fit aujourd'hui.

Leur nouveau quartier n'était pas visible par les visiteurs. Pour y accéder, il fallait contourner la maison et longer un chemin sombre dans un sous-bois. Une fois la petite forêt traversée, une nouvelle étendue d'herbe se déployait. Cette partie ressemblait à ce qu'avait déjà vu Ed. Des cases mal entretenues et étroites se succédaient le long de sentiers dont les bas-côtés étaient en friche. Après leurs journées harassantes, les esclaves n'avaient plus la force de s'occuper de ces pourtours.

Ed connaissait les petites routes aux alentours et se les remémorait parfaitement pour les avoir parcourues avec M. Wikson. Après cet état des lieux, il prit le temps d'observer son nouveau maître. M. Hailey était marié et avait trois jeunes enfants. À ses manières, le jeune garçon avait compris qu'il ne venait pas d'une famille aisée et qu'il avait fait un beau mariage pour s'élever dans la société. C'était un homme à la chevelure abondante et dont les épaules paraissaient bien lourdes. Cette largeur l'obligeait à balancer son corps quand il se déplaçait. Bien qu'il ne connût pas tous les codes de la haute société – ce qui était une évidence pour le jeune Ed –, John Hailey était un cavalier exemplaire, ce qui attirait le respect de ses pairs.

Mme Hailey, quant à elle, était la fille unique d'un riche planteur. Ce n'était pas ce qu'on pouvait appeler communément une « belle femme ». Les traits de son visage étaient grossiers même si celui-ci s'éclairait parfois d'un semblant de sourire où quelques dents se chevauchaient. Cette dureté apparente reflétait une part de son caractère. D'après ce qu'on rapporta à Ed, elle menait d'une main de fer les esclaves qu'elle avait hérités de son défunt père. Apparemment, plus jeune, elle ne souhaitait pas se marier, toutefois elle avait dû s'y résoudre. Il n'était pas dans les coutumes du Sud qu'une femme seule puisse exploiter elle-même une si grande plantation. Elle avait veillé à choisir un partenaire comme on choisissait une paire de chaussures confortable. Il fallait qu'il soit utile et le moins dérangeant possible. Peu importait son aspect physique. Aucun amour ne les unissait. Le contrat moral semblait convenir aux deux et leurs vies s'imbriquaient ainsi à merveille.

En arrivant ici, Ed avait rapidement appris le décès de sa mère et ce qu'elle avait fait subir à Bill et Thomas, son triste géniteur. Pour beaucoup d'esclaves de cette plantation, elle était devenue un symbole de courage alors qu'elle n'était, en vérité, que désespoir. Il éprouvait une certaine fierté en pensant à son sacrifice, bien que son cœur en fût brisé. Au moins, aujourd'hui, il la savait libre et il continuait de prier pour son salut.

M. Hailey n'avait pas mis longtemps à affecter ses trois nouveaux esclaves. Ed avait été assigné aux écuries où il s'occupait des chevaux. Le maître l'envoyait de temps en temps en ville récupérer des fournitures dont il avait besoin. Ces missions réjouissaient le jeune homme, qui en profitait pour étudier les routes et les possibilités de s'échapper. L'idée de s'enfuir, un jour, ne l'avait jamais quitté.

Abraham et Batsy, pour leur part, travaillaient dans les champs. Les tâches semblaient plus difficiles que chez les Wikson. Le régisseur principal Richard et ses deux surveillants, Frank et Ralf, ne laissaient aucun répit aux esclaves. Les surveillants étaient des Noirs solitaires que la vie avait tant malmenés qu'ils en venaient à détruire les autres sans un quelconque remords. Quant à Richard, ce travail lui permettait de faire vivre sa femme et ses deux enfants. Mais contrairement aux régisseurs des autres plantations, il n'avait pas besoin d'alcool pour forger sa haine de l'esclave. Il les détestait certainement par crainte de la concurrence, car à travail égal il savait qu'il ne ferait pas le poids. Même en tant que Blanc, placé au bas de l'échelle sociale, il devait se battre.

Chaque soir, Batsy, Abraham, et Ed se retrouvaient pour partager leur repas. C'était le moment préféré d'Ed et il l'attendait avec impatience toute la journée. Pouvoir retrouver Batsy, la regarder, se nourrir de son sourire était devenu vital pour lui. Un soir de fin septembre, il décida de l'emmener se promener dans la clairière avec pour seule lumière cette boule d'or encerclée d'étoiles.

Un léger vent se faisait ressentir et Ed entoura l'épaule de Batsy de son bras afin de la réchauffer. C'était ce moment qu'il avait choisi pour lui déclarer ses sentiments. Lui qui avait appris trop jeune que tout était éphémère voulait avoir le temps de lui confier cet amour qui brûlait en lui. Ed, charmé, regarda le ciel. Puis il brisa le calme de la nuit en parlant de ce qu'il trouvait le plus majestueux en ce bas monde.

— Tu as vu ces étoiles…, murmura-t-il en levant les yeux vers la voûte céleste. Savais-tu qu'elles étaient les guides des esclaves en fuite ?

— Des esclaves en fuite ?

— Oui, regarde, ils suivent celle-ci : l'étoile de la liberté, dit-il en la pointant du doigt.

— L'étoile de la liberté.

Ces deux mots réunis donnèrent un frisson à Batsy qui les répéta d'une voix basse et douce tel un secret précieusement gardé. D'instinct, elle se colla contre le corps d'Ed. Son oreille sur son torse, elle pouvait entendre et sentir les battements qu'émettait son cœur. Il battait vite, il battait fort, il battait pour elle et elle le savait. Ed, de son côté, huma l'odeur de ses cheveux, un parfum qui avait le pouvoir de l'apaiser. Inspirant profondément, il murmura :

— Si un jour, nos chemins se séparent et que je ne suis plus là, c'est elle que tu dois suivre.

Ces paroles eurent pour effet d'anéantir le sentiment de plénitude dans lequel se trouvait Batsy.

— Ne dis pas cela, je ne pourrais pas continuer sans toi, je ne veux même pas y penser, confessa-t-elle, la peur au ventre à la seule évocation de cette possibilité.

— On ne choisit pas toujours qui on peut garder dans nos vies malheureuses, répondit-il plein de sagesse avant de reprendre : Tu vois celle-ci ?

Ed prit la main de Batsy et la tendit vers le ciel étoilé.

— Laquelle ? Il y en a tellement ! s'exclama-t-elle.

— Celle-ci : la petite qui brille moins que les autres, là, dit-il en orientant son visage.

— Oui ! Je la vois.

— Quand j'étais petit, j'avais décrété qu'elle était mon étoile. Je l'appelais Ed pour marquer mon territoire.

— C'est mignon, souffla-t-elle, et un sourire éclaira à nouveau son beau visage.

— Cette nuit, je la renomme Ed Ba, une partie de moi et une partie de toi, unies par le ciel et par les plus beaux joyaux de l'Univers, ma Batsy, ma Ba. Ne vois-tu pas comment, ensemble, nous brillons et ne faisons qu'un ?

Saisie par l'émotion et incapable de la moindre parole, Batsy se retourna et le serra fort dans ses bras.

— Là-haut, je serai toujours là, nous serons toujours ensemble, et il n'y aura qu'à regarder le firmament pour se souvenir de l'un et de l'autre. Notre amour ne s'éteindra pas, comme ces étoiles qui brillent pour l'éternité. Surtout, Batsy, n'oublie jamais qu'elles ont besoin de l'obscurité la plus noire pour faire jaillir leur plus belle lumière. Je serai là, ma Ba, à jamais, tu vois, chuchota-t-il tendrement au creux de son oreille.

Batsy se sentit plus amoureuse que jamais devant les yeux d'Ed qui luisaient sous le clair de lune comme deux pierres précieuses noires. Leurs visages s'approchèrent et leurs lèvres se scellèrent enfin.

***

Depuis ce premier baiser échangé, ils ne s'étaient plus quittés. Quant à Abraham, il avait également trouvé de la compagnie auprès de Minnie. C'était une petite femme rondelette au fort caractère qui passait ses journées dans la grande maison à cuisiner pour les enfants du maître, mais le soir elle rejoignait Abraham qui était devenu son soleil, lumineux et réchauffant. Cette relation était un apaisement dans le cœur de chacun. Abraham aimait qu'elle prenne soin de lui et qu'elle lui dise fermement ce qu'il pouvait ou non faire. Depuis qu'elle était entrée dans sa vie, sa peau n'avait miraculeusement plus eu à endurer un fouet. Minnie, quant à elle, était ravie de donner ce trop-plein d'amour qu'elle gardait enfoui en elle à cet homme.

Ce soir clair de décembre, il faisait particulièrement froid. De la fumée blanche s'échappait des lèvres mouvantes. Batsy, tout en se frictionnant les avant-bras, se blottissait frileusement contre Ed qui avait toujours la peau chaude et réconfortante. Deux opposés, mais qui se complétaient à merveille. Minnie, quant à elle, était adossée à Abraham, qui lançait du bois dans le feu, le faisant ainsi crépiter. Tous plongeaient leur regard dans les flammes. La bûche craquelait tandis qu'une odeur de bois brûlé emplissait les narines.

— Vous n'avez jamais pensé à fuir ? dit Abraham en frottant ses mains au-dessus du foyer.

— Ooooh ! Commence pas, toi, avec tes idées à problèmes, lui répondit sèchement Minnie pour couper court.

— J'suis sérieux. Partons ensemble !

— Partir où ? questionna Batsy, incrédule.

— Au pays libre, bien sûr, poursuivit Abraham.

— Et se faire manger par les chiens des Blancs dès qu'on sortira des broussailles ? C'est pas une idée qui m'enchante, asséna Minnie.

— Le pays libre ? Où est-il ? reprit Batsy dont les yeux s'illuminaient.

— Au nord, Batsy, au nord où l'esclavage n'existe plus.

Ed ne pipa mot devant Minnie dont il sentait que la peur pourrait les trahir. Puis son attention se reporta sur Batsy qui se colla un peu plus fort contre lui et lui murmura :

— J'te suivrai au bout du monde, moi !

Il leva les yeux au firmament et observa son étoile qui semblait lui faire un clin d'œil. La main que Batsy glissait dans son cou lui donnait des frissons. Et sa tête tomba contre son épaule. Cette femme le troublait plus qu'il n'aurait su le dire, sa douceur quand elle l'étreignait, son sourire quand elle le fixait, un peu gênée, son regard fuyant. Il se demandait souvent ce qu'il adviendrait de leur amour. Il vivait l'instant présent, toutefois les éléments extérieurs l'empêchaient de se projeter au-delà du quotidien avec elle. Et pourtant, s'il écoutait son cœur, il la sauverait de tous les maux de la Terre. Mais son cœur et son envie ne pouvaient pas tout faire. Cette impuissance à agir comme il l'aurait souhaité le plongeait souvent dans le désespoir.

Il fut sorti de ses pensées par les paroles de Minnie :

— Ça suffit vos bêtises ! Rien que d'en parler, ça va nous attirer le fouet !

D'un bond, Minnie, contrariée, se leva. Et sans un regard pour eux trois, elle se dirigea vers la case pour aller se coucher. Abraham la suivit tristement des yeux.

— Elle a peur, ma p'tite Minnie, son frère est mort en voulant partir, confia-t-il soudainement.

— Je ne savais pas, répondit Ed, que s'est-il passé ?

— Son maître nourrissait mal les chiens et quand la poursuite a eu lieu, en le retrouvant, ils l'ont déchiqueté jusqu'aux entrailles.

La scène glaça Ed qui imaginait les crocs des chiens perforer sa peau. Il aimait les animaux en général, mais avait en horreur certaines races de cette espèce. Il avait toujours craint qu'une de ces bêtes s'approche de lui et le morde. Ce qu'avait enduré le frère de Minnie était probablement une des morts qui l'effrayaient le plus, au-delà du fouet et de la corde.

— T'y penses pas, toi ? reprit Abraham en le fixant.

— Si, chaque jour que Dieu fait. Il faut attendre le bon moment et ne pas précipiter les choses. Laisse Minnie en dehors de ça, lui conseilla Ed.

— Si j'pars, j'veux l'emmener avec moi, affirma Abraham qui n'imaginait plus sa vie loin d'elle.

La conversation se poursuivit entre les deux hommes. Ils avaient confiance l'un en l'autre. Chacun exposa ses idées de fugue. Partir vers le Nord un soir pour prendre de l'avance durant la nuit ou s'évader un jour de fête. Emporter une arme pour protéger sa fuite. Se faire aider ou se méfier de tout le monde. Avoir assez de nourriture avec soi pour tenir quelques jours ou s'alléger et compter sur les dons de la nature. Ils avaient déjà pensé à ce moment des centaines de fois.

Batsy, toujours blottie contre Ed, les écoutait parler et se prit à rêver à son tour de liberté avec cet homme qu'elle aimait plus que tout. Son cœur battait si fort près de lui que, parfois, ça en devenait presque étouffant. Elle découvrait ce que le verbe aimer signifiait. Qu'importe où elle se trouvait, sa meilleure vie, c'était aujourd'hui avec lui.

20

« Le destin n'est pas une question de chance.
C'est une question de choix : il n'est pas quelque chose
qu'on doit attendre, mais qu'on doit accomplir. »
William Bryan

Printemps 1859, Mississippi

MINNIE S'AFFAIRAIT DANS LA CUISINE de la grande maison. Elle avait sorti tous les couverts et les plats qu'elle avait disposés sur la table. Un par un, elle les grattait, décrassait, récurait pour les faire briller au maximum. La fenêtre ouverte laissait entrer l'air frais printanier. Une mouche se faufila à son tour et Minnie, avec d'amples gestes, s'efforça de la chasser. Malgré cette belle journée, elle sentait une atmosphère pesante au sein de la maison. C'était d'ailleurs pour cette raison qu'elle avait décidé de tout nettoyer, afin de paraître le plus occupée possible.

Les enfants hurlaient et la vieille Sarah avait du mal à les contenir. Minnie se demandait quelle mouche avait bien pu les piquer. « Peut-être celle présente dans la cuisine ? » pensa-t-elle en ricanant. De son côté, Mme Hailey semblait irritée, ce qui n'était pas dans ses habitudes, et ne cessait de faire des reproches.

— Sarah ! Faites-les taire tout de suite, exigea-t-elle de sa voix la plus autoritaire.

— Oui, M'dame, répondit Sarah, paniquée.

— Oui m'dame, oui m'dame, c'est tout ce que vous savez dire à chaque fois ! Bon sang ! Pourquoi ai-je une empotée pareille ! se plaignit de nouveau Mme Hailey.

La matinée se poursuivit sous ce flot de critiques aussi, dès que Minnie entendait des pas s'approcher de la cuisine, frottait-elle plus frénétiquement sur les fourchettes. Son attention se dirigea vers l'extérieur de la maison quand elle reconnut le bruit d'un attelage qu'on stoppait. John Hailey invita le visiteur à entrer dans son bureau en omettant de fermer la porte. Cette pièce étant proche de la cuisine, Minnie, en toute discrétion, put suivre le début de la conversation.

— Je vais devoir revendre plusieurs esclaves, surtout parmi ces femmes aux champs.

Minnie stoppa son geste mécanique. Saisie d'effroi, elle pensa immédiatement à Batsy.

— Messieurs, désirez-vous boire quelque chose ? proposa tout à coup Mme Hailey, faisant mine d'accepter son rôle de maîtresse de maison alors qu'elle aurait voulu gérer elle-même ce genre d'échanges.

« Elle ne pouvait pas plus mal tomber, celle-là », pensa Minnie. Devant le refus des hommes, Mme Hailey sortit contrariée et ferma la porte derrière elle, empêchant Minnie d'écouter la suite de la conversation.

Minnie bouillonnait. Elle ne savait ni quand cette vente aurait lieu ni combien d'esclaves elle concernait.

Ed avait vu la carriole arriver et, comme l'exigeait son travail, s'était approché pour s'occuper des chevaux. Il avait apporté un seau d'eau et avait déplacé la voiture à l'ombre afin de soulager les bêtes. Celles-ci avaient dû parcourir un bon nombre de miles et avaient grand besoin de se rafraîchir et de paître un peu d'herbe.

Au loin, Ed regarda M. Hailey et l'homme se diriger vers les champs. Son maître n'avait pas pour coutume de se rendre à ses cultures. Il laissait à Richard le soin de gérer cela.

Faisant mine de ne pas les avoir vus, Ed prit soin de curer chaque sabot d'un des chevaux. Les crins marron de l'animal lui fouettaient le visage, mais cela lui permettait d'attendre le retour de ces hommes.

Dans les champs, Batsy et trois autres femmes arrachaient les mauvaises herbes. La journée était agréable, mais la fatigue accumulée se faisait ressentir et elles avaient ralenti leur rythme.

Richard, du haut de son cheval, avait une vue plongeante sur ce qui se tramait au sol. Frank et Ralf, à pied, longeaient chacun une extrémité des champs. À eux trois, ils contrôlaient tous les esclaves. Abraham faisait, une nouvelle fois, les frais de l'humeur de Ralf. Ce dernier s'amusait à tourner autour de lui en fouettant le sol. Abraham l'observait d'un œil mauvais et se disait que, si Ralf n'avait pas cette place, il lui aurait déjà fait manger la terre et son fouet, mais il pensait à Minnie et gardait son calme.

À cet instant, tous aperçurent M. Hailey accompagné d'un homme qui scrutait leurs faits et gestes.

Une fois qu'ils furent partis, Richard s'approcha des quatre femmes et lança d'un ton bourru :

— On dirait que le vent va bientôt vous emmener vers d'autres directions. Il est temps qu'on puisse jouir de vos corps avant ce départ, pouffa-t-il.

— Je prends celle d'l'homme des ch'vaux, renchérit avec concupiscence Ralf, qui s'était rapproché.

Les deux éclatèrent de rire, laissant Batsy autant apeurée par ces révélations et l'incertitude qu'elles soulevaient que par les menaces à peine voilées de ces hommes.

Le temps sembla long à Ed qui pressentait que cette visite ne serait pas de bon augure pour eux. Il fut soulagé quand John réapparut en raccompagnant son hôte.

— Celui-là est un bon élément, je vais le garder, lança le maître en le désignant.

— J'ai vu ce que je devais voir, monsieur Hailey, et je reviens vers vous très vite afin de vous faire mes propositions.

Après ces mots, chacun reprit son chemin, sauf Ed qui demeura silencieux en comprenant qu'une vente aurait bientôt lieu. Il fut terrifié à l'idée qu'on pourrait lui retirer Batsy. Pour la première fois de sa vie, le sentiment imminent de ne plus rien pouvoir contrôler l'envahit. Lui qui s'était toujours laissé porter par les événements eut soudain peur de perdre celle qu'il aimait. Il ne pourrait pas vivre sans elle. Elle était devenue son seul espoir d'une vie meilleure, sa seule lumière.

Ce soir-là, aucun n'était d'humeur à bavarder, après la visite du potentiel marchand d'esclaves. Minnie, n'en pouvant plus, fit ses confidences la première, ce qui étonna Ed. Ils reprirent à quatre leur conversation et, en assemblant tous les éléments, ils furent dès lors certains qu'une nouvelle vente aurait bientôt lieu.

— Nous n'savons pas qui partira, on est nombreux, déclara Minnie à voix basse, afin que personne d'autre n'entende leur conversation.

— Minnie, tu l'as dit toi-même, ils vont vendre des femmes des champs, répliqua Abraham en se prenant la tête dans les mains.

— Oui, mais y'a pas que Batsy aux champs, protesta-t-elle.

— Ralf a dit qu'il allait profiter d'mon corps avant mon départ, bredouilla Batsy d'une voix étranglée.

À ces mots, Ed fut empli de haine. Lui vivant, jamais un homme n'abuserait de la femme qu'il aimait ! Il refusait qu'on la brise elle aussi, comme sa mère l'avait été. Son visage se crispa, mais il ne commenta pas les paroles de Batsy. D'un bond, il se leva et flanqua, de son poing droit, un violent coup dans une des planches de la case, qui s'affaissa sans un bruit. Puis il arpenta les alentours d'un pas vif. Il essayait de contrôler son souffle, en vain. La veine située sur son front gonflait à vue d'œil. Il se rapprocha de ses amis et déclara d'un air sombre :

— Il faut partir. Dès cette nuit.

Puis il s'avança, déterminé, vers sa case.

— Je n'partirai pas. J'en ai ni la force ni le courage, gémit Minnie, un peu honteuse.

— Minnie, j't'en prie, tu dois v'nir, la supplia Abraham en la serrant dans ses bras.

— Non ! Abraham, impossible ! J'vous ralentirais. Regarde-moi, mon poids..., non, impossible.

— Je t'aiderai, j'ai de la force pour deux, assura-t-il en la regardant d'un air sérieux.

— Pas ce soir, Abraham, pas pour moi. Excuse-moi.

Silencieux un court instant, Abraham avait baissé le regard. Ses pieds nus enlaçaient la poussière du sol et la faisaient remonter. Inspirant profondément, il regarda Ed et déclara finalement :

— Ed, mon frère, j'suis désolé, mais j'reste avec Minnie.

La déception se lisait sur le visage d'Ed, mais il savait aussi que plus ils seraient nombreux, plus il serait difficile de s'en sortir. Et puis, il ne pouvait que le comprendre, lui qui avait pris la décision soudaine de partir pour Batsy.

— On les orientera dans une autre direction, allez-y, vous ! reprit Minnie, ne laissant pas à Ed le loisir de s'exprimer.

Le plus rapidement possible, Batsy, aidée de Minnie, prépara un baluchon avec quelques vivres. Au moment du départ, Ed prit Abraham dans ses bras et le serra longtemps.

— Tu as été mon unique ami, mon frère. Tiens les chiens pour moi ! ajouta-t-il pour détendre l'atmosphère.

Abraham, les yeux brillants, sourit.

— Je ferai en sorte qu'ils ne te mangent pas demain, lui murmura-t-il à l'oreille, conscient que si Minnie entendait ces mots, cela ne la ferait pas rire.

Ed faisait face à une nouvelle séparation et il sentait une partie de son cœur s'émietter. Il repensa à M. Wikson, son premier repère masculin, sa première fêlure ; à sa mère, sa plus grande peine ; à Black Jeff, auprès de qui il s'était épanoui et avait trouvé sa voie. À présent, c'était au tour d'Abraham, son premier et seul ami, de le quitter.

Il eut de sombres pensées et se demanda si c'était parce qu'il ne méritait pas d'être heureux qu'il lui fallait perdre inexorablement, un à un, les gens qu'il aimait. Il remplissait pourtant correctement ses devoirs d'homme, il priait Dieu tous les jours, et transmettait sa parole, il était toujours gentil et serviable avec tout le monde et remettait toujours en question ses actions, bonnes ou mauvaises. Son cœur était réellement celui d'un homme bon, mais tout ceci semblait ne pas suffire pour qu'il ait droit au bonheur. Il se questionnait régulièrement sur ce que l'être humain était en ce bas monde et se convainquait qu'il fallait préparer sa place dans le monde éternel. Ici-bas, pour lui, tout n'était pas noir, tout n'était pas blanc ; le gris existait bel et bien et il fallait savoir s'en contenter.

Aujourd'hui, il prenait le risque de regretter ses actes, il prenait le risque de laisser le gris pour cheminer avec Batsy vers la lumière blanche de l'espoir. Mais, en partant, il laissait aussi une partie de lui, ici. Pour se donner du courage, il se rappela que, désormais, ce qui comptait le plus était cette femme, qu'il devait tout faire pour sauver. Abraham le comprenait. Les deux hommes s'étreignirent encore un long moment, puis Batsy les interrompit.

Il était temps.

21

« Un bulletin de vote est plus fort qu'une balle de fusil. »
Abraham Lincoln

Juillet 1964, Mississippi

COMME CHAQUE MATIN, Lisa s'activait dans sa cuisine. Elle touillait les œufs d'un geste vif tout en prenant soin, après coup, d'essuyer méticuleusement ses mains sur le tablier qui recouvrait le bas de sa robe. Une bonne odeur de café chaud planait dans la pièce. Elle n'avait fait part à personne de son licenciement. Elle refusait que son mari puisse se sentir responsable de ce qui lui était arrivé. Bien sûr, elle lui en parlerait en temps voulu, mais cela ne s'était pas encore présenté.

Doug, quant à lui, était parti à la scierie de bonne heure. Il avait beaucoup de travail à cette période. Les charpentiers réclamaient de plus en plus de poutres en bois en raison des dégâts causés par les opposants au Freedom Summer.

Afin de rester occupée, Lisa se dit qu'elle prétexterait un congé exceptionnel pour aller s'inscrire sur les listes électorales. Elle avait pris cette décision au moment où Mary la rejoignit en cuisine.

— Bonjour, Lisa, encore la première levée, fit gentiment remarquer Mary.

— Oui, il le faut, si je veux que mon époux ait mangé correctement avant d'aller travailler, assura Lisa d'une voix douce.

— Vous semblez tellement amoureux, tous les deux, dit Mary avec une pointe d'envie dans le cœur.

— Il est tout ce que j'ai et il a toujours été là pour moi, confirma Lisa tandis que son regard se perdait dans le vide. Dans toutes les épreuves, ajouta-t-elle.

— Vous n'avez pas voulu d'enfants ?

À ces mots, le visage de Lisa s'assombrit. Aussitôt, Mary se sentit embarrassée. Une fois de plus, elle aurait dû réfléchir avant de poser une telle question. Elle essaya de se rattraper comme elle pouvait et lui dit :

— Vous vivrez ce bonheur, Lisa, j'en suis persuadée.

Lisa sourit. En très peu de temps, elle s'était prise d'affection pour Mary. Elle la trouvait courageuse d'être venue ici pour rédiger ces séries d'articles. Toutes les femmes ne pouvaient pas se permettre de braver ainsi leur position. Et, au-delà, elle observait une réelle humanité chez elle.

— J'ai connu cette joie, puis il nous a quittés un peu trop vite, confia subitement Lisa, d'une voix éteinte et hésitante.

Elle ne parlait plus de ce bébé. À personne. Il était comme passé sous silence. L'évoquer demeurait pour elle douloureux bien qu'il ne quittât jamais entièrement ses pensées.

— Oh ! Je suis désolée, je ne savais pas, je n'ai pas les mots, Lisa…

— Il n'y a aucun mot à avoir, juste espérer que je puisse de nouveau devenir maman. Être une mère qui aura un enfant à bercer et non une tombe à fleurir, répondit Lisa, la gorge nouée.

Mary, qui d'ordinaire supportait mal les accolades, se laissa emporter et serra Lisa dans ses bras. Compassion et douleur se mélangèrent et unirent les deux femmes.

— Tu ne portes aucune tristesse sur ton visage, tu es si forte, Lisa, murmura Mary en prenant son visage entre ses mains.

— Tu ne portes également aucune tristesse et pourtant je la lis dans tes yeux. Je crois que ma douleur m'a permis d'entrevoir celle des autres.

— Oh, ce n'est rien de comparable avec toi, crois-moi. J'ai tout pour être heureuse. Une situation correcte. Un métier qui me plaît. Pourquoi me plaindre ?

— Le métier ? Ce n'est pas tout. Si notre vie n'est pas partagée avec une âme qui nous complète, n'est-il pas normal de ressentir un grand vide ? questionna Lisa. Es-tu heureuse, Mary ?

— Je ne suis pas malheureuse, répondit-elle en se forçant à sourire.

— Regarde-moi, je n'ai pas d'argent, je vis dans une maison qui tient à peine debout, Dieu a rappelé mon enfant à ses côtés, et il y a quelques jours j'ai même perdu mon travail.

— Mon Dieu ! Tu as perdu ton travail à cause de nous ? C'est ça ? s'exclama Mary, honteuse.

— Peu importe, écoute-moi, ce que j'ai, c'est peu, mais ma lumière quotidienne, c'est Doug. Il est le meilleur compagnon que le destin aurait pu me donner. Il sait prendre une partie de mes peines et les garder en lui pour me soulager. Il est le seul à pouvoir éclairer mon visage quand je sombre dans l'obscurité.

— C'est magnifique ce que tu dis, Lisa.

Mary avait les larmes aux yeux. Ce n'était plus des larmes de compassion, mais des larmes pour ce trou béant de solitude qui s'était ouvert en elle. Secrètement, elle espérait pouvoir, un jour, parler d'Edris ainsi. Elle l'espérait si fort et de tout son être. Comme si elle lisait dans ses pensées, Lisa lui prit les mains et plongea son regard dans le sien.

— Toi aussi, Mary, tu dois trouver ta lumière.

***

Les foyers se ressemblaient tous dans cette partie de la ville et laissaient l'impression qu'une tornade pouvait les souffler comme des fétus de paille. Les trottoirs étaient quasi inexistants. Il fallait avancer sur un sol de terre battue faite d'argile rouge, et les enfants jouaient dans la rue d'où s'élevaient, derrière leur passage, des nuages de poussière.

June et David progressaient péniblement, sous la chaleur de l'été, de maison en maison. Mary les suivait et peinait à respirer convenablement. Elle avait décidé qu'elle les accompagnerait pendant cette matinée, puis qu'elle se rendrait au palais de justice dans l'après-midi avec Lisa.

Mary comprenait encore une fois, au regard des gamins, qu'elle n'inspirait pas confiance. Dès qu'ils s'avançaient dans une allée, les enfants se cachaient derrière leurs parents. Ici, elle avait honte de sa couleur en voyant l'impression qu'elle laissait à son passage. Honte non pas de ce qu'elle était, mais de ce qu'elle pouvait représenter à leurs yeux. Comment June faisait-elle ? La jeune militante ne semblait pas le moindre du monde affectée par les regards méfiants, peut-être même haineux, qu'on posait sur elles. Malgré la chaleur accablante, Mary frissonna.

Ils avaient déjà prospecté plusieurs habitations, mais n'avaient essuyé que des refus. Ils frappèrent une nouvelle fois à une porte. La bicoque était semblable aux autres, du blanc sale, des fissures apparentes, une boîte aux lettres qui penchait d'un côté et un petit sentier où traînait un ballon.

Les bottines de Mary, couvertes de terre rouge, n'étaient guère confortables pour faire autant de marche. Son pied droit la lançait et elle commençait à s'impatienter de la situation quand un homme âgé vint finalement ouvrir la porte et appuya une main contre l'embrasure. Mary détailla sa paume : enflée, calleuse et vieillie par des années de travail, sans doute pour un salaire de misère. Elle songea que beaucoup des leurs portaient sur leur visage la pauvreté et la douleur, mais cela n'empêchait pas un bon nombre d'offrir leurs sourires.

— Qui va là ? demanda-t-il d'un regard craintif.

— Bonjour ! Je me présente, je m'appelle David et je milite pour le vote des Noirs. Pouvons-nous parler un instant ?

L'homme scruta la rue d'un air inquiet et, n'apercevant aucun danger, leur fit signe de continuer.

— Voici un prospectus qui vous indique la marche à suivre pour aller vous enregistrer sur les listes électorales.

— Si je m'inscris, je risque de perdre mon travail, répondit l'homme, hésitant.

Une voiture passa devant la maison en ralentissant. Deux types blancs à l'avant les observaient. L'homme noir referma aussitôt sa porte en prétextant qu'il n'avait pas de temps à perdre avec cela.

— Comment pouvons-nous les inciter à voter si eux-mêmes ne veulent pas ? s'enquit June, épuisée, à son tour, de ces retours négatifs.

— Tu ne comprends donc pas ? Toi, tu repars dans un mois ou deux… Nous, notre vie est ici et cette inscription peut les pénaliser plus qu'autre chose, lui dit David en tapotant les prospectus entre ses mains avec un brin d'agacement.

— Il faut convaincre les gens différemment. Celui-là a tout de même gardé le prospectus, c'est déjà ça, répondit-elle en reprenant un peu d'espoir.

— Tu as vu ces gars dans la voiture ? Ils me guettent toute la journée, je le sais. Du matin au soir, ils épient mes allées et venues, reprit David en tendant le menton vers la voiture qui s'était immobilisée un peu plus haut dans la rue.

— Qui te surveille ? questionna Mary, incrédule.

— Les hommes du Klan, bien sûr, dit-il en se retournant pour continuer sa marche.

June, toujours pleine de ressources, eut une idée. Elle s'approcha à grands pas de la voiture, laissant David et Mary la regarder, stupéfaits de tant d'audace.

Tony, le conducteur, n'avait visiblement pas grand-chose à faire de ses journées. June reconnut, à son côté, l'homme qui travaillait dans une des épiceries du centre. Elle s'accouda à la vitre de sa portière. Une partie de son corps entrait dans l'habitacle et elle engagea la conversation pour obtenir des renseignements sur le quartier.

— Bah ! Si tu ne sais pas, demande donc à ton nègre, pesta Tony qui ne supportait pas qu'une femme puisse prendre de telles libertés.

— Oh, il ne connaît pas grand-chose, celui-là, lâcha-t-elle avec un haussement d'épaules.

Cette réflexion fit enfin décrocher un sourire à son interlocuteur qui se montra un peu plus bavard. David et Mary, eux, ne comprenaient toujours pas ce qu'elle pouvait bien leur dire quand ils virent qu'avec sa main gauche elle traficotait le pneu avant. Puis elle salua les deux hommes et repartit vers ses compagnons.

— Allons faire une balade dans un coin reculé, proposa-t-elle avec un air malicieux et des yeux rieurs.

David lui rendit un large sourire. Il adorait cette facette-là de June, sa nonchalance apparente et son culot un peu fou. Tous trois grimpèrent en voiture et David alluma le moteur.

— Mesdames, tenez-vous bien ! prévint-il.

Il accéléra d'un coup et Mary bascula sur le siège. Cette soudaine course-poursuite ne la rassura guère et elle pensa qu'elle aurait mieux fait d'accompagner Edris à l'école. En se cramponnant à la portière, elle observa que Tony les avait suivis tout aussi rapidement. David sortit des quartiers noirs de la ville et s'aventura dans la campagne. Tony apparaissait toujours dans son rétroviseur, persuadé qu'il se tramait quelque chose, et il avait bien l'intention de raconter un exploit lors de la prochaine réunion. Il roulait à vive allure quand il sentit sa voiture partir sur le côté. Il s'arrêta net, au milieu des champs, puis descendit pour vérifier ses roues.

— Ah ! La connasse, hurla-t-il, elle nous a crevé un pneu !

De rage, il donna des coups de pied dans sa portière. Sur la route, face à eux, la voiture de David revenait. June avait ouvert la fenêtre et, à son passage, cria à son tour :

— Bon courage, le prochain garage se trouve à une heure à pied !

— June, tu es complètement folle ! paniqua Mary. Ils vont se venger.

— C'est certain, enchérit David, et nous leur réserverons l'accueil qu'ils méritent !

À ces mots, David attrapa la main de June à côté de lui et s'y cramponna. Tous deux se regardèrent et, à cet instant, un lien magique sembla les unir.

***

Lisa n'aimait pas l'idée d'aller au palais de justice. En général, quand un Noir du Mississippi devait s'y rendre, cela n'augurait rien de bon. Toutefois, c'était l'unique possibilité pour s'inscrire sur les registres des électeurs.

David et June accompagnaient les deux femmes et comptaient bien se mêler aux militants. En arrivant, tous les quatre furent étonnés et ravis de constater qu'ils n'étaient pas les seuls à s'être déplacés ce jour-là. Des volontaires brandissaient des pancartes sur lesquelles on pouvait lire « INSCRIVEZ-VOUS POUR VOTER ! » ou bien encore « JE VEUX VOTER ! ». Ils étaient regroupés et incitaient les gens à faire la queue devant la cour.

Le soleil cognait fort cet après-midi-là. Malheureusement, il n'était pas possible de rentrer à plus de trois à la fois dans le tribunal. Aussi, Mary et Lisa prirent-elles place dans la file d'attente tandis que David et June rejoignaient la manifestation.

Des agents de police passaient dans leurs voitures, vitres baissées, scrutaient les gens et évaluaient la situation. Le shérif Andrew et son adjoint, Martin, étaient également présents. Des slogans étaient scandés et les militants se faisaient de plus en plus virulents. Il flottait comme une menace dans l'air. La jeune journaliste redoutait que les choses tournent mal.

Des Noirs et des Blancs se dressaient face au palais de justice dans un combat commun. Lisa sentit que ce qui se déroulait ici avait un sens, pour elle et pour toutes les personnes ayant sa couleur de peau. Son torse se gonfla de fierté en pensant au choix de son mari et à ce qu'elle était, elle aussi, en train d'accomplir.

Tout à coup, un car de police stoppa non loin du regroupement. Plusieurs voitures encerclèrent les rues avoisinantes. Sans sommation, les agents descendirent et procédèrent à une arrestation de masse. Des cris jaillirent de toutes parts, et alors la foule céda à la panique. Tout alla très vite. June s'écroula à terre et fut piétinée par Martin qui, avec sa matraque, lui colla des coups dans les côtes. David se précipita pour l'aider et, glissant ses mains sous ses bras, la traîna sur le bas-côté. Avec son aide, la jeune femme réussit finalement à se relever.

De l'autre côté, Lisa et Mary, qui assistaient du haut des marches à cette agitation, prirent la fuite en se tenant la main. Ni l'une ni l'autre n'avaient envie de se mêler à cet affrontement. Dans leur course, elles croisèrent un homme, qui les sépara brusquement en hurlant :

— Une Blanche ne doit pas toucher une Noire !

Ce jour-là, des dizaines de militants furent embarqués dans le long bus aux fenêtres couvertes de grilles d'acier. June et David en faisaient partie. Derrière le grillage, ils firent signe à Mary et Lisa : le combat devait continuer.

Columbus Journal Libre

15 juillet 1964

L'été de la liberté : un point sur les élections dans le Mississippi

Martin Luther King nous disait lors de son discours : « Je rêve qu'un jour, même l'État du Mississippi, un État où brûlent les feux de l'injustice et de l'oppression, sera transformé en une oasis de liberté et de justice. »

Malheureusement, ce n'est pas pour tout de suite. L'inscription sur les listes électorales, qui est une simple formalité pour nous tous, citoyens blancs de ce pays, est encore synonyme pour beaucoup de pressions et d'agressions.

Au fil des jours, les volontaires du Freedom Summer parcourent les différents quartiers noirs, sous une chaleur accablante, au milieu de rues poussiéreuses, à la rencontre d'une population effrayée, mais curieuse de les écouter si elle ne se sent pas épiée. Au milieu des enfants qui jouent sur les chemins de terre, maison après maison, ils essaient de convaincre des personnes réticentes à venir s'inscrire sur les listes électorales. Aucun de ces bénévoles ne peut rentrer se coucher le soir sans avoir été un peu plus brisé par l'extrême pauvreté à laquelle ils sont confrontés.

Ce mardi, c'est dans un climat de peur que des habitants noirs, hommes libres de voter, et convaincus par les volontaires, sont venus jusqu'au tribunal de Greenwood pour s'inscrire sur les listes électorales. Des militants les entouraient et les accompagnaient lorsqu'ils ont été pris à partie par des opposants. L'après-midi a tourné au drame et la violence a éclaté. De nombreux votants ont été forcés de rebrousser chemin à coups de jet d'eau puissant et la police a dû intervenir.

Est-il normal de sentir son intégrité morale et physique menacée pour un droit acquis en 1870 ? Que devient l'Amérique ?

Mary L.

22

« Il y a pire que de ne pas connaître l'amour, c'est de le trouver dans un temps de ta vie qui le rend impossible. »
Anonyme

Le dimanche suivant, Edris et Mary se rendirent à l'église pour assister à la messe. Edris ne la quittait plus. Il la suivait comme son ombre afin de la protéger du monde extérieur. Elle avait ce besoin de le savoir près d'elle après les récents épisodes de violence dont elle avait été témoin. Dès qu'il s'éloignait, elle le cherchait désespérément du regard. Arrivés sur le parking, Edris gara la voiture au pied de la colline. Ils descendirent et humèrent cet air qui était si particulier depuis quelque temps.

— M'accompagnes-tu au moulin ? proposa Edris qui avait pris goût à leurs tête-à-tête là-haut, isolés du reste du monde.

Tous deux aimaient passer du temps en ce lieu à la fin de chaque cours et se balader aux alentours de l'ancien édifice. Ses ailes pointaient vers différentes directions, figurant les multiples choix possibles pour les vies de chacun.

Celui de partir ou celui de rester. Celui de choisir une direction autre que celle imposée. Là, ils discutaient des heures durant, se confiaient leurs pensées, leurs espoirs, leurs désirs, leurs doutes, s'avouaient ce qu'ils chérissaient et, par-dessus tout, ils riaient à en avoir mal au ventre et le cœur retourné.

— Je te suis, j'ai l'impression que je ne fais que cela, te suivre, les yeux fermés, lui rétorqua Mary d'un ton espiègle.

Mary songea que, si elle le pouvait, elle continuerait de le suivre toute sa vie. Mais ne fallait-il pas mieux lâcher prise et accepter ? Accepter que sa situation familiale ne leur permettrait pas de s'aimer librement comme il le lui avait fait comprendre ?

En haut de la butte, assis sur un talus herbeux, tous deux contemplaient cette vue qui, à force de la regarder ensemble, était devenue « leur » univers. Un doux vent caressait leur visage et cette brise, si rare cet été-là, était bienvenue. Ils se scrutèrent et, pour la première fois, depuis qu'ils s'étaient retrouvés, Mary le fixa sans honte ni détour. Il était là, le regard qu'elle aimait, celui qui brillait quand il la voyait, celui qu'elle avait tant désiré. Des yeux d'ange sur un visage d'homme. L'enfant à peine assoupi en lui la séduisait tellement.

Edris s'avança et, timidement, déposa enfin un tendre baiser sur la joue de Mary. Elle avait tant attendu ce moment qu'il lui paraissait irréel. La tendresse de ce baiser volé avait éveillé ses sens. Des deux, il était celui qui paraissait le plus gêné. Où était passé l'homme plein d'assurance ? Cet aspect que Mary découvrit en cet instant précis l'émut profondément. Elle prit, à son tour, l'initiative de frôler ses lèvres et, maladroitement, l'embrassa. Aussitôt, elle oublia tout ce qui l'entourait, leurs différences et leurs obligations. Elle profitait de ce que la vie lui offrait aujourd'hui. Dans ce mirage et par ce baiser, elle écoutait ce que lui dictait son être depuis le jour où elle l'avait rencontré.

Ils se regardèrent, puis il la serra fort contre lui. Dans ses bras, elle plissa les yeux, désirant se souvenir de ce qu'elle ressentait en cet instant précis, ici, loin de tous, à l'abri du monde extérieur.

Après ces moments hors du temps, Mary, troublée mais heureuse, retrouva David et June devant l'église. Elle observa qu'un rapprochement avait également eu lieu entre ces deux êtres. Cela la fit sourire béatement. L'été de la liberté se transformait-il en la liberté d'aimer ? David et June se pressaient l'un contre l'autre à la vue de tous et racontaient leur aventure du début de semaine à qui voulait bien l'écouter. Ils étaient fiers d'avoir passé une nuit au poste de police et d'avoir participé, de ce fait, à un combat moins pacifique. « Cela correspond tant à June », pensa Mary, fière d'elle. Le shérif, après les avoir fait patienter des heures, les avait pris en photo, puis s'était contenté de relever leurs noms et leur profession avant de les relâcher.

De leur côté, Lisa et Doug accompagnaient la mère de Lisa, Margaret, qui ne se déplaçait que pour assister à la messe. Elle restait la plupart du temps dans sa maison en retrait de la ville et y vivait paisiblement. Ensemble, ils pénétrèrent dans l'église et s'installèrent sur un des bancs en bois du fond en y faisant, à tour de rôle, craquer les planches.

Le pasteur Leyers, toujours aussi investi dans le combat des droits civiques, s'appuya sur l'histoire et le courage de David et June pour inciter ses fidèles à aller s'inscrire sur les registres. Son ton se fit de plus en plus persuasif au fil du sermon.

Mary était assise près d'Edris. Elle n'avait pas senti son cœur aussi léger depuis des mois. Elle était touchée par ce baiser échangé et l'atmosphère du lieu durant cet office. C'était la première fois qu'elle assistait à une messe dans la communauté noire et qu'elle ressentait la présence de Dieu dans une église. Le religieux avait commencé par un discours qui s'était rapidement transformé en chanson. Tous tapaient dans leurs paumes et criaient. Elle fut saisie par l'intensité de leur foi. Chacun se prenait la main et les voix s'élevaient de plus en plus fort. Des larmes roulèrent sur ses joues et Mary, comme lors d'une session de formation dans l'Ohio, ne maîtrisa plus ses émotions.

Edris, cette fois-ci, lui caressa le visage et lui embrassa la pommette pour goûter ses pleurs.

Une centaine de personnes étaient présentes et s'unissaient jusqu'à se fondre en une seule entité pleine d'amour quand, soudain, des coups de fusil retentirent aux abords de la chapelle.

En une fraction de seconde, tout le monde se tut, ne réalisant pas dans l'immédiat ce qu'il se passait. La réalité les frappa quand deux bombes artisanales lancées dans l'église explosèrent. Un bruit sec et tremblant retentit à l'étage, et un autre près de l'autel où se tenait le pasteur Leyers. La panique s'empara de l'assemblée et tous se levèrent précipitamment, fuyant de manière désordonnée à la recherche des issues. Des mamans avaient abandonné leur chapeau et tenaient fermement leurs enfants. Des cris de frayeur fusaient de toutes parts.

Edris, calmement, incita Mary à se diriger vers la sortie. Quand, pressés par la foule, ils parvinrent enfin devant l'escalier, elle aperçut un épais nuage noir poindre de la salle de classe.

— Les livres ! hurla-t-elle.

Sans réfléchir, Mary se défit de l'emprise d'Edris et monta quatre à quatre les marches de l'escalier conduisant à la pièce enfumée. Ignorant la voix d'Edris qui lui intimait de redescendre, elle poussa la porte et constata que l'incendie qui s'était déclaré ici était déjà hors de contrôle. L'appel d'air qu'elle venait de faire en entrant fit monter les flammes jusqu'au plafond.

Mue par une force dont elle ne se serait jamais crue capable, la jeune journaliste saisit deux gros sacs posés là et se dirigea vers la bibliothèque. La fumée était déjà épaisse et la fit tousser. Mais elle ne recula pas et commença à jeter des livres par poignées dans des sacs, quand elle sentit la présence d'une personne auprès d'elle et se retourna.

Entre les flammes, Edris s'approchait d'elle pour l'entraîner dehors. Il semblait passer au travers du feu sans en ressentir la moindre brûlure.

Ne voyant plus rien, Mary se colla à lui et, aveuglément, le suivit. Une fois qu'ils furent sortis du brasier, elle rapprocha ses lèvres de son oreille et lui murmura un doux « je t'aime ». Edris en eut des frissons dans tout le corps. Il se retourna et se pencha pour l'embrasser, un baiser fort et empreint de toute la tendresse et de tout l'amour qu'il retenait en lui jusque-là. Ses lèvres chaudes pressèrent les siennes, puis il desserra son étreinte afin qu'elle puisse enfin s'extirper de l'église. À contresens, des hommes entraient avec des seaux d'eau, essayant de faire face au feu.

Une fois dehors, Mary toussa à s'en rompre les bronches. Elle entendait les hurlements, sentait la peur, voyait la terreur dans les yeux des enfants. Son calme à moitié retrouvé, elle redressa la tête et remarqua deux croix en flammes plantées devant l'église. « Le Ku Klux Klan », pensa-t-elle, écœurée. Ses yeux s'habituaient à ces vives couleurs orangées et, quand elle réalisa avec effroi la tristesse de ces scènes, elle perdit foi en l'humanité. Cet État était en train de transformer la femme, et la journaliste qu'elle était. Avant ces moments, elle n'aurait pu décrire les craintes, les tensions, les incertitudes de vivre dans un tel endroit. Ce n'était pas l'Amérique qu'elle connaissait. Mais elle comprit que le combat qu'ils menaient cet été était impératif et vital. Personne n'avait le droit d'être éprouvé comme cela, de trimer toute sa vie avec un salaire décidé au vu d'une couleur de peau, de se sentir menacé, d'être opprimé au quotidien et de ne pouvoir ne serait-ce que prier en sécurité.

Il fallait que ce monde change, et si les articles qu'elle envoyait régulièrement à son journal pouvaient éveiller quelques esprits bienveillants, elle aurait réussi à participer à sa manière à cette lutte.

***

Andrew fut le premier agent à se rendre sur les lieux. Quand il arriva, le feu jaillissait encore des décombres. Il rejoignit les hommes et aida à maîtriser l'incendie.

Une heure plus tard, une fumée épaisse entourait les ruines de l'église et Andrew était couvert de suie. Les pompiers avaient été longs à venir et cela le fit enrager. De loin, il aperçut Martin, adossé à sa voiture, un rictus aux lèvres. Il se dirigea vers lui, l'air renfrogné.

— Putain, qu'est-ce que tu foutais ? Tu en as mis du temps ! lui dit-il d'un ton ferme.

— Du temps ? Oh, je ne crois pas, répliqua son adjoint avec un sourire niais.

Andrew s'approcha de Martin et il lui sembla reconnaître une odeur familière. Il attrapa ses mains et les porta à ses narines.

— Mais dis-moi, tu pues l'essence, lui souffla-t-il.

— Ah bon, attends, je sens.

Martin porta à son tour ses mains à son nez, puis il reprit d'un air triomphant :

— En effet ! On dirait bien de l'essence.

Andrew l'empoigna par le col et le colla contre la voiture.

— Ne me dis pas que c'est toi qui as mis le feu à l'église, ordure ! lui asséna-t-il dans le creux de l'oreille.

— Lâche-moi ! Je ne te dois aucune explication.

— Je suis ton chef et, crois-moi, tu vas m'en devoir, des explications !

Les deux hommes se défièrent longtemps du regard quand une détonation se fit entendre, suivie d'un nouveau cri.

— Aidez-moi, vite !

C'était David qui se tenait devant les débris fumants, portant à bout de bras un homme affalé contre lui. Andrew accourut aussi rapidement qu'il le put. Il reconnut le pasteur Leyers. Ce dernier était inconscient. Il aida à le transporter loin des gaz nocifs qui continuaient à s'échapper de la bâtisse. David allongea le pasteur au sol et se pencha pour écouter les battements de cœur.

— Je ne sens rien : ni pouls ni mouvement interne, dit-il d'un ton qui demeurait calme malgré la situation.

Une coulée de sang dégoulinait du dos de Leyers. Andrew observa la plaie et comprit immédiatement qu'il s'agissait d'un acte criminel. Quelqu'un avait profité de la confusion pour tirer sur le pasteur. Il le protégea, colmata sa blessure et commença un massage cardiaque en attendant l'arrivée des secours.

Une demi-heure heure plus tard, le pasteur, qui avait repris connaissance, fut transporté aux urgences. Andrew regarda ses mains couvertes de sang et shoota dans un morceau de bois calciné à ses pieds.

Columbus Journal Libre

18 juillet 1964

L'été de la liberté : Une nouvelle église brûlée

Le Mississippi doit-il revivre la tragédie de Birmingham où quatre fillettes avaient succombé après l'explosion d'une bombe au sein de leur église ?

La nuit dernière, c'est l'église au doux nom de Baptême-de-l'Espérance, dans le comté de Greenwood, qui a été de nouveau la cible d'une attaque du Ku Klux Klan. Cette organisation datant de 1865, créée à la suite de l'abolition de l'esclavage, voit ses membres se multiplier depuis le début de cette décennie. Elle regroupe de nombreux hommes désirant propager leurs idéaux d'une suprématie blanche.

En plein office religieux, deux bombes artisanales ont été lancées dans ce lieu de culte, transformant la messe en un profond chaos. Dans une panique générale, ce sont des dizaines de personnes qui se sont ruées vers l'extérieur.

Le pasteur Isaiah Leyers a également été blessé par balle, mais grâce à la réactivité du shérif et d'un bénévole, sa vie n'est plus en danger. Il n'y a aucune victime à déplorer, seulement quelques blessés légers.

Cette bâtisse permettait aussi à une dizaine d'enfants de suivre l'école de la liberté. La salle de classe improvisée pour l'été a été la cible d'une des deux bombes artisanales, détruisant notamment de nombreux livres. Est-ce pour cette raison que l'église a été la cible de cette attaque ou est-ce car leur pasteur est un homme engagé dans la lutte pour les droits civiques des Noirs ?

En vivant ces tragédies, on ne peut que comprendre ces habitants dont l'espoir est parti en fumée.

Mary L.

23

« Nous n'avons qu'une liberté : la liberté de nous battre pour conquérir la liberté. »
Henri Jeanson

Printemps 1859, Mississippi

Ed et Batsy se faufilèrent hors du quartier des esclaves. La lune était voilée par les nuages, rendant la visibilité malaisée. Cette nuit, ils devaient avancer le plus vite possible afin de s'éloigner et de mettre autant de distance que possible entre eux et la plantation.

Ed entraîna Batsy dans les bois. Il était plus difficile d'y marcher, mais moins risqué de s'y faire prendre. Il ouvrait le passage, poussant les branches qui pouvaient la gêner. Dans quelques heures, la corne sonnerait dans le quartier des esclaves et les réveillerait tous. Leur temps était compté. Ed savait que les chevaux à vive allure pouvaient les rattraper rapidement et, surtout, que les chiens auraient tôt fait de renifler leur piste.

Il s'était imaginé ce début d'étape des centaines de fois et savait qu'ils devraient couper par les bayous pour que l'eau fasse disparaître leur odeur. Il connaissait par cœur cette première partie du périple et espérait que la seconde fonctionnerait. Il n'en était pas certain, mais après avoir retourné le problème dans tous les sens, et devant la précipitation des événements, c'était la seule solution qui s'offrait à lui.

Le jeune homme fut étonné et satisfait de leur progression quand, enfin, il aperçut un premier marais en contrebas. Ed prit la main de Batsy pour entamer la descente et se dirigea vers un endroit où les palétuviers pouvaient les aider à passer ce bras du marécage. La brume nocturne recouvrant l'eau sombre rendait ce lieu terrifiant. Mais la plus grande crainte ne cessait de les poursuivre – s'ils étaient rattrapés, l'un d'eux ou les deux seraient fouettés, puis tués pour l'exemple. Ed jeta ses pieds dans l'eau le premier. Sans réfléchir, Batsy le suivit. La jeune femme n'écoutait plus que son instinct. Il était encore temps de revenir sur leurs pas, mais tous deux, main dans la main, avançaient vers le Nord et ses promesses de liberté.

L'eau froide les fit frissonner. Ils tâtonnaient le sol de leurs pieds nus sans savoir sur quoi ils marchaient. Du sable… des petits cailloux… ils espéraient surtout ne pas faire de mauvaises rencontres dans cette eau sablonneuse.

Une fois qu'ils eurent atteint l'autre rive, ils reprirent leur chemin, les jambes trempées. Batsy commençait à ressentir la fatigue, mais Ed la poussa à continuer. Il était encore trop risqué de s'arrêter. Après avoir longé le fleuve quelques centaines de mètres, il décida de retraverser ce dernier afin de poursuivre dans la bonne direction. L'eau achèverait de brouiller les pistes. Malgré la nuit noire, on distinguait des nuages, qui rendaient l'atmosphère encore plus pesante.

— J'espère que la pluie va tomber, nos traces seront effacées dès le départ, commenta Ed en serrant la main de Batsy plus fort.

Après cela, les fugitifs n'échangèrent plus aucune parole. L'un et l'autre n'en avaient pas besoin pour se comprendre, ni pour ressentir ce que l'autre éprouvait. Le lien qui les unissait était au-delà des mots. Le vent soufflait dans les feuillages, laissant présager qu'on les poursuivait déjà. À chaque sifflement, leur cœur s'accélérait. Mais quand, comme une prière exaucée, la pluie se mit à battre le sol, ils furent soulagés. Frigorifiés, trempés, à bout de souffle, mais main dans la main, ils se soutenaient et avançaient sans un regard pour ce qu'ils avaient laissé. Là, alors qu'ils fuyaient dans la nuit noire comme des bêtes traquées, leur amour se fortifia et leur devint plus indispensable à l'un et à l'autre. En cet instant, rien ne comptait plus que leur parfaite complicité.

Les premiers éclats du jour percèrent l'obscurité quand Ed repéra sa destination.

— Là-bas, derrière cette butte, nous pourrons nous reposer, dit-il d'un ton victorieux.

À ces mots, Batsy rassembla ses dernières forces et grimpa aussi vite qu'elle le put. Au sommet, elle assista à un spectacle qui lui coupa le souffle. L'immensité se présentait à elle. La jeune femme frissonna devant la beauté du lieu, une lueur d'espoir dans les yeux. L'aube éclairait de sa lumière rouge un léger brouillard recouvrant l'horizon. Au loin, derrière une succession de petites collines, serpentait le Mississippi, majestueux. Un moulin se dressait là, entouré d'un petit bois sauvage. Batsy resta immobile un instant. La pluie mouillait ses cheveux, mouillait ses yeux…, ou étaient-ce ses larmes ? Elle ouvrit grand les bras et leva la tête vers le ciel, inspirant profondément. Le vent et les gouttes lui fouettaient le visage.

Pour la première fois, elle ressentait pleinement la signification du mot liberté. Toute sa vie, elle s'était effacée pour les autres et elle comprit à ce moment précis que cette fugue la transformait. Elle sentit les mains d'Ed caresser son cou, puis goûta à ses lèvres qui se posaient sur les siennes. La douceur de son amour l'enveloppait délicatement.

Ed lui reprit la main et l'entraîna à l'intérieur du moulin. Le lieu était visiblement abandonné depuis des années. Il y avait des couches de poussière et de nombreuses toiles d'araignées. Le sol était jonché de déjections de souris ou de rats. Ils escaladèrent les poutres et Ed tâtonna contre les planches au mur. Il commençait à douter de ses souvenirs quand il retira du vieux foin posé là et mit au jour une trappe. Après l'avoir ouverte péniblement, ils s'y faufilèrent.

Ed aida Batsy à se dévêtir afin qu'elle ne prenne pas froid et étendit leurs vêtements pour les faire sécher. Il la serra contre lui et frictionna son corps de toute sa chaleur et de sa tendresse. Batsy plissa les yeux et, emportée par la fatigue, s'endormit sereinement. Le monde pouvait bien s'abattre sur eux, désormais, elle aurait la force de le combattre tant qu'il était avec elle.

Rapidement, l'alerte fut donnée. Ed, qui ne s'était pas présenté aux écuries au petit matin, avait éveillé les premiers soupçons. John Hailey l'envoya chercher dans la propriété, sans succès. Richard fut aussitôt averti et celui-ci eut comme premier réflexe d'aller trouver Batsy aux champs. Sans surprise, elle n'était pas là. Il semblait fort énervé et surtout contrarié de n'avoir rien vu venir. Comment était-ce possible ? En général, il avait le flair pour reconnaître ceux qui voulaient s'échapper et il les brisait avant même qu'ils puissent tenter quoi que ce soit. Batsy, pourtant, n'était pas de ce genre, ou l'avait-elle berné depuis le début ? Quelle garce ! Et ce Ed, il avait toujours su qu'il ne fallait pas le mettre aux écuries. C'était dans ses gènes de prendre des risques démesurés. Il avait pourtant prévenu le maître qu'il fallait le dresser. Après tout, sa mère avait été atteinte de folie meurtrière, comment ce moins que rien aurait-il pu être sain d'esprit ? Mais Mme Hailey, qui avait de la rancune contre Helen Wikson, avait exigé de son mari de l'exhiber à la vue de tout le comté comme un trophée. Ce négrillon, l'enfant caché du défunt M. Wikson, permettait à Mme Hailey de se venger de ces années où Mme Wikson se pavanait face à elle qui n'avait aucun prétendant. Satanée femelle ! « La roue tourne », disait-elle. Richard enrageait. La roue avait tellement tourné qu'elle s'était fait la malle avec ce bâtard.

Comment M. Hailey avait-il pu accepter cela ? Les hommes devenaient vulnérables à l'instant même où ils écoutaient les conseils d'une bonne femme. C'était cette faiblesse qui avait permis à Ed de traîner en ville, sur les chemins, et de rencontrer des gens. Tout était de la faute de M. Hailey, songeait Richard, mais c'était certain que s'il lui disait cela, il se ferait virer. Il devait trouver une solution pour ramener ces deux chiens ici.

Il saisit Abraham et, sans détour, le questionna.

— Où est ton enfoiré de copain ? hurla-t-il.

— Je n'sais pas d'qui vous parlez, m'sieur.

— Te fous pas d'moi et depuis quand tu m'appelles « m'sieur ». J'vais pas te le répéter trois fois : OÙ EST ED ?

Devant le silence de l'homme, Richard sortit son fouet et exigea que Ralf et Frank attachent Abraham à un arbre. Après une altercation entre les hommes où les coups fusèrent de part et d'autre, Abraham fut solidement ligoté.

— Sale nègre, tu ne veux toujours pas parler ? cria Richard.

Et sans attendre de réponse, il claqua le fouet sur le dos d'Abraham, une première fois, puis une deuxième et il continua encore et encore, sans faire mine de vouloir s'arrêter. Minnie, qui assistait horrifiée à la scène depuis la maison, accourut.

— Laissez-le, j'l'ai vue, moi, Batsy ! Elle est partie cette nuit vers là-bas.

Minnie désigna du doigt la direction opposée au chemin qu'avaient emprunté Ed et Batsy, et Richard, en passant près d'elle, fit retentir le fouet au niveau de sa jambe.

— Faites sortir les chiens, cria-t-il à ses lieutenants en se hâtant pour récupérer son cheval.

À ses mots, Minnie tressaillit, mais elle s'empressa de détacher Abraham, qui s'écroula au sol.

— Sale fou ! je vais m'occuper d'toi, lui murmura-t-elle en le serrant dans ses bras.

— Tu es aussi folle que moi, grimaça-t-il avec un sourire.

Les chiens et les trois hommes partirent vers le sud à la recherche des évadés.

— Ils ne peuvent pas être bien loin. Elle, c'est une feignasse, gronda Richard, sûr de lui.

Toutefois, après deux heures de recherches vaines, ils entreprirent de rentrer à la plantation afin de réunir plus d'hommes pour étendre la battue.

24

« Plus claire la lumière, plus sombre l'obscurité… il est impossible d'apprécier correctement la lumière sans connaître les ténèbres. »

Jean-Paul Sartre

RICHARD SE TENAIT DANS LE BUREAU DE M. HAILEY. Ce dernier faisait les cent pas.

— Aucun esclave n'avait tenté de fuir avant… Pour qui allons-nous passer ? Allez de ce pas déclarer leur disparition. Je les veux vivants et j'offrirai cinq cents dollars par tête.

Tout gonflé de son importance et heureux de cette mission, le régisseur se rendit directement au bureau du shérif où ils rédigèrent l'avis de recherche :

« *Évadés de la plantation du soussigné, dans la nuit du 14 au 15 avril 1859, près de Greenwood, un jeune mulâtre, dénommé Ed, ayant la peau claire et âgé d'environ vingt ans ; avec lui, une jeune négresse répondant au nom de Batsy, environ du même âge. Les deux sont la propriété du soussigné. Une récompense de 500 dollars par fuyard sera remise à quiconque les ramènera vivants à leur propriétaire.*

John Hailey, propriétaire de la plantation Hailey. »

Une série d'affiches fut distribuée et une autre placardée aussitôt sur l'écriteau du centre-ville. C'était en lisant ce même panneau qu'enfant, Ed avait compris que certains esclaves essayaient de s'évader. Aujourd'hui, il était lui-même devenu un de ces fugitifs, un de ces nombreux noms à pourchasser. Un attroupement s'était formé aussi vite qu'un essaim d'abeilles pour savoir dans quelle plantation il y avait encore eu des fuyards.

Mathew Russell arracha le papier d'un geste franc et déterminé. Le célèbre chasseur de primes esquissa un rictus de satisfaction. Ces esclaves étaient pour lui. Ses décisions s'accordaient avec son allure. Son nez pointu était encadré par deux petits yeux perçants rappelant sa ténacité. Sa tête était toujours habillée d'un couvre-chef sombre aux larges bords et à la calotte haute, dissimulant une partie de son visage. Une longue veste lui tombait aux genoux et laissait apparaître deux revolvers accrochés à son holster. C'était un homme solitaire, sans attache, sans famille. Il n'aimait que la chasse, la chasse à l'homme, traquer sa proie et la ramener. Plus l'objectif était difficile, plus cela l'excitait.

La légende racontait qu'une fois, il était allé jusqu'à New York pour récupérer un esclave, mais qu'il l'avait abattu sur le chemin du retour, car il avait tenté de fuir à nouveau, abandonnant par ce geste la récompense escomptée.

Une fois son dû empoché, il le dilapidait dans les bars, en alcool et en femmes, puis il recommençait inlassablement. Aujourd'hui, après avoir parcouru la feuille, il lut la description d'Ed et Batsy tout en chiquant son tabac. Il connaissait Ed pour l'avoir déjà aperçu en ville. Plus le Noir était clair plus il s'y attardait, voyant en eux un danger pour la race blanche. Pour lui, le métissage était un crime, et ne devrait tout bonnement pas exister. Crachant au sol, il enroula l'affiche et la rangea dans sa poche intérieure. Il monta sur son cheval qui partit au galop, et sous les instructions de son cavalier, se dirigea chez les Hailey.

En voyant Russell arriver, John Hailey fut tout d'abord déçu par son allure. Il avait souvent entendu parler de ce personnage et, au fil des histoires qu'on lui avait contées, il s'était presque imaginé rencontrer un homme de trois mètres de haut et d'une force surnaturelle. L'homme se présentant à lui était pourtant d'apparence normale. Le planteur, tout de même ravi qu'on s'intéresse à son affaire, sortit à sa rencontre.

— Vous êtes Mathew Russell, LE Mathew Russell ? s'enquit-il.

— Lui-même, répondit Mathew du haut de son cheval et dont le visage en plein soleil ne permettait pas à son interlocuteur de distinguer ses traits. Je viens pour obtenir plus de renseignements sur vos deux fugitifs.

— Bien entendu, suivez-moi. Il s'agit d'un homme et d'une femme que j'ai achetés à la même vente il y a un peu moins d'un an, commença John, mais il fut aussitôt coupé dans son récit.

— Première erreur ! Ne jamais les acheter à plusieurs. Ils se sentent unis, commenta Russell en haussant les sourcils.

— Ils ne se connaissaient pas, bégaya le maître en retour.

— Pourtant ils sont partis ensemble, l'interrompit de nouveau Russell.

Cet homme était là depuis moins de cinq minutes et, par son arrogance, agaçait déjà le propriétaire. Ils furent rejoints par Richard, penaud devant la situation. Les deux hommes s'étaient déjà croisés à plusieurs reprises au bar et n'avaient pas la moindre estime l'un pour l'autre.

— Ed était le fils illégitime d'un planteur du coin, reprit John Hailey.

— Nouvelle erreur, il connaît les alentours. À quoi ressemble-t-il ? Que sait-il faire ? Simple homme des champs ou nègre savant ?

M. Hailey prenait peu à peu conscience qu'Ed avait dû préparer sa fugue. C'était un jeune garçon malin. Il se sentit soudainement idiot devant ces deux hommes, mais ne voulait rien laisser transparaître.

— C'est un métis qui a les traits de visage d'un Blanc. Il travaillait aux écuries et parfois il réalisait des courses pour moi.

— Décidément, vous les enchaînez ! ricana Mathew. Manquerait plus qu'il sache lire !

— Oh ! ça, non ! Jamais je n'aurais permis cela !

— Qu'en savez-vous ? Il n'était là que depuis quelques mois. Et la négresse ?

Richard riait intérieurement, cet homme mettait M. Hailey face à ses responsabilités. Cela lui faisait du bien.

— Femme noire, peau ébène, qui ne travaillait qu'aux champs.

— Pas efficace pour un sou, commenta Richard.

— Tellement peu efficace qu'elle vous a filé entre les pattes, dit Russell d'un air narquois.

Le maître, lui, songeait que si Richard avait bien fait son travail, il n'en serait pas là.

— Elle faisait partie des femmes que nous comptions vendre d'ici peu, reprit John.

— Ah ah ? commenta Russell l'air de réfléchir la main posée sur le menton. Le savaient-ils ?

Hailey et Richard se regardèrent une demi-seconde. Tous deux comprirent leur maladresse de la veille, mais aucun n'était disposé à l'admettre.

— Avez-vous questionné des esclaves ? poursuivit Russell devant le silence des deux hommes.

— J'en ai fouetté un ce matin qui n'a pas dit un mot. Mais sa négresse est venue à son secours et m'a confié qu'ils étaient partis vers le sud, s'exclama Richard, soudain fier de lui.

— Et vous l'avez crue ? dit le chasseur d'un ton cassant, de plus en plus persuadé qu'il était face à deux abrutis.

— Elle travaille dans ma maison ; elle est fidèle, confirma Hailey.

— Taratata… Les chiens sont fidèles, les nègres non ! Réfléchissez ! Quels Noirs partiraient vers le sud ? Y a quoi au sud pour eux ? Rien d'autre que des esclavagistes. Les chiens ont flairé quelque chose ? demanda sèchement Russell.

— La pluie a effacé les traces, avoua piteusement Richard.

John trouvait cet homme d'un aplomb hors du commun particulièrement irritant, mais il savait qu'il avait raison sur tous les points. Néanmoins, il ressentait le besoin de mettre un terme à cette conversation au plus vite et lâcha :

— Cinq cents dollars par tête, monsieur Russell, et vous me les ramenez vivants, qu'on en fasse une leçon pour tous.

Sur ces derniers mots, il salua le chasseur et tourna les talons vers sa maison.

***

La nuit était tombée sur le Mississippi et les fugitifs s'étaient reposés toute la journée. Ed avait sursauté plusieurs fois dans son sommeil, qui avait été entrecoupé par des rêves de poursuites, de chiens, de traques. Il avait toujours eu des insomnies et il détestait ces réveils agités qui le mettaient face à ses démons. Puis il avait regardé Batsy dormir. Elle lui paraissait si paisible, tel un nourrisson souriant aux anges. Il avait passé sa main dans ses cheveux crépus qu'il affectionnait tant pour se donner du courage. Cette caresse avait allégé son cœur.

Après qu'ils se furent tous les deux rafraîchi le visage avec un peu d'eau, ils mangèrent du pain de maïs emballé la veille. L'endroit était exigu et Batsy n'était pas rassurée dans ce refuge peu avenant, avec ses murs lépreux, ses poutres effondrées couvertes de toiles d'araignées et de déjections animales.

Ils décidèrent de sortir se dégourdir les jambes. Ils se cacheraient encore une journée et repartiraient le lendemain soir. Contrairement à la veille, la nuit était claire.

Assis sur un vieux banc en pierre, ils contemplaient de nouveau l'horizon. Des lucioles luisaient par centaines dans les hautes herbes et se fondaient avec le ciel parsemé de ses étoiles étincelantes.

— Comment tu nous vois, après ? demanda Batsy, le regard plein d'espoir.

— Dans une maison, une maison simple, pas besoin qu'elle soit immense, comme ça je te garde toujours près de moi, commença-t-il en la serrant contre son torse. Puis je nous vois entourés de plusieurs enfants.

— Plusieurs, répéta Batsy, et c'est combien plusieurs ? interrogea-t-elle d'un ton malicieux.

— Autant que Dieu nous en donnera. Des petites filles avec ton regard aussi doux que déterminé et tes mimiques que j'aime tant. Et, surtout, avec ce même sourire qui me fait craquer.

— Des filles, cela me convient parfaitement, mais il faudrait également un garçon ou deux pour t'aider.

Batsy donnait à Ed cette envie incontrôlable de se battre. Elle savait mettre de la légèreté dans toutes les épreuves et permettait à Ed de relativiser beaucoup de choses. Tel un ouragan, elle avait fait voler en éclats toute son existence ainsi que ses croyances. C'était elle, la femme qu'il avait toujours recherchée. Vieillir auprès d'elle était ce qu'il désirait plus que tout. Dans la pénombre de sa vie, elle avait été sa lumière, celle qui avait ravivé la flamme que le temps avait étouffée en lui. Il existait des histoires et des complémentarités d'êtres qui ne pouvaient s'expliquer par des mots, qui ne pouvaient qu'être ressenties. S'il l'avait pu, il se serait installé ici même avec elle, près de ce moulin, coupé du monde et de ses obligations, là où son cœur chavirait à chaque instant. Loin de tout, seulement elle et lui.

25

« Car il y a des rencontres qui sauvent…
qui vous font passer de la nuit à la lumière. »
Laurence Tardieu

Les premières recherches de Russell se révélèrent infructueuses. Mais il savait que les fugitifs se cachaient quelque part non loin et qu'ils seraient obligés de ressortir pour poursuivre leur route. C'était un homme patient, et son expérience lui soufflait où continuer ses investigations désormais. Il fallait qu'ils se rapprochent de ces gens du chemin de fer clandestin, ces abolitionnistes, ces Noirs en marronnage, prétendument libres, ou autres tordus de la même espèce qui aidaient les esclaves à rejoindre le Nord. Il avait repéré certains des leurs et, tel un chasseur, il n'avait plus qu'à poser ses pièges pour capturer ses proies.

***

Ed et Batsy attendirent le déclin du jour pour quitter le moulin et reprirent leur périple. La nuit était fraîche, mais la lune presque pleine leur permettait d'y voir plus clair.

— Où allons-nous ? questionna Batsy qui, jusqu'à présent, avait suivi Ed aveuglément.

— Nous allons chez Alice Harris, la sœur de M. Wikson, mon premier maître, dit-il tout en pensant « mon grand-père ».

— C'est elle qui t'a appris à lire ?

— Oui, ainsi que Robert Wikson. Mme Harris et son mari étaient contre l'esclavage. J'espère qu'ils sont toujours en vie et qu'ils pourront nous aider.

— Mais, tu n'en es pas sûr ? s'étonna-t-elle sans s'inquiéter pour autant.

— Je crois en mon étoile, dit-il avec assurance.

— En notre étoile, le corrigea-t-elle en souriant, notre Ed Ba.

En bas de la butte, Ed s'arrêta et se retourna. Il enlaça Batsy et la serra contre lui. Son menton reposait délicatement sur le haut de sa tête.

— Regarde, comme notre moulin est beau depuis le haut de cette colline ! Il est là depuis combien de temps d'après toi ? Et il sera là combien de temps après nous ? De combien d'histoires cachées a-t-il été le témoin ? De combien d'amours perdues ? De combien de larmes ?

— Je n'sais pas, mais j'espère de beaucoup de beaux souvenirs, répondit Batsy avec toute l'assurance dont elle était capable.

Leurs deux visages se levèrent vers le ciel où ils observèrent une nouvelle fois l'étoile Ed Ba afin de prendre un peu de force de sa lumière. Puis ils poursuivirent leur route dans les collines en longeant désormais la voie principale, coupant à travers trois champs de maïs en se cachant le plus en retrait possible dans leurs allées. Les feuilles recouvertes d'un fin duvet les piquaient à leur passage.

Le chemin se déroula sans embûches et ils arrivèrent enfin devant la maison de ceux qu'ils voyaient déjà comme leurs protecteurs. Les souvenirs d'Ed étaient intacts, le temps n'avait pas altéré la façade de la grande demeure. Il espérait que les Harris vivaient encore ici.

Il ne tarda pas à être rassuré quand il aperçut l'ancre qui reposait à l'entrée, vestige de la vie de capitaine de M. Harris. Sans faire de bruit, Ed et Batsy s'approchèrent et décidèrent de faire le tour de la bâtisse pour ne pas être visibles de la route. Sur le côté, une remise était ouverte aussi s'y aventurèrent-ils pour se mettre à l'abri du froid. Mais une fois à l'intérieur, Batsy trébucha malencontreusement sur un seau et le bruit du métal résonna dans toute la grange. À peine eut-elle eu le temps de retirer son pied qu'ils entendirent le gloussement d'une poule, puis d'une autre, et d'un coup de tout un poulailler. Tous deux paniquèrent, ils firent marche arrière quand des aboiements de chiens s'élevèrent à leur tour. Batsy se serra contre Ed, qui reculait au fond du hangar. « Tout sauf les chiens », pensa-t-il.

À cet instant, un homme, fusil à la main, entra accompagné de ses deux molosses.

— Qui va là ? hurla-t-il.

Ed et Batsy n'osèrent prononcer un mot face à la colère de l'homme qui se dressait devant eux et dont la lune projetait l'ombre grandissante sur le sol. Soudain, Ed réalisa avec effroi qu'il s'était probablement trompé et qu'il y avait entraîné Batsy. Tapis dans l'obscurité d'un recoin de la grange, tous deux s'efforçaient de retenir leur souffle.

— Avez-vous besoin d'aide ? interrogea tout à coup l'homme doucement en abaissant son fusil.

— Capitaine Harris, est-ce vous ? murmura Ed.

— Ed ? C'est toi ? demanda-t-il en chuchotant presque.

Paul Harris avait vu les affiches et entendu les nouvelles en ville. Il savait qu'Ed s'était échappé et espérait qu'il s'agissait de lui.

— Oui, monsieur Harris. Désolé de tout ce bruit, je ne voulais pas vous réveiller.

Soudain, une lumière éclaira la maison voisine. Alerté par le raffut, un voisin ouvrit la fenêtre et cria :

— Tout va bien, Paul ?

— Oui, Tom, merci, cette maudite bête est encore entrée dans le poulailler. Il va vraiment falloir que je répare cette porte, s'excusa-t-il.

Le capitaine calma ses chiens et, d'un geste, fit entrer discrètement les fuyards dans la maison. Un des molosses continuait de renifler le mollet d'Ed, ce qui ne le rassurait guère. Rapidement, le capitaine alluma une bougie et fut rejoint par sa femme qui portait une robe de chambre et un châle recouvrant ses épaules. En reconnaissant Ed, Alice sentit l'émotion l'envahir ; elle se retint de pleurer en posant une main devant sa bouche, puis elle s'approcha de lui, tremblante, et, sans retenue, le serra fort.

Elle revoyait comme si c'était hier l'enfant qui s'asseyait près d'elle dans la bibliothèque et à qui elle lisait des histoires. Dans son cœur, elle chérissait ces moments avec lui, elle qui n'avait pas connu le bonheur d'enfanter. En le sentant contre lui, elle repensa avec tendresse à cette étreinte échangée au cimetière lors de l'enterrement de son frère. Ce n'était plus un jeune garçon qu'elle prenait dans ses bras, mais un homme qui avait réussi à passer ces années malgré tout. Elle le contempla en silence un long moment, émerveillée de le voir devenu un si beau jeune homme. Enfin, Alice se tourna vers Batsy. Elle semblait gelée. Avec douceur, elle l'enveloppa de son étole tandis que le capitaine, d'un geste franc, souffla sur la flamme.

— Reposez-vous au chaud cette nuit. Je ne veux pas éveiller plus de soupçons avec un éclairage à cette heure-ci. Nous discuterons demain matin, déclara le capitaine avant de les conduire jusqu'à une des chambres libres de l'étage.

Ce soir-là, après deux nuits éreintantes dans les bois, Batsy eut le plaisir d'enfiler une chemise de nuit toute douce et s'émerveilla de la qualité du tissu. En se glissant entre les draps, elle connut pour la première fois de sa vie le moelleux d'un matelas. Enfin, tous les deux, rassurés d'avoir trouvé un peu de sécurité et de chaleur, se laissèrent emporter par le sommeil.

Le lendemain matin, ils furent réveillés par une alléchante odeur de pain chaud. Quand Ed descendit l'escalier, son premier réflexe fut de s'arrêter à l'entrée du bureau rempli des livres de son enfance. Il adorait cette pièce autrefois, le parfum de ces ouvrages et l'univers merveilleux qu'il y avait découvert. Son cœur se serra au souvenir de Robert et de leurs balades en tête à tête.

— Bonjour, Ed ! Bien dormi ? lança Paul quand il le vit entrer dans la cuisine.

— Jamais aussi bien dormi de toute ma vie, monsieur Harris, répondit-il, le sourire aux lèvres.

— Viens prendre quelque chose à manger, tu dois mourir de faim.

Alice déposa à manger sur la table pour Ed après l'avoir à son tour salué chaleureusement. Sans se faire prier plus longtemps, Ed s'assit et engloutit un premier pain de maïs. La route avait été longue et la pression de leur course harassante. Quand il fut rassasié, il prit le temps de raconter tout ce qu'il avait vécu depuis la mort de M. Wikson, les papiers d'affranchissement non remis, ses différentes plantations, les ventes dont il avait été l'objet au marché des esclaves, les fers, le fouet, puis la découverte de la mort de sa mère et enfin sa délivrance : sa rencontre avec Batsy.

Après l'avoir écouté avec attention, le capitaine et Alice évoquèrent les esclaves en fuite qu'ils essayaient d'aider.

— Depuis de nombreuses années, notre maison est une des étapes du chemin de fer clandestin, expliqua M. Harris. Certains s'arrêtent pour reprendre des forces et repartent tout aussi furtivement. D'autres nous accompagnent sur notre bateau et nous les aidons à rejoindre un autre État grâce au fleuve.

— J'ai toujours su que vous étiez contre l'esclavage, mais je n'avais jamais imaginé tout ce que vous faisiez pour nous, confia Ed, admiratif de ce couple.

— Nous ne sommes pas les seuls, crois-moi. Mais nous devons rester discrets. Il en va de votre survie, mais aussi de la nôtre, dit le capitaine en attrapant la main de sa femme. Depuis quelque temps, je retrouve des poules mortes et, hier soir, j'ai cru tomber enfin sur la bête. J'espère ne pas vous avoir trop effrayés. Nous n'avons pas l'habitude d'accueillir dans un tel vacarme, commenta-t-il en rigolant avant d'être interrompu par la cloche du portail d'entrée.

— Ne bouge surtout pas d'ici, Ed, je reviens, ordonna le capitaine dont le sourire s'était effacé en une fraction de seconde.

Puis il se leva avec précipitation.

À travers la fenêtre, Paul reconnut au loin le célèbre chasseur de primes, Mathew Russell. Il fit signe à Ed de se cacher dans le cellier et lui intima le silence d'un geste du doigt.

Russell était convaincu que les Harris étaient des abolitionnistes. Et son flair l'avait conduit ici dans un premier temps. Visiblement, il avait visé juste, mais il ne le savait pas encore.

— Madame, commença le chasseur de primes en levant son chapeau, monsieur, deux esclaves se sont échappés de la plantation des Hailey avant-hier.

— Oui, nous en avons entendu parler, répondit Paul, faisant mine de ne pas comprendre ce que l'homme faisait ici.

— Je suis à leur recherche et je questionne chaque maison du comté afin de savoir si vous avez vu ou entendu quelque chose ces deux derniers jours.

Les Harris savaient que, s'ils étaient découverts, ils seraient pendus avec les esclaves. Les sudistes détestaient les Noirs, mais haïssaient encore plus ceux qui les aidaient à s'affranchir.

— Non, monsieur, nous n'avons rien vu ni rien entendu, assura Paul en s'efforçant de paraître sûr de lui.

Après avoir refermé la porte, Alice Harris suivit du regard, derrière sa fenêtre, Russell qui redescendait l'allée de leur propriété. Ce dernier se rendit à la maison voisine, sans doute pour y mener le même interrogatoire. La conversation dura un peu plus longtemps. Alice et Paul savaient Tom Turner bavard, mais ils espéraient qu'il ne relaterait pas l'incident des chiens de la nuit dernière. Cependant, une fois sa conversation terminée, Russell observa un long moment la maison des Harris. Il fallait redoubler de prudence désormais.

26

« Le plus grand échec est de ne pas avoir le courage d'oser. »
Abbé Pierre

À PEINE UNE SEMAINE PLUS TARD, le capitaine et sa femme préparaient leur départ pour le Nord. Ils devaient se rendre jusqu'à Greenville, où le capitaine Harris prendrait le commandement d'un de ses bateaux à aube qui irait jusqu'à Saint-Louis en faisant un arrêt à Memphis.

Il avait été convenu qu'ils feraient tous les deux le voyage. Deux grosses malles furent déposées à l'arrière de la charrette ainsi que quelques meubles démontés qui devaient être vendus dans un autre État. Les chiens grimpèrent tout en aboyant afin de confirmer leur présence.

Paul donna à Alfred les dernières instructions concernant les autres animaux de la propriété. Alfred était un des rares Noirs libres vivant à quelques miles de là. Contre rémunération, il s'occupait de l'entretien de leur maison. Il irait ramasser les œufs et prendre du lait de la traite des vaches durant leur absence.

M. Turner, suspicieux, de sa fenêtre, guettait ses voisins. Il était étonné que Mme Harris prenne part au voyage, car cela faisait des années qu'elle n'avait plus accompagné son mari. Le capitaine, qui avait sous son commandement une trentaine de personnes, possédait deux bateaux qui parcouraient l'ensemble de la partie navigable du fleuve du Mississippi. Ces navires aux dimensions impressionnantes permettaient de transporter aussi bien des marchandises que des passagers. Et chacun de ses déplacements était un spectacle pour ceux qui y participaient.

C'était une belle journée de printemps et les chevaux partirent au pas, tirant une lourde charrette qui creusait la terre sur son passage. Alice, tout en tenant son ombrelle, jeta un regard perdu sur la campagne qui les entourait. Ces champs à perte d'horizon, survolés par une infinité d'oiseaux et semés de fleurs sauvages aux couleurs vives, offraient un panorama paisible. Puis elle ferma les yeux pour mieux ressentir les caresses du vent sur son visage. Inspirant profondément, elle laissa son âme se détacher de son corps pour communier avec la nature. Elle adorait ces moments hors du temps, qui remplissaient son être d'une force nouvelle. Elle en aurait besoin ce jour.

Les Harris, après avoir parcouru un bon nombre de miles, prirent le temps de s'arrêter en ville où ils achetèrent quelques provisions. Alice entra dans la boutique de tissus. C'était une de ces petites boutiques où elle aimait flâner, qui vendait des étoffes aux couleurs chatoyantes et aux motifs variés. On y trouvait aussi des rubans de toutes tailles et textures, du fil, des dés en porcelaine ou en fer, des ciseaux, des épingles, des aiguilles, des coussinets… Alice choisit une boîte contenant tout le nécessaire à couture, la paya, puis rejoignit son mari qui l'attendait dehors.

La fin du périple se fit sur une route tout aussi calme et belle que la précédente, mais Alice, angoissée, ne cessait de mordiller son pouce, ce qui énervait son mari.

— Tu vas finir par nous faire prendre si tu continues ainsi, dit-il d'un ton agacé, rendant quelque peu l'ambiance pénible pour chacun d'entre eux.

Quand, enfin, ils arrivèrent sur le quai, Alice ne s'y attarda pas et monta à bord la première, le bruit de ses talons résonnant sur le pont. Avant de s'engouffrer dans l'entrée qui menait aux cabines, elle jeta un coup d'œil à l'embarcadère. Des intendants venaient aider le capitaine à décharger ses affaires. Les hommes déposèrent les meubles, puis soulevèrent la première malle délicatement.

Russell, qui avait été averti par M. Turner du départ des Harris, se tenait bien droit sur les docks. Le chasseur soupçonnait le capitaine d'avoir caché les évadés recherchés dans ses malles. Voyant qu'un des hommes avait du mal à en soulever une, il saisit l'occasion pour proposer son aide. Elle fut déposée à son tour sur l'embarcadère. La charrette vidée fut enlevée, puis déplacée.

Russell tournait autour d'une des malles comme un chien autour de son os. Il lui fallait l'ouvrir discrètement et rapidement avant qu'elle ne soit transportée à bord. Il remarqua qu'elle ne portait aucun cadenas pour la verrouiller. Il regarda à gauche, puis à droite, et ne vit personne l'observer. Chacun était trop occupé dans ses préparatifs. Il saisit sa chance et, d'un coup vif, ouvrit la caisse, persuadé d'y trouver les fugitifs… Cependant, il resta penaud de se trouver devant des monceaux de livres et de tissus.

— Que faites-vous avec mes affaires ? grogna le capitaine avant de découvrir l'homme qui se tenait là. Mais je vous reconnais ! Vous êtes le chasseur de primes, souffla-t-il.

La vision de Russell le glaça. Sa présence signifiait qu'il avait un doute à leur sujet, ce qui n'était pas de bon augure.

— Malencontreuse erreur, capitaine, je vous souhaite bon vent, répondit Russell en rebroussant chemin.

Tout en s'éloignant, Russell réfléchissait. Les fuyards se trouvaient peut-être dans la seconde malle ? « Impossible, pensa-t-il, il n'y a pas assez d'espace pour deux personnes. Ils doivent déjà être à bord du bateau à vapeur. » Son instinct lui dictait de suivre cette piste. Il s'enquit de la destination et des escales du navire.

— Memphis, puis Saint-Louis, lui répondit un vieil homme dont le chapeau dissimulait le regard.

Russell continua à observer le chargement de loin. Les affaires furent toutes transportées à l'intérieur du bateau et les passagers montèrent les uns derrière les autres. Certains étaient en voyage d'affaires, d'autres rejoignaient leur famille. On y faisait aussi monter des marchandises en partance pour Saint-Louis.

Deux heures après son arrivée, le capitaine Harris actionna à deux reprises le sifflet à vapeur pour annoncer leur départ imminent. Des gens se pressaient sur le quai et d'autres sur le pont ; tous agitèrent la main. Les moteurs rugirent et une grosse fumée jaillit des hautes cheminées de l'avant. Le capitaine se mit à la manœuvre et la roue émit son premier clappement sur le fleuve, fascinant tous ceux qui étaient là.

Russell remarqua que Mme Harris n'était présente ni sur le pont, ni auprès de son mari au poste de pilotage. Son impression était juste bien qu'il ne le sût pas. Alice, en entendant la corne qui indiquait le départ, s'était précipitée dans une cabine et en l'ouvrant, y avait découvert, rassurée, Ed et Batsy. Ces derniers, fébriles, attendaient que le bateau s'éloigne du quai. Ils étaient arrivés dans la nuit, accompagnés par William, intendant à bord du navire, qui les avait aidés à s'enfuir en les cachant à l'arrière de sa carriole.

— Comment vous sentez-vous ? questionna Alice, soulagée d'avoir franchi cette nouvelle étape.

Son mari allait les conduire hors de l'État du Mississippi. Ils venaient de gagner une bataille.

— On a toujours la peur au ventre, mais s'éloigner est un premier pas vers la liberté, répondit Ed d'un air satisfait.

— Un second pas, Ed : le premier, vous l'avez fait en quittant les Hailey, affirma Alice, un sourire radieux aux lèvres.

Elle leur avait fourni des vêtements, des chaussures ainsi que de faux papiers, les rebaptisant Edward et Rose Harris. Ed était vêtu d'un pantalon en toile marron clair et d'une chemise blanche. Batsy avait une robe bleue et une cape assortie à sa tenue. Ses cheveux étaient pris dans un chignon haut. Elle se cramponnait à un petit sac à main où se trouvaient leurs précieux documents. Alice offrit à Batsy la boîte de couture en lui assurant gentiment :

— Cela te servira quand vous serez en pays libre.

Batsy la remercia timidement mais chaleureusement. L'émotion se lisait dans son regard. On ne lui avait jamais rien offert auparavant.

Ils laissèrent passer plusieurs heures avant de monter sur le pont à leur tour. Le soleil s'éteignait sous leurs yeux, éclairant la rivière de ses plus belles lumières. Des sons harmonieux émanaient de la coque du bateau. L'air printanier de cette fin de journée se répandit en eux, frais et agréable, tel un nouveau souffle de vie. Les champs et les bois qui se dessinaient au loin, sur les rives, prenaient à cette heure-ci une dimension romanesque.

En voyant un si beau paysage, on ne pouvait croire qu'il était le lieu de tant de cruauté humaine. Ed et Batsy se tenaient au milieu de Blancs et de Noirs libres, sans que personne n'exige la moindre chose d'eux. Ils regardaient l'horizon ; ni l'un ni l'autre ne voulaient se retourner sur les terres de leur enfance et de leur souffrance. Les pales de bois de la grande roue qui frappaient l'eau du fleuve en lançant des éclaboussures d'écume émerveillaient Batsy.

— Merci, dit-elle en se collant à Ed, t'es vraiment ma plus belle rencontre.

Ed la serra fort dans ses bras, fermant les yeux et respirant son odeur. Du haut de ce pont, face au vent, à entendre son rire, il était le plus heureux des hommes.

27

« Lire, c'est vivre les rêves d'un autre. »
Anonyme

Juillet 1964, Mississippi

Le feu avait détruit l'église dans son intégralité, emportant avec lui les meubles et une grande partie des livres qui n'avaient pas pu être sauvés. Au pied de la colline du moulin, il ne restait qu'un tas de débris empilés.

Le pasteur avait survécu, mais demeurait dans un état grave. Andrew savait que Martin et ses copains du Klan étaient derrière tout ça, mais que son adjoint n'était pas le cerveau. Martin n'avait pas assez de jugeote pour avoir tout manigancé. Une chose était indéniable, c'est que ce n'était pas lui qui avait appuyé sur la détente ; il était près de lui quand le pasteur s'était fait tirer dessus.

Andrew était résolu à faire tomber un maximum de personnes pour cet incendie et cette tentative de meurtre. Il avait déjà dressé une liste de noms de membres du Klan du comté. Martin y figurait avec son copain Tony, qui ne valait pas mieux que lui. Le shérif soupçonnait depuis longtemps l'implication de Michael, l'homme travaillant à l'épicerie du centre. On le voyait d'ailleurs souvent traîner aux côtés de Tony et Martin. Mais ces trois-là ne pouvaient pas être les instigateurs d'un tel acte.

Assis sur son canapé, Andrew griffonnait des noms sur une feuille quand sa femme, en chemise de nuit, le rejoignit. Hannah prit place à côté de lui et posa sa main sur son genou. Elle observa la mine anxieuse de son mari et lui dit avec compassion :

— Que fais-tu encore debout à cette heure-ci ? Viens te coucher. Après ce que tu as enduré aujourd'hui, tu en as grand besoin.

Andrew se redressa et arpenta son salon de long en large.

— Martin fait partie des hommes qui ont provoqué l'incendie, Hannah, lâcha-t-il d'une voix désemparée.

Hannah ne parut pas étonnée. Elle connaissait Martin depuis des années. Leurs deux familles avaient vécu dans la même rue et elle n'ignorait pas qu'il haïssait les personnes de couleur. Ce qui l'avait surprise en revanche était qu'il ait intégré les forces de l'ordre plutôt que la prison du comté. Elle poussa un long soupir avant de demander :

— Et je présume que tu ne peux rien faire ?

Hannah travaillait au palais de justice depuis assez longtemps pour savoir que certains actes n'étaient pas punissables, mais Andrew semblait déterminé, ce qui ne la rassura pas.

— Il faut que je trouve de qui venait cet ordre et qui a tiré sur le pasteur.

— Tu t'engages dans un combat perdu d'avance, affirma-t-elle en se redressant à son tour.

— Nous ne pouvons pas tolérer cela ! clama Andrew d'un ton plus ferme. Si ça avait été l'inverse, des dizaines de Noirs auraient été lynchés et tu le sais.

Hannah avait été séduite par Andrew au lycée. Il n'avait jamais eu qu'un grand dédain pour tous ces Blancs qui avaient pour passe-temps favori d'humilier les Noirs. Ce trait de caractère avait plu à la jeune femme qu'elle était alors. Elle-même avait poursuivi des études de droit dans le but d'apporter son aide à cette communauté ; malheureusement, la réalité du Sud l'avait rattrapée. Elle réfléchit un instant, ses mains se décrispèrent et elle céda :

— À qui penses-tu ?

Andrew esquissa un sourire, il retrouvait là sa femme autrefois engagée dans des combats qui lui paraissaient justes.

— À Tony, l'ami de Martin… Il en fait partie, c'est certain, tout comme Michael.

— Michael Thompson ? s'exclama-t-elle, de l'épicerie ? Tu l'arrêtes souvent, il me semble.

— Excès de vitesse, trouble à l'ordre public, acquiesça Andrew.

— Mais le juge Lewis ne le poursuit jamais. Cela m'a toujours étonnée.

— Ah bon ? rétorqua Andrew, ils n'ont pourtant aucun lien, ni familial, ni amical, ni de voisinage ?

— C'est exactement ce qui me paraît étrange à chaque fois.

Andrew s'assit de nouveau et prit sa tête entre ses mains.

— Si le juge est des leurs, cela expliquerait beaucoup de choses, dit-il d'un ton résigné.

— Je le surveillerai discrètement, déclara Hannah, mais promets-moi de faire attention.

— Tout comme toi, mon amour, murmura Andrew en l'étreignant.

Le lendemain arriva, n'effaçant pas pour autant les lourdes émotions vécues la veille. Lisa, qui ne voulait plus se voiler la face et entendait combattre ces injustices, avait proposé à Edris et Mary d'installer l'école de la liberté dans la maison de sa mère. La demeure était un peu en retrait de la ville, mais les enfants qui voudraient s'y rendre le pourraient aisément. Cette proposition avait été accueillie avec des clameurs de joie. Aussitôt, les enfants avaient été prévenus, et les femmes s'étaient mises en chemin avec les sacs remplis des livres que Mary avait réussi à sauver des flammes.

Au bout d'une dizaine de minutes, la voiture s'engagea dans les terres. La campagne était éclatante dans cette région et la maison de Margaret se fondait dans le paysage. Arrivés devant l'habitation qui servirait désormais d'école, Mary et Edris furent frappés, une nouvelle fois, par la majesté du lieu, qui avait dû être magnifique, jadis. Un potager fermé par une clôture en bois s'étendait à l'avant de la demeure. Le grand chêne qui s'élevait près de l'entrée offrait de l'ombre sur la véranda les après-midi d'été. Une grange se hissait sur la droite et de la paille y traînait encore au sol.

Le manque d'argent n'avait pas permis à la mère de Lisa d'entretenir la bâtisse convenablement, mais elle gardait indéniablement un côté chaleureux. « Si ces murs pouvaient parler, ils raconteraient certainement bien des souvenirs, des peines et des joies », songea Mary avec nostalgie.

— La grange n'est plus vraiment utilisée, expliqua Lisa à leur arrivée. Elle sert surtout de débarras. Il y a un poulailler à l'arrière de la maison. Ma mère n'a plus d'autres animaux ; cela devenait compliqué de s'en occuper.

— Pourquoi ne vivez-vous pas ici également ? interrogea Edris. Il y a de la place pour tous.

— On s'est rapprochés de la scierie de Doug. Venez, je vais vous faire visiter.

Dès qu'ils eurent franchi la porte d'entrée, Mary demanda où elle pouvait poser les sacs de livres. D'un geste de la main, Lisa lui indiqua l'ancienne bibliothèque. Quand la jeune journaliste y pénétra et ouvrit les rideaux, la pièce fut instantanément baignée par une chaude lumière d'été jetant des couleurs enchantées. L'air infiltrait le lieu en lui insufflant une nouvelle vie. Beaucoup de rayonnages étaient vides ; le bois des étagères s'était patiné, mais était recouvert de poussière. Mary déposa ses livres sur la table et alla chercher un chiffon et de l'eau.

— As-tu besoin d'aide ? demanda Lisa.

— Non ! ça ira, merci. Je nettoie la table, puis les étagères et je passerai le balai, répondit-elle en frottant déjà le bois.

Lisa s'avança et alla toucher la bibliothèque. Elle se souvenait de tous les livres qui étaient posés ici autrefois.

— La majorité de nos livres ont été donnés à l'église. Malheureusement la plupart ont brûlé hier..., lâcha la jeune femme, l'air triste.

— Tu as de la chance d'avoir grandi avec un tel trésor.

— Oui, c'est vrai, j'en ai lu tellement ! répondit-elle fièrement. Je sais que cela n'est pas donné à tout le monde ici.

— Je n'avais pas imaginé que la vie dans le Sud était si difficile, confia Mary.

— Oh ! tu sais, c'est notre quotidien, au final. Nous n'avons rien connu d'autre et nous ne connaîtrons probablement jamais rien d'autre, même si j'espère de tout cœur qu'un jour, nous serons vraiment égaux... Mais je doute que cela soit possible, même dans cent ans.

Des voix provenant de dehors firent écho dans la pièce.

— Il me semble que les élèves sont arrivés, déclara Lisa avant de sortir.

À son tour, Mary rejoignit les jeunes et s'assit près du grand chêne où chacun prit place. Lisa s'activait en cuisine pour préparer de la limonade et un gâteau. Les élèves avaient avancé sur les cours généraux et, ce jour-là, sous cet arbre centenaire, Mary observa Edris qui abordait l'esclavage.

— Projetons-nous cent ans en arrière ! Imaginez-vous vivre dans des maisonnettes à l'arrière de plantations et voir vos parents chaque jour travailler dur dans les champs, commença-t-il d'un ton qui se voulait solennel.

— Mon père, chaque jour, il travaille dans les champs, lui répondit Wilfred qui, depuis sa prise de parole le premier jour, n'avait cessé de participer activement à chaque cours.

— Il est payé pour cela... À l'époque, les esclaves n'étaient pas payés.

— Pfff, payé ? Il ne gagne presque pas un rond. Et nos maisons, ce sont toujours des cabanons, railla l'enfant, le regard vif.

Ces deux réflexions firent rire la majorité des enfants.

— Au siècle dernier, un Noir ne pouvait pas se déplacer librement sans risquer de se faire frapper, poursuivit Edris en espérant captiver leur attention.

— Ça se voit que vous vivez dans le Nord, monsieur, rétorqua une nouvelle fois Wilfred.

Ils échangèrent durant une heure sur les conditions de l'esclavage, mais Edris ne réussit pas à les intéresser. Ce qu'enduraient ces gosses au quotidien n'était pas si éloigné que ça des conditions du siècle précédent.

Au bout d'un moment, Lisa et Mary suspendirent le cours pour offrir un goûter à tout ce petit monde. Cela ne déplut pas à Edris qui réfléchissait à un autre moyen pour capter leur attention sur leur histoire. Les élèves savourèrent leur part de gâteau et se mirent à courir dans tous les sens. Mary organisa alors une partie de cache-cache et petits et grands s'en donnèrent à cœur joie.

Quand l'après-midi toucha à sa fin, les enfants, conquis par ce nouveau lieu, rentrèrent chez eux ravis de leur journée. Adossé au tronc du chêne, les mains dans ses poches, Edris fixait Mary. Discrètement, il détaillait sa silhouette que sa fine robe d'été permettait d'entrevoir. Il aimait ses jambes longues et fines, admirait sa cambrure qu'il désirait caresser. Une fois de plus, une nouvelle facette d'elle l'avait séduit aujourd'hui : ce côté femme-enfant qui ressortait par moments lui paraissait irrésistible.

— Tu as interrompu le cours ! lui lança-t-il en rigolant.

— Désolée, je n'ai pas pu garder mon sérieux. Mais j'ai peut-être enfin réussi à faire qu'ils n'aient plus peur de moi, lui confia-t-elle d'une voix fière.

— C'est certain, ça, quoique ton cri perçant les ait peut-être effrayés, la taquina-t-il.

— Haha, j'adore votre humour, monsieur ! Allons plutôt ranger les livres dans la bibliothèque avant de repartir.

Il jeta un coup d'œil à gauche et à droite avant de s'approcher de ses lèvres pour lui voler un baiser. Mary savait qu'elle avait succombé à cet homme, et qu'il était trop tard pour résister. Toutefois, elle pensait déjà à son retour dans le Nord et ne comprenait pas vraiment ce qu'il attendait d'elle. Cette pensée l'effraya et assombrit son moral tandis qu'ils entraient dans la bibliothèque.

Pour ne plus songer à cela, elle empoigna les sacs et sortit les livres qu'elle déposa sur les étagères. Le premier sac fut entièrement vidé quand un des ouvrages retint son attention. Sa couverture n'était pas solide. Elle l'attrapa et comprit qu'il ne s'agissait pas d'un livre, mais d'un carnet. En l'ouvrant avec délicatesse, elle découvrit l'inscription sur la première page, qu'elle lut à haute voix :

« *Mon journal, par Alice Wikson Harris.* »

À ces mots, Edris tourna vivement la tête vers elle, intrigué. Mary parcourut soigneusement le cahier. Par endroits, l'encre était effacée sous l'effet du temps et laissait une fine trace sur le papier jauni. Les pages semblaient si fragiles qu'elle avait peur qu'elles ne se déchirent entre ses doigts. Elle s'installa sur une des chaises, observa Edris un moment en silence, puis commença à lire le début à haute voix.

« *Novembre 1848,*

Mon frère m'a enfin présenté son petit-fils. Je suis fière de lui ; on sent qu'il est attendri par ce garçon. Il ne le regarde pas comme un esclave, mais comme un être humain. Ed m'a l'air intelligent. Je lui ai appris quelques lettres aujourd'hui et il a tout de suite compris. Robert m'a promis qu'il me l'amènerait plus souvent. J'aimerais tant les sauver, lui, sa mère, et Rose, qui me manque tant. »

Les pages suivantes étaient presque illisibles, mais Mary sentait qu'elle avait piqué la curiosité d'Edris. La jeune femme avait l'impression de tenir entre les doigts un pan de l'histoire. Elle passa quelques pages, plissa les yeux et poursuivit.

« Juillet 1849,

Deux esclaves en fuite ont dormi chez nous ce soir. Betty et Sarah. Elles ont l'air si mal en point et elles ne sont pourtant qu'au début de leur long voyage. Je leur ai donné des habits plus chauds et propres. Paul les transférera sur son bateau cette nuit et elles s'en iront comme tant d'autres vers le Nord en suivant le fleuve. Chacune de ces arrivées me bouleverse toujours autant. Comment peut-on accepter d'infliger de tels supplices à des hommes et des femmes sous prétexte d'une couleur de peau différente… ? »

« Novembre 1850,

Robert a été emporté par la maladie. Je suis si furieuse contre sa femme qui a refusé de donner la lettre d'affranchissement à Ed et à sa mère, Aby. Ils sont pourtant officiellement libres. Elle le fait exprès, car nous ne nous sommes jamais entendues. Leur vie avec mon neveu, Thomas, va vraisemblablement devenir un enfer… Oh, Rose, si tu savais comme je m'en veux ! »

Edris était captivé par ce que Mary lui lisait. Et si, dans ce carnet, il retrouvait une trace de son passé ? Après tout, ses ancêtres avaient vécu quelque part dans ce Mississippi. Ils s'étaient enfuis d'ici également vers un Nord plus tolérant, mais ils devaient être des centaines, voire des milliers dans ce cas. Ce carnet semblait contenir des dizaines et des dizaines de prénoms et autant d'histoires d'esclaves en fuite. Il serait impossible d'identifier un de ces aïeux parmi tous ces visages.

— Que penses-tu de cela ? demanda Mary en interrompant sa lecture.

— C'est un témoignage historique précieux ! Cette femme hébergeait des esclaves en fuite. Tu sais, le fameux chemin de fer clandestin, répondit-il.

— Chemin de fer… clandestin ? Qu'est-ce que c'est ? s'exclama Mary qui n'avait jamais entendu ces mots associés.

— Le chemin de fer clandestin, tu ne connais pas ? Avant la guerre de Sécession, des milliers d'esclaves ont fui vers le Nord. Ils étaient hébergés par des Blancs abolitionnistes, des Noirs libres, des méthodistes ou bien encore des quakers. On nommait ces arrêts les « stations », et les esclaves y étaient accompagnés par des « chefs de train ». C'était un code, une façon de parler. Il n'y avait aucun train, aucun chemin de fer. Juste des personnes qui risquaient leurs vies pour secourir les fugitifs. Lis cela, dit-il à Mary, après avoir feuilleté le journal qu'elle lui avait passé.

« Février 1852,

Il a plu toute la nuit et cette mère avec son enfant est venue frapper à notre porte. Les deux étaient frigorifiés. J'ai porté le bébé dans mes bras et me suis pressée de le déshabiller, de le vêtir chaudement et de l'installer près du feu. Il était si petit et sa toux, très forte. Je l'ai veillé toute la nuit en ayant peur qu'il ne survive pas. Sa maman est si jeune, elle ne doit pas avoir plus de quinze ans. Elle n'est guère en meilleur état. Nous lui avons fait un bon repas. Seigneur ! Sauve-les ! Ce ne sont que des innocents. »

— Ce sont ces témoignages qu'il faut faire découvrir aux élèves, Edris. Ils vivent la difficulté du travail aux champs. Ils savent ce que c'est de porter cette couleur dans cet État, de ne pas avoir les mêmes droits et d'avoir la peur au ventre. Mais connaissent-ils l'histoire de ces gens qui ont fui pour être libres au péril de leur vie ? Ce sont ces récits qui aideront à capter leur attention, conclut Mary, la gorge serrée par l'émotion, mais une pointe d'enthousiasme dans la voix.

28

« Là où il y a de l'amour, la nuit ne tombe jamais. »
Proverbe africain

C'ÉTAIT UNE BELLE SOIRÉE D'ÉTÉ. Edris et Mary, après avoir embourbé les roues de la voiture sur un des chemins de terre, avaient enfin rejoint le lieu qu'ils chérissaient tant. Ils étaient tous les deux perchés sur la colline à proximité du moulin, seuls au monde. Là, à l'abri des regards, ils n'étaient jugés par personne. Ils y avaient créé leur bulle d'amour et y oubliaient tout, jusqu'à leurs obligations. Ici, Mary se sentait invulnérable. Elle y était en sécurité, vivante, et surtout aimée. Aimée pour la personne qu'elle était et non pour celle qu'elle devait être aux yeux de tous : sa famille, ses collègues, ses amis et la société. Elle s'accordait enfin un peu de bonheur. Un bonheur et un amour qu'on lui offrait sans rien attendre en retour. Elle aimait Edris pour tellement de raisons, pour sa simplicité, pour son rire et sa tendresse, pour sa bonté, pour sa gentillesse et sa douceur. Mais aussi, pour cette femme insouciante et joyeuse qu'elle était en sa présence.

Un vent rafraîchissait légèrement l'humidité qui avait stagné tout au long de la journée et se glissait dans les cheveux de Mary, les faisant voleter. Edris passait ses doigts dans ses mèches et se confiait à elle. Il lui parla de ses arrière-arrière-grands-parents, qui étaient des esclaves et avaient vécu dans le Mississippi. En étant ici tous les deux, ils marchaient dans leurs traces. Mary était assise contre un arbre et Edris reposa sa tête sur ses cuisses. « Il s'est installé ainsi pour la contraindre à ne pas bouger », pensa-t-elle. Elle rouvrit alors le journal d'Alice Harris, qu'elle emportait partout avec elle depuis sa découverte, et le feuilleta pensivement.

— Écoute ça ! s'écria-t-elle brusquement, excitée comme un enfant par sa trouvaille.

« Mai 1859,

Ed s'est échappé ! Des affiches ont été placardées dans la ville, il s'est enfui de sa nouvelle plantation. Je n'avais pas eu de ses nouvelles depuis que j'avais appris que mon neveu l'avait vendu pour faire plaisir à son épouse. Ed est vivant, vivant ! je suis si heureuse. »

Edris se releva d'un bond.

— Est-il possible que ce Ed soit mon arrière-arrière-grand-père ? Mon prénom pourrait venir de lui !

— Ta mère ne t'en a jamais rien dit ?

— Malheureusement, non. Il y a des sujets que nous n'avons jamais abordés. Ma mère ne me parle jamais de son enfance. Elle a énormément souffert depuis la mort de ses parents. Elle les a perdus à un an d'intervalle, son père quand elle avait quatre ans et sa mère, cinq. Après ce drame, elle a été placée dans un orphelinat et, je ne sais pas vraiment ce qui s'est passé là-bas, mais c'est sans doute pour cela qu'elle refuse catégoriquement qu'un de ses enfants se marie avec un homme ou une femme d'une autre couleur que la nôtre, confia-t-il enfin tout en levant une partie du voile qu'il gardait pour lui.

Cette révélation atteignit Mary en plein cœur. Elle eut soudain l'impression de ne plus pouvoir respirer et dut faire un effort pour se ressaisir. Elle ne voulait pas que cela soit perceptible par Edris, pas ce soir. Ce soir, rien ni personne n'entacherait leur lieu sacré.

— Dieu seul est savant, lui dit-elle avec un sourire, un sourire qu'elle était allée puiser loin dans son être, avant de reprendre avec un enthousiasme feint : Je continue ! On va peut-être en savoir plus sur lui.

— Attends une minute, je vais faire du feu, soupira Ed qui avait l'air exténué tout à coup.

Son aveu venait de mettre un coup à leur histoire, le replaçant lui-même face à ses futures responsabilités. Voulant chasser ses sombres pensées, il songea à Ed.

Il semblait peu probable qu'un lien existe entre eux deux ou puisse les relier, Edris en avait parfaitement conscience. Il alluma le feu tout en admirant les lucioles qui illuminaient une à une les herbes des collines. Les ailes du moulin se reflétèrent dans les flammes naissantes et, dans ce coin silencieux, on n'entendit plus que le lointain ruissellement d'une rivière se mariant aux crépitements des brindilles.

À la lueur du feu, Edris regarda Mary. Leur relation était vouée à l'échec et il le savait. Pourtant, il l'aimait, elle et son sourire, elle et ses yeux clairs, elle et son rire, elle et ses folies, elle et sa fragilité.

Mary, quant à elle, aurait pu rester des heures plongée dans ses yeux brillants, mais pour que ses larmes ne ternissent pas une si belle soirée, elle reprit sa lecture :

« *Mai 1859,*

Ed a retrouvé notre maison. Le chemin était resté intact dans ses souvenirs d'enfant. Je suis tellement heureuse ! Il est accompagné de cette jeune femme, Batsy. Il a l'air si amoureux d'elle. Il a appris qu'elle risquait d'être vendue et n'a pas attendu une seconde de plus. Il lui a pris la main et ils sont partis. Ils ont passé deux nuits au moulin perdu. Il se souvenait de mon histoire. Celle où je lui expliquais que, dans un moulin proche d'ici, Paul avait aménagé une cachette secrète accessible par une trappe pour cacher des esclaves quelque temps quand c'était trop compliqué à la maison. Il n'était pas sûr que ce soit réel, mais il y a cru et l'a fait. Il m'a confié avoir suivi sa petite étoile, celle dont il me parlait enfant, celle à qui il contait ses rêves. Il ne l'a jamais abandonnée. Batsy était fière de me dire qu'Ed venait de rebaptiser sa petite étoile de leurs deux noms réunis : Ed Ba. Et les Blancs osent dire que les Noirs ne savent pas aimer ! Quelle honte vraiment ! Nous allons tout faire pour l'accompagner loin d'ici… mon petit Ed, devenu un homme si courageux… »

Le cœur battant, Mary interrompit sa lecture.

— Et s'ils étaient passés par ce moulin ? questionna-t-elle en bondissant pour aller vérifier. Et si la trappe était là ? Imagine…, reprit-elle, pleine d'enthousiasme.

Edris se redressa à son tour et, en associant brindilles et bois, composa rapidement une torche. Ils s'avancèrent vers l'entrée du moulin en faisant craquer des branches mortes sous leurs pieds. Edris y pénétra le premier et Mary le suivit en se collant à lui. Elle prit sa main libre et la serra dans la sienne.

— Quelle idée j'ai eue ! protesta-t-elle, je déteste ces endroits où on ne sait pas quelles bêtes on peut rencontrer !

— Alors, réfléchis vite, et dis-moi : où cacherais-tu une trappe ? dit-il en orientant sa torche pour illuminer les parois.

— En hauteur, certainement.

Edris leva la tête et tendit sa lampe à Mary. Il escalada et fouilla dans les recoins. Soudain, ses doigts rencontrèrent une démarcation dans le mur. Il s'écria :

— Mary ! Je sens quelque chose ici, viens m'éclairer.

— C'est vrai ? répondit-elle en oubliant les toiles d'araignées et en s'approchant autant qu'elle le pouvait.

Edris trouva la vieille trappe et l'ouvrit.

— Oh, mon Dieu, ils étaient ici. Tous ces esclaves étaient ici… Il faut que tu lises la suite ! s'écria Edris qui n'en croyait pas ses yeux.

Tous deux avaient l'impression d'être à la croisée de deux époques et de vivre un moment suspendu hors du temps. Ils reprirent place près du feu, mais cette fois, c'est Mary qui se logea contre le torse d'Edris. Elle sentait son odeur, elle aimait son odeur. Il sentait toujours bon et elle ne comprenait pas comment c'était possible. Elle ferma à moitié les yeux afin de s'en imprégner avant de les rouvrir pour reprendre sa lecture.

« *Mai 1859,*

Un chasseur de primes du nom de Russell est venu frapper à la porte de la maison. Ed et Batsy sont recherchés activement et il va falloir faire très attention. Nous leur avons préparé de faux papiers et nous leur avons donné des habits neufs. Batsy est plus difficilement reconnaissable. Par chance, elle n'a pas de cicatrice, pas de marque au fer sur la peau et pas de signe particulier. Je m'inquiète pour Ed. Sa peau claire et les traits de son visage interpellent. Un mulâtre et une Noire à la peau ébène sont plus faciles à reconnaître que deux Noirs. Nous allons bientôt partir, pour le moment nous nous préparons. »

— Il était métis ? demanda Mary, étonnée.

— À l'époque, certains hommes s'octroyaient la liberté d'abuser des esclaves noires, lâcha Edris d'un ton écœuré.

Ne sachant que dire, Mary baissa la tête sur le journal et continua :

« *Juin 1859,*

Ed et Batsy sont désormais dans le bateau en partance pour le Tennessee. Ils ont réussi à rejoindre l'embarcation sans être découverts. Assise sur le pont, je les regarde, serrés l'un contre l'autre, à l'avant et admirant le paysage dans un souffle de liberté. »

Mary, les yeux luisant de larmes, regarda Edris.

— C'est magnifique ! Il a tout risqué par amour, souffla-t-elle d'une voix tremblante.

Elle, qui venait de comprendre, le cœur pleurant, qu'Edris ne ferait probablement jamais aucun sacrifice pour elle.

Edris sentait son émotion. Mary était envieuse de la merveilleuse histoire d'amour d'Ed et Batsy. Il aurait tant aimé pouvoir lui offrir la même chose ; malheureusement, tout lui semblait si compliqué.

— Es-tu heureuse dans ta vie ? Enfin, comment vois-tu la suite ? se risqua-t-il à lui demander.

— Je ne me vois plus sans toi. C'est la seule chose que mon cœur me dicte.

Mary n'avait pas hésité une seconde, ses mots étaient sortis tout seuls, déclarant son amour aussi simplement et sincèrement qu'elle le ressentait.

— Je ne m'imagine pas loin de toi non plus, confessa Edris en lui caressant les cheveux. Quoi qu'il advienne, je suis sûr d'une chose, c'est que je t'aimerai toujours, qu'importe où je me trouve, assura-t-il.

— Ne me dis pas cela, car je le porterai en moi chaque jour, dit-elle, le regard assombri, en me rappelant simplement que je n'ai pas le droit au bonheur.

— Je sais que toi, je t'aimerai même au-delà de ma vie, ma Ba…

Un silence plana quelques secondes. Il n'y avait pas besoin d'ajouter quoi que ce soit. Comme ces amoureux perdus, ces amoureux d'un autre siècle, il l'avait nommée sa Ba… Il l'avait piquée au cœur et l'avait marquée de son empreinte, à jamais.

— Mon Ed, murmura-t-elle en retour. Peut-être qu'ils nous observent de là-haut ?

Ils inclinèrent tous deux la tête vers la sphère céleste et chacun s'émerveilla de la beauté qu'offrait à leurs yeux l'Univers. Ils étaient deux fragments de cette étoile oubliée qui s'étaient retrouvés pour se sentir de nouveau exister.

Mary referma le journal et ses pensées avec.

— Ce cahier se termine ici, je ne connaîtrai jamais la suite de l'histoire…, constata Edris, déçu.

Puis il se tourna vers elle et son cœur se remplit de lumière instantanément. Elle était ce qu'il avait de plus important ce soir-là. Il frissonna sous la caresse de Mary, qui passait lentement ses doigts sur sa nuque et, comme chaque fois qu'elle faisait cela, il lâcha prise petit à petit. Il donnerait tant pour vivre ces petits instants de bonheur à jamais ! Sans obstacle à leur amour. Edris se redressa et souleva Mary pour la faire tournoyer avant de reposer délicatement ses pieds au sol. Puis il entonna les paroles de la chanson de Ben E. King au creux de son oreille tout en posant les mains sur son bassin pour l'inviter à suivre ses pas de danse. Alors, au clair de lune, tous deux tournoyèrent au rythme d'Edris.

« *When the night has come*
And the land is dark
And the moon is the only light we see
No, I won't be afraid
Oh, I won't be afraid
Just as long as you stand
Stand by me
So darling, darling,
Stand by me. »

Mary ferma les yeux, puis se laissa envoûter et emporter par cette voix qu'elle aimait tant. Enfin, avant qu'il ne puisse finir sa chanson, elle le coupa en appuyant ses lèvres humides et chaudes contre les siennes. L'un contre l'autre, tous deux sentirent, dans leurs corps, se répandre cette chaleur si particulière, mélange de désir et de passion. Ce soir-là, ils s'aimèrent avec douceur, laissant la lune et les flammes éclairer cet amour impossible qui avait débuté à leur rencontre et qui flambait en cette nuit d'été.

Columbus Journal Libre

20 juillet 1964

L'été de la liberté : une tension historique

Les origines d'un Sud encore ségrégationniste

L'année prochaine, cela fera 100 ans que l'esclavage a été aboli dans notre pays par le 13e amendement de la Constitution des États-Unis. Ce dernier mentionne :

« Ni esclavage ni servitude involontaire n'existeront sur le territoire des États-Unis ou en tout autre lieu soumis à leur juridiction, sauf pour le châtiment d'un crime pour lequel le coupable aura été régulièrement reconnu. »

Avant le décret de cette loi, les historiens estiment qu'environ 400 000 Africains ont été capturés et emmenés aux USA pour y travailler comme esclaves. La guerre de Sécession, opposant les États de l'Union et les États confédérés, a mis fin à ce crime contre l'humanité.

Un siècle est passé et, malheureusement, racisme et différence perdurent toujours. Les lois Jim Crow ont pris le relais dans les États du Sud afin d'entraver les droits des Afro-Américains. Ces lois ont introduit une scission dans de nombreux lieux publics, tels que les écoles, les transports, les restaurants, les toilettes… où Blancs et Noirs doivent demeurer séparés.

Voici deux exemples de ces lois qui sont toujours d'actualité dans le Sud :

« Tout mariage entre une personne blanche et une personne noire ou entre une personne blanche et une personne d'ascendance noire à la quatrième génération est interdit. »

« Les écoles pour les enfants blancs et pour les enfants noirs devront être séparées. »

La loi sur les droits civiques vient d'être votée par le congrès des États-Unis ce 2 juillet 1964, mettant fin à toutes formes de ségrégations. Combien de temps cette loi mettra-t-elle à être respectée dans les États du Sud ? Faudra-t-il encore attendre 100 ans ?

Mary L.

29

« Tant qu'un homme n'a pas découvert quelque chose pour lequel il serait prêt à mourir, il n'est pas à même de vivre. »
Martin Luther King

Une journée dite de la liberté allait bientôt avoir lieu. Ces journées étaient organisées dans le but d'attirer de futurs électeurs. Il fallait inciter un maximum de personnes à venir au tribunal s'inscrire sur les listes électorales. Doug et David s'activaient à préparer des affiches qu'ils allaient donner aux commerçants en vue de cet événement.

Petit à petit, le Mississippi se réformait, entraînant avec lui la transformation de ses acteurs. C'était le cas de Lisa qui se rendait de plus en plus souvent au centre communautaire pour proposer son aide. Il était établi à quelques rues de sa maison. Cette nouvelle Lisa qui s'investissait sans avoir peur plaisait à Doug. Par tact, il s'était abstenu d'évoquer le fait qu'elle ne travaillait plus. Il savait qu'elle se confierait à lui quand elle serait prête.

June avait prévenu que de nombreux livres allaient parvenir au centre, aussi fallait-il que quelqu'un s'occupe de les réceptionner et de les trier. Lisa qui, dans son enfance, avait dévoré de nombreux ouvrages, s'était aussitôt portée volontaire.

Il régnait dans la bibliothèque une chaleur étouffante et aucun courant d'air ne rafraîchissait les pièces, mais le bâtiment, bien que simple, était propre. Lisa se tenait debout devant une montagne de cartons et des étagères vides prêtes à être remplies. Une bibliothèque était ce qu'il fallait pour les enfants de ce quartier. Elle s'imaginait déjà tout ce qu'elle allait pouvoir organiser dans ce lieu. Elle commença par trier les livres selon leur genre. Les livres pour enfants d'un côté et les livres pour adultes de l'autre.

Une fois cette tâche terminée, elle classa les ouvrages pour les plus jeunes par ordre alphabétique. La journée touchait à sa fin et Lisa avait déjà pu créer un coin lecture. Elle était contente de ce qu'elle avait accompli ce jour et sortit du centre communautaire pour rentrer chez elle. En chemin, elle croisa son amie Janice qui rentrait du travail. Cette dernière n'avait pas l'air ravie de la voir.

— Lisa, toi et ton mari allez nous faire avoir des gros problèmes dans notre rue avec vos histoires de liberté, chuchota-t-elle en s'assurant que personne d'autre ne l'entende.

— J'ai été licenciée, Janice, répliqua Lisa sèchement.

Janice s'arrêta net sous l'effet de la surprise. Son amie n'avait pas l'habitude de répondre de façon aussi dure.

— Je le sais bien, s'adoucit Janice en retour, ma patronne et ton ancienne patronne sont amies. D'ailleurs tu as été remplacée par cette gourde de Rosie. Mme Smith s'arrache les cheveux, ajouta-t-elle en explosant de rire.

Lisa se décontracta et changea de sujet de conversation.

— Comment vont tes enfants ? lui demanda-t-elle avec cette douceur qui la caractérisait.

— Ils ont peur dès qu'ils voient dans la rue une des Blanches que tu héberges.

— Tu devrais leur dire de passer me voir, ils changeraient sûrement d'avis, répliqua Lisa.

— J'ai vu ton mari placarder des affiches dans le quartier. Je t'ai toujours dit de te méfier de ce David. Il prend trop de risques…

Lisa hocha la tête, mais demeura silencieuse.

— Et toi, qu'est-ce que tu fais ici ? reprit Janice.

— J'ai rangé des livres pour la future bibliothèque.

— La bi-bli-o-thèque ? déclara Janice en arquant son sourcil droit. Et c'est ça qui va t'aider à payer tes factures ?

— Pas pour le moment ! C'est certain ! admit Lisa d'un air désespéré.

Cette mine ne plaisait pas à Janice, car elle aimait bousculer son amie en la poussant à prendre des décisions qui la sortaient de son quotidien.

— Janice, passe à la maison et fais-toi ta propre opinion, proposa Lisa avec douceur en replaçant une épingle dans les cheveux de Janice.

— Oh, mon Tim ne va pas être content si je rentre avec des idées de révolution !

— Depuis quand t'inquiètes-tu de ce que pense Tim ? répliqua Lisa, les mains sur les hanches, lui rendant sa pique à la volée.

— Un point pour toi !

— Laisse au moins tes enfants aller à l'école ou venir m'aider à trier ces livres, la supplia Lisa en arrondissant les yeux.

Janice ouvrit la bouche, elle voulut lui répondre par la négative, mais elle parut changer d'avis et avala sa salive.

— Pourquoi pas ? Après tout, je verrai bien de quoi il retourne.

— Janice ! Changerais-tu d'avis si facilement ? se moqua Lisa.

— Si Madame Lisa n'a pas peur, pourquoi moi, je devrais avoir peur ! dit Janice en haussant les épaules. Je dois reconnaître que je suis fière de toi. Enfin… Tu prends des risques !

Lisa attrapa son amie par le bras et elles continuèrent à marcher. Elle lui confia que Mary était une adorable journaliste et qu'elle s'entendrait peut-être même avec une femme blanche si elle laissait de côté ses préjugés et sa méfiance.

Le matin suivant, le même rituel eut lieu dans la maison. Lisa se leva aux aurores et prépara le petit déjeuner de Doug toujours avec ce même amour, afin qu'il parte repu au travail. Pour elle, l'amour se démontrait au quotidien au travers de toutes ces petites attentions et des moments de complicité qu'elle partageait avec son mari.

Doug se réveillait chaque matin heureux de ce qu'on avait déjà fait pour lui. Il s'asseyait à la table de la cuisine déjà tout habillé pour aller travailler. Il portait toujours une de ces larges salopettes qu'il ne quittait quasiment jamais. Lisa prenait soin de mettre quelques fleurs dans un verre d'eau déposé au centre de la table pour égayer la pièce. Elle lui servait son café dans ce grand bol qu'il avait acheté un peu avant leur mariage et qu'il affectionnait tant. Puis, elle lui rajoutait un nuage de lait. De la fumée s'échappait, il la humait et il portait le récipient à ses lèvres. Une moustache de café au lait se dessinait alors sur sa lèvre supérieure et faisait sourire Lisa qui, de son index, l'effaçait avant de l'embrasser pour lui souhaiter une bonne journée.

Ce matin-là, il sortit une nouvelle fois de sa maison en se disant qu'il était sacrément chanceux d'avoir une femme aussi aimante. La journée s'annonçait encore très chaude, il ne sentait déjà pas le moindre souffle sur son visage. Quand il ouvrit la portière et s'installa au volant de son véhicule, il vit du verre brisé sur le siège, côté passager. Sans que cela n'entache sa bonne humeur, il entreprit de ramasser rapidement les morceaux et de les jeter dans une poubelle sur le trottoir, puis il démarra et fila en s'engouffrant dans les ruelles du quartier. C'est alors qu'il découvrit que sa fenêtre n'avait pas été la seule brisée.

La vitre du salon de coiffure, qui avait accepté leur affiche pour la journée de la liberté, avait été également cassée. Doug s'en voulut, car si cette vitrine était en morceaux, c'était sans doute à cause de cette affiche qui avait, par ailleurs, disparu. Son attention se reporta soudainement sur la route quand il remarqua qu'une voiture l'avait suivi depuis sa maison. Cette même Ford grise restait dans le reflet de son rétroviseur. Il avait toujours refusé de se sentir traqué et n'avait jamais prêté attention à ces choses-là, mais cette fois, il voulut vérifier que son intuition était bonne. Tournant au hasard d'une rue puis d'une autre, Doug constata que la voiture était toujours à ses trousses. Il décida de se garer sur le côté pour observer les personnes qui le filaient. Mais il n'en eut pas l'occasion car, d'un coup, la Ford fit demi-tour. Sa première pensée fut pour Lisa. Ses prises de risques n'affecteraient pas sa femme une fois de plus, il s'en était fait le serment. Alors qu'il reprenait le chemin de la maison pour l'alerter, il croisa David et June. Il ralentit et leur proposa de les déposer au passage. Ses amis acceptèrent volontiers et montèrent à bord du véhicule.

— Faites attention aux bris de verre, conseilla Doug en désignant de l'index droit la portière sans fenêtre.

— Ils ont pété plusieurs vitrines, ces enfoirés, et ils ont arraché les affiches ! grogna David.

— Et une de leurs voitures me collait le train, à l'instant. Il faut que j'aille prévenir Lisa.

— Non, tu vas l'inquiéter. Elle se fait déjà assez de soucis pour nous tous, le coupa June.

— Dépose-nous sur ton chemin, nous allons en coller dans un autre quartier, demanda David qui n'avait visiblement pas de temps à perdre avec les inquiétudes de Doug.

Arrivés à destination, David et June s'adonnèrent sans tarder à leur mission du jour. Tout en s'éloignant, Doug observa dans son rétroviseur ce couple qu'il trouvait atypique. « Un Noir du Sud et une Blanche du Nord, c'est vraiment un été plein de surprises », songea-t-il. Les couples mixtes demeuraient rares, et plus encore dans cette partie du pays où leur union était interdite. Mais ni l'un ni l'autre ne semblait se tracasser pour cela.

June ne dormait plus chez Lisa et Doug depuis qu'elle avait dû passer sa nuit au poste de police. En sortant de là, elle s'était dit qu'elle n'avait qu'une vie, que cette expérience était unique et qu'elle comptait bien en déguster toutes les saveurs. David faisait partie de ses saveurs. Elle l'avait séduit et, depuis, elle s'était installée dans sa petite maison. Elle attendait chaque nuit avec impatience pour redécouvrir ses bras et les contours de son corps. Et, contre toute convention, elle n'hésitait pas à prendre sa main dans la rue, à poser sa tête sur son épaule. La jeune militante lisait dans les yeux des personnes qu'ils croisaient la haine que leur couple éveillait. Un couple qui ne plaisait ni aux Blancs ni aux Noirs. Mais elle, elle se sentait libre d'aimer l'homme qu'elle désirait et ce que pouvaient penser les gens autour d'eux ne la perturbait pas, même si, de temps en temps, elle imaginait la tête que son vieux père aurait faite en apprenant cela.

Ils étaient en pleine conversation quand une voiture de police s'arrêta à leur niveau.

— On retourne coller des affiches, aujourd'hui ? ricana Martin, au volant.

— C'est vous qui avez décollé celles d'hier ? vociféra June en lui lançant un regard noir.

— Moi ou un autre..., c'est pareil, tu n'as rien à faire ici, toi, surtout si c'est pour donner ton corps à ce type d'homme, lança-t-il en crachant juste à ses pieds. Coucher avec un négro... pauvre femme ! reprit-il en regardant Tony.

— C'est sûrement mieux que de coucher avec toi, lui rétorqua-t-elle.

À ces mots, Martin coupa le moteur et descendit de sa voiture. Il approcha son visage tout près de celui de June et saisit son menton.

— Fais bien gaffe à toi, sale garce ! Toi et ton sale nègre, tirez-vous d'ici maintenant ! grogna-t-il en repoussant sa tête de sa main.

June avait reculé d'un pas, David lui prit la main et tous deux firent volte-face sans chercher le conflit. Ils avaient conscience qu'une confrontation directe serait perdue d'avance même s'ils croyaient avec ferveur aux actions qu'ils menaient dans l'espoir d'un avenir meilleur pour tous.

Martin, adossé à sa voiture, les regarda s'éloigner l'œil mauvais. Il savait qu'il devait frapper fort, mais David était bien plus malin que lui, et chacun de ses déplacements était minutieusement préparé. Il ne servait à rien de jeter de l'huile sur le feu ; il se vengerait en temps voulu.

30

« Une injustice commise quelque part est une menace pour la justice dans le monde entier. »
Martin Luther King

Lisa aurait pu observer les lueurs de l'aube colorer le ciel, mais elle était trop occupée à s'assurer que ses hôtes déjeunaient correctement. Ne trouvant pas le sommeil, elle s'était attelée à préparer une brioche et, après avoir laissé la pâte reposer, elle pouvait désormais l'enfourner. C'était une journée importante pour elle et pour tant d'autres. Une de ces journées qui nous marquent, au cours de laquelle un petit acte nous fait accomplir de grandes choses. Aujourd'hui, elle allait se rendre au tribunal pour s'inscrire sur les listes électorales. Quand, le matin même, elle avait ouvert les yeux, elle avait espéré pouvoir les refermer le soir en ayant donné un nouveau sens à sa vie. « Chaque jour doit se remplir ainsi », pensait-elle.

La maisonnée se réveillait petit à petit et personne ne s'étonnait plus de sa présence devant les fourneaux. Comme la fois précédente, Mary avait décidé de l'accompagner au palais de justice. Elle était certainement aussi anxieuse et impatiente que Lisa. Assise devant elle, elle la regardait de nouveau avec fierté, observant ses gestes avec minutie et se demandant si elle aurait eu ce même cran. Elle fut sortie de ses pensées quand on tambourina à la porte d'entrée. David et June, bras dessus, bras dessous, les rejoignirent. June, toujours pétillante, claqua un bisou sur la joue de chacun. Puis elle pressa Lisa et Doug contre elle.

— Grande journée ! lâcha-t-elle pleine d'enthousiasme en frottant leurs épaules de ses mains comme on donne du courage à un enfant.

— Délicieuse brioche, Lisa, commenta David après en avoir dévoré un morceau.

Doug aurait dû s'étonner de ce rare compliment émanant de la bouche de son ami, lui qui ne songeait qu'à leur campagne. Mais il était trop occupé à détailler sa femme d'un œil coquin. Il la trouvait particulièrement élégante ce matin-là. Elle avait assorti une robe bleue impeccablement repassée à la voilette de son chapeau qui recouvrait une partie de ses beaux yeux dorés. Elle avait aussi pris soin de préparer un petit panier avec quelques sandwichs et de l'eau si l'attente devant le tribunal s'avérait trop longue. C'était une femme prévoyante et il aimait ça.

— Il est temps de partir, dit enfin David en pressant ce petit monde vers l'extérieur.

— Bonne journée et faites attention à vous, surtout, conseilla Edris en appuyant son regard sur Mary, inquiet qu'elle s'aventure là-bas sans lui.

Tous les cinq montèrent en voiture et partirent. La route jusqu'au tribunal était longue, mais la chaleur n'était pas encore suffocante. L'air s'infiltrait par les fenêtres dans l'habitacle et soufflait sur les visages. Chacun demeurait pensif, même June, ce qui n'était pas dans ses habitudes. La jeune militante espérait qu'un maximum de personnes viendraient aujourd'hui et était contente de rencontrer d'autres militants. Lisa et Doug, en revanche, avaient tous les deux le ventre noué. Lisa craignait de se retrouver dans la même émeute que la fois précédente et Doug appréhendait qu'il arrive quelque chose à sa femme.

Mary, quant à elle, toujours munie de son carnet et de son stylo, espérait trouver là matière à un bel article. Pour une fois, un article porteur de bonnes nouvelles, espérait-elle. La tête contre la vitre, elle plongeait son regard dans le paysage. Jamais elle n'avait vu autant de poussière dans les rues et ressentait ce même choc quand elle passait de l'autre côté de la voie ferrée où tout lui semblait d'un coup plus propre. En levant les yeux, elle vit dans le ciel flotter des nuages aussi blancs que le coton. Immanquablement, ses pensées s'envolèrent vers Edris. Partout où elle allait, elle l'emmenait. Elle ne s'était jamais sentie autant elle-même en présence d'une autre personne. Un sourire se dessina sur son visage quand elle fut frappée par l'évidence : enfin, elle était heureuse ! Elle avait trouvé sa lumière, celle dont lui avait parlé Lisa. La journaliste était admirative du couple que formait Doug et Lisa dont l'amour n'avait pas été abîmé par les douleurs ou la routine du quotidien. Edris n'était pas la représentation de l'amour qu'elle s'était faite et pourtant il avait su envelopper son être comme personne ne l'avait fait jusqu'à présent. « Le bonheur peut se loger dans leurs différences ; deux âmes peuvent être complémentaires même si elles viennent de deux mondes opposés », pensait-elle béatement quand, soudain, le moteur s'arrêta.

— Arrivés à destination, êtes-vous prêts ? s'exclama David, tel un sportif avant un combat.

Ce trait de caractère ne laissait pas le temps aux autres de s'inquiéter. David entraînait les gens de son entourage dans sa fougue.

— Il y a déjà un monde fou, constata Mary. Je vais faire la queue avec Lisa et Doug et j'en profiterai pour interroger les personnes présentes.

— OK, fit June, David et moi allons rejoindre les militants pour l'encadrement de cette journée.

— Courage à tous, souffla David.

À ces mots, tous s'observèrent silencieusement et prirent de la force dans le regard décidé des autres.

Des dizaines de personnes patientaient devant le palais de justice. Comme la dernière fois que Mary était venue avec Lisa, il n'était pas permis que plus de trois personnes pénètrent en même temps à l'intérieur. Mary pouvait voir David brandir une pancarte « Aujourd'hui je vote ! », mais elle ne distinguait pas June qui était de dos. Les voix des militants s'élevaient et contrastaient avec le silence pesant qui régnait dans la file d'attente. Lisa, elle, se tenait bien droite et se cramponnait à Doug. De nombreux policiers étaient également parmi eux. Comme Mary en fit le triste constat, certains n'étaient pas là pour les sécuriser, mais bien pour les provoquer. Dans ce climat hostile, Mary entreprit d'interroger la femme qui attendait devant eux.

— Bonjour, madame, je suis journaliste, puis-je avoir votre ressenti ?

— Je n'ai rien à vous dire ! répondit sèchement la dame sans même prendre la peine de la regarder.

Au bout de plusieurs refus, Mary, harassée, s'assit sur les marches du bâtiment. Elle n'avait pu collecter que quelques témoignages craintifs, sans doute par peur des représailles. Son attention fut alors attirée par deux hommes portant un singe dans les bras.

— Je viens m'inscrire sur les listes ! Je veux voter ! hurlaient-ils en chœur.

Les deux hommes avaient la même tignasse, l'une blonde, l'autre brune, et faisaient des allers-retours devant les militants en scandant les mêmes inepties.

— Le vote pour tous, c'est la journée de la liberté !

Cela avait l'air d'amuser une partie des policiers ainsi que les opposants présents en nombre pour cette journée.

— Il a sa pièce d'identité ? lança Martin en pointant le singe du doigt.

— Sinon on l'enferme une soirée pour le calmer, ricana un autre dont les traits juvéniles frappèrent Mary.

Elle se fit la réflexion qu'il ne devait pas avoir plus de vingt ans et semblait déjà se consumer dans la haine. Dans la queue, personne n'osait faire le moindre commentaire même si chacun encaissait cet acte avec amertume.

Mary complétait ses notes quand, enfin, ce fut au tour de Lisa et Doug d'entrer dans le palais de justice. Les accompagnant du regard, en retrait, elle se sentit tout à coup immensément fière de vivre ce moment avec eux. Elle aurait aimé pouvoir être présente dans le tribunal, mais malheureusement, cela était impossible.

À l'intérieur, les tourtereaux furent accueillis par Hannah qui recueillait les pièces justificatives afin d'établir l'inscription. À l'extérieur, les militants, bras dessus, bras dessous, entonnèrent une nouvelle fois *We Shall Overcome*, à l'unisson. Tous se serraient les uns aux autres comme lors des sessions d'Oxford et les voix s'élevèrent de plus en plus fort. Heureuse de participer à cet événement historique, mais redoutant une nouvelle émeute, Mary enregistrait tout ce qu'il se déroulait sous ses yeux, le cœur battant.

Les deux hommes avec leur singe, s'agaçant des chants, continuaient leur mascarade. Ils bousculèrent délibérément les gens dans la file d'attente et pénétrèrent, à leur tour, dans le palais de justice, rendant Hannah furieuse.

— Sortez de là tout de suite ou j'appelle la police, dit-elle, exaspérée avant de s'excuser auprès de Doug et Lisa.

— C'est bon enfant, Hannah, plaida le juge Lewis, amusé, qui avait assisté à la scène depuis son bureau.

Il était accompagné par M. Smith, l'ancien patron de Lisa, et tous deux avaient ri en voyant ce singe débarquer. M. Smith défiait Lisa et Doug du regard, et sa simple présence rendait Lisa mal à l'aise. Soudain, elle n'était plus certaine de vouloir aller au bout de sa démarche.

Hannah, qui avait vu un couple confiant entrer dans le tribunal, comprit à ce changement d'attitude que quelque chose n'allait pas. Elle se leva, contourna son bureau et se dirigea vers celui du juge. Elle surprit une brève conversation entre les deux hommes. L'invité du juge, en regardant Doug avec mépris, se plaignait que le patron de cet homme noir le gardait tandis que lui avait renvoyé sa femme comme convenu. Elle ne put en entendre davantage, car le bruit de ses talons avait coupé court à la discussion. Elle se tenait devant la porte et attrapa la poignée de sa main droite.

— Monsieur, je ferme afin que vous ne soyez plus dérangé par ces va-et-vient, dit-elle d'une voix qui se voulait compatissante. Vos conversations sont certainement plus importantes que ces pitreries.

— Vous avez raison, Hannah, confirma le juge d'un ton quelque peu agacé et avec un geste impatient de la main.

Hannah s'installa de nouveau à son bureau et se composa un sourire qui se voulait rassurant.

— C'est à votre tour, dit-elle gentiment à Lisa et Doug.

Lisa parut hésitante. Ses yeux se dirigeaient vers la porte où les deux hommes étaient enfermés. Bien qu'elle ne les vît plus, elle sentait leurs mauvaises ondes se répandre dans les couloirs.

— Je ne sais pas si c'est utile, bafouilla-t-elle en s'agrippant à la main de son mari.

— Lisa, il ne peut plus rien contre toi, la rassura Doug en lui caressant l'épaule, tu ne travailles plus pour lui.

— Comment le sais-tu ? bégaya-t-elle avec honte.

— Je te connais par cœur, tout simplement. J'imagine que tu auras voulu m'épargner cette mauvaise nouvelle.

Doug la serra contre lui. La jeune femme fut une nouvelle fois envahie d'une profonde gratitude pour cet homme qui partageait sa vie. Hannah comprit alors que M. Smith était l'ancien patron de la femme toute tremblante qui se tenait devant elle.

— Asseyez-vous et donnez-moi vos papiers, reprit-elle en lui adressant un sourire. J'ai fermé la porte, il ne pourra rien vous faire.

La présence de Hannah rassura Lisa. Par sa bienveillance et son comportement, elle lui rappelait Mary. Elle prit, enfin, place sur la chaise et lui tendit les documents demandés.

Dehors, les deux hommes accompagnés du singe étaient ressortis sous les huées des militants et les applaudissements des manifestants adverses.

— Que s'est-il passé ? lança Martin.

— Il n'a pas pu remplir les papiers, il ne sait pas lire, grimaça le blondinet avant d'exploser de rire.

Beaucoup s'esclaffèrent et la pression monta d'un cran dans le face-à-face avec le groupe de militants. Sortant de nulle part, un grand roux qui avait les épaules bien larges se précipita vers les hommes qui tenaient le singe. Il semblait avoir oublié tout ce qu'on lui avait appris lors des sessions sur la non-violence et poussa à terre celui des deux qui n'avait pas l'animal dans les bras. Le second posa la bête et fonça tête baissée sur le militant en colère. Le singe acclamait ce qu'il croyait être un jeu en poussant des cris. Le costaud volontaire flanqua une bonne raclée aux deux guignols tandis qu'une foule commençait à s'amasser autour de la rixe.

Policiers, membres du Klan et militants des droits civiques se retrouvèrent nez à nez après s'être observés de loin des heures durant. Un franc mouvement de bousculade eut lieu et une bagarre générale éclata. June, excédée, rentra dans le tas, cheveux au vent. Elle s'abattit de tout son poids sur le plus jeune des adjoints, qu'elle avait reconnu. Ce dernier la fit tomber, et, une fois au sol, la roua de coups avec ses poings, puis avec sa matraque.

Mary, qui se tenait toujours sur les marches du palais, était pétrifiée par tant de violences. Elle se leva et remonta lentement l'escalier pour se mettre à l'abri. Ses jambes flageolaient et ne la portaient pas aussi vite qu'elle l'aurait voulu. Au même instant, Doug surgit auprès d'elle et l'empoigna par le bras. Sa main dans la sienne, elle se sentit plus en sécurité. Sans un mot, il entraîna les deux femmes loin du bâtiment.

June, toujours à terre, ne se relevait pas. David, après l'avoir cherchée du regard, accourut près d'elle et la porta dans ses bras.

— Lâche-la ! Cette traînée mérite de rester dans le caniveau, menaça un des policiers.

Fou de rage, David reposa June et envoya un coup de poing au type, puis s'avança de nouveau pour aider son amie. Du sang coulait de son visage, mais elle était consciente. Elle lui souriait même. « Cette fille est complètement fêlée, pensa-t-il. Enfin une qui est faite pour moi. » Il la serra un peu plus fort contre lui, son sang tachait sa chemise, mais il sentait les battements de son cœur contre sa peau. Il fit abstraction du bruit, des cris, des coups et se laissa envahir par le sentiment de gratitude que lui procurait l'instant présent. Il tenait June fermement quand il reçut, lui aussi, un coup de matraque dans la nuque qui le cloua au sol.

Ce matin-là, la police procéda à un bon nombre d'arrestations, mais aucune des personnes embarquées ne faisait partie du Klan.

***

Martin, d'un geste brutal, poussa la porte du commissariat en traînant David par le bras. Il le jeta dans une cellule en compagnie de June et de trois autres militants, dont le grand roux. Andrew ne tarda pas à le rejoindre. Il était sur les nerfs et lui adressa un regard sombre.

— Qu'est-ce qu'ils font là ? pesta-t-il.

— Trouble à l'ordre public, chef ! répondit Martin avec un large sourire et en bombant le torse.

— Ils sont cinq, nous n'avons pas le temps de nous occuper de ça. Et pourquoi n'y a-t-il que des militants ? remarqua Andrew, de plus en plus agacé.

— Ils ont attaqué deux gars de chez nous qui sortaient du palais de justice.

— Attaqué ? Vraiment ? Tu en es certain ?

Andrew prit à part David qu'il conduisit dans son bureau.

— Que s'est-il vraiment passé ? demanda-t-il, nerveusement.

— Nous étions au palais de justice pour encadrer les personnes voulant s'inscrire sur les listes électorales. Un groupe, probablement des membres du Klan, faisait opposition et, de fil en aiguille, la tension est montée.

David fut remis en cellule par Andrew. Puis ce fut au tour de June d'être auditionnée. Elle répéta la même chose que David précédemment, comme toutes les personnes qui avaient été embarquées ce jour-là.

— Martin ! cria Andrew de son bureau, trois heures plus tard.

Martin soufflait et traînait des pieds. Il ne supportait pas cet homme qui prétendait être son chef. Il entra dans la pièce et tira la chaise à lui, puis s'y installa confortablement, plaçant ses pieds sur le bureau d'Andrew, qui écarquilla les yeux de surprise. D'un geste de la main, il dégagea les jambes de Martin.

— Écoute-moi bien, dit-il en appuyant son index fermement sur le bureau, nous sommes surveillés par la presse et le FBI. Tes conneries de Klan, tu les fais en dehors de tes horaires de travail. Il y avait plusieurs groupes dans cette bagarre : des militants, les forces de l'ordre et des manifestants. Où sont-ils, putain ? cria-t-il sans reprendre son souffle.

— Je ne vois pas l'intérêt d'arrêter d'honnêtes citoyens blancs ?

— Mais des Noirs de notre État, des militants venant du Nord, des étudiants, des professeurs, oui ? Tu veux que mon commissariat soit la risée ou la cible de tout le pays ? hurla-t-il en bondissant de sa chaise et en pressant le haut de son corps contre le bureau.

— Oh ça va, pas la peine d'en faire une montagne, minimisa Martin qui, soudainement, fut déstabilisé par la fureur de son chef.

— Tu es sous mes ordres, Martin, et à partir d'aujourd'hui, au moindre écart, je te relèverai de tes fonctions ! Maintenant tu vas tous les relâcher, et tout de suite, exigea-t-il.

Martin tourna les talons et sentit la rage l'envahir à nouveau.

Columbus Journal Libre

30 juillet 1964

L'été de la liberté : la sombre réalité

Découvertes macabres dans les bayous du Mississippi

L'été de la liberté bat son plein. Les militants travaillent sans relâche et sous la pression quotidienne d'une population toujours réticente à leur présence. Malgré tout, ils arrivent à convaincre de plus en plus de citoyens noirs à s'inscrire sur les listes électorales. Bien qu'elles soient toujours l'objet de menaces, les écoles de la liberté sont également une réussite et de nombreux apprentissages y sont transmis.

En parallèle des actions menées par les volontaires, des marins sont venus sonder les bayous à la recherche des trois activistes disparus fin juin. Ces derniers jours, ils ont repêché de nombreux corps mutilés de Noirs portés disparus ou non. Certains ont subi de tels sévices qu'il est impossible de les identifier. Tous ces crimes demeureront certainement impunis.

Quelle tristesse pour une nation des droits de l'homme comme la nôtre !

Mary L.

31

« Les étoiles sont éclairées pour que chacun puisse un jour retrouver la sienne. »
Antoine de Saint-Exupéry

Été 1859, Tennessee

Après quelques jours de traversée, suspendus en dehors du temps et à l'abri, le bateau accosta à Memphis où des dizaines de passagers descendirent, laissant place à autant d'autres. Au milieu de ces va-et-vient, Alice serra Ed dans ses bras.

— Je vous souhaite le meilleur avenir possible, soufflat-elle, émue.

— Merci pour tout, madame Harris. Pour l'enfant qui a appris auprès de vous et pour l'homme que vous avez aidé à s'échapper.

— Je suis désolée de n'avoir pas pu vous libérer plus tôt, toi, et ta maman. J'ai essayé, mais sa femme m'en a empêchée..., s'étrangla Alice.

— Oubliez tout cela, j'ai toujours su que je pouvais compter sur vous. Une dernière chose, ajouta Ed... Grandma, enfin je veux dire Rose, ne vous en a jamais voulu pour ce qui s'était passé quand vous étiez jeunes. Quand je venais chez vous petit, elle me demandait toujours de vos nouvelles et écoutait mes récits le sourire aux lèvres. Vous lui avez beaucoup manqué, votre amitié lui a manqué…

— Moi aussi, elle m'a manqué ; elle me manque encore, répondit-elle dans un murmure à peine audible.

— Il est grand temps de passer à autre chose. Malheureusement, la vie ne nous permet pas de sauver tout le monde, tenta de la réconforter Ed en l'étreignant à nouveau.

De la joie et des larmes de reconnaissance furent échangées et Ed mit, enfin, pied à terre au côté du capitaine Harris, suivi de près par Batsy.

— Batsy, prends soin de lui et de toi, la pria Alice depuis le pont.

— Merci, marmonna simplement Batsy – malgré la reconnaissance qu'elle vouait à Mme Harris, elle ne parvenait pas à être vraiment à l'aise en présence d'une femme blanche.

Tous les trois longèrent le quai, toujours sur leurs gardes, quand ils furent stoppés par un shérif du coin.

— Capitaine Harris, interpella le shérif en soulevant son chapeau.

Ed et Batsy continuèrent leur route comme s'ils ne connaissaient pas le capitaine. Leurs tenues pouvaient tromper n'importe qui.

— Shérif Lower, comment vous portez-vous ?

— Bien, toujours à contrôler les allées et venues. De plus en plus d'esclaves atterrissent dans notre État, observa le shérif en pointant son menton vers un Noir déambulant près d'eux.

— Cela ne doit pas être une tâche facile, shérif. La traque, toujours la traque… Mais je suis sûr que vous le faites du mieux que vous pouvez. J'aurais aimé boire un verre avec vous, shérif, mais je suis désolé, je suis pressé ; j'ai une course à faire et mon bateau doit bientôt repartir ! Ma femme à bord ne se sent pas très bien. Je dois lui trouver un remède, inventa le capitaine pour s'extirper de cette conversation délicate.

Le shérif acquiesça d'un signe de tête et le capitaine le salua, puis pressa le pas. Il retrouva Ed et Batsy au coin d'une rue. Paul Harris leur présenta alors l'homme noir qui les suivait depuis l'embarcadère et dont le chapeau de paille recouvrait sa large tête. Ed en fut surpris, il ne l'avait pas remarqué et se dit qu'il se devait, pour sa propre survie, de développer son sens de l'observation à l'avenir.

— Jonas ! Voici les suivants. Ceux-là, je les connais personnellement, prends grand soin d'eux, indiqua le capitaine, qui avait déjà tourné les talons pour ne pas se faire repérer.

— Bien entendu, capitaine, répondit Jonas en poursuivant aussi sa route.

Leurs chemins se séparèrent ainsi, brutalement.

Ed regarda le capitaine s'éloigner, une pointe au cœur. Une page de sa vie venait encore de se tourner. Il n'avait même pas eu le temps de le remercier. C'était ainsi, chacun donnant de soi pour des convictions personnelles. Sans rien attendre en retour.

— Vous avez vos papiers ? demanda Jonas tout en accélérant sa marche.

— Oui ! Ils sont là, dans mon sac, dit Batsy, intimidée.

— Quels sont vos noms ? Vos nouveaux noms !

— Edward et Rose Harris, répondit Ed en faisant un clin d'œil à Batsy qu'il sentait angoissée.

— Très bien, ça fera l'affaire. Allons-y, et surtout, comportez-vous normalement, ordonna-t-il.

La nuit était tombée quand ils rejoignirent l'habitation de Jonas. En entrant, ils découvrirent sa femme, Grace, dont les pupilles noires luisaient de douceur. Aussi bien Ed que Batsy furent rassurés par cette présence dont émanait une sorte de protection maternelle. Jonas leur expliqua qu'ils devaient attendre l'arrivée d'un autre « wagon » ayant pris du retard avant qu'ils puissent tous repartir vers le Nord. Ils resteraient cachés ici quelque temps, mais il ne fallait pas s'inquiéter, ce lieu était protégé. Après avoir partagé un dîner frugal, ils se couchèrent. La fatigue physique et mentale aidant, le sommeil les gagna de nouveau rapidement.

Au petit matin, Ed fut le premier à se réveiller et se faufila dans les couloirs de cette maison qui l'intriguait. C'était une grande bâtisse composée à l'étage de plusieurs chambres et, au rez-de-chaussée, de quelques salles et d'une grande cuisine à proximité de laquelle il perçut une voix douce à travers la cloison. Il reconnut celle de Grace. Il s'approcha à pas feutrés, ne voulant pas déranger, et observa ce qui se déroulait à l'intérieur.

Grace se tenait près d'un large tableau noir et enseignait la lecture à deux femmes et quatre hommes. La veille, Ed n'avait pas eu le temps d'échanger avec elle et il découvrait son rôle avec stupéfaction. Dans ce recoin sombre, il détaillait cette femme qui semblait avoir une dizaine d'années de plus que lui. Son regard possédait cette même empreinte de bienveillance qu'il y avait vu la veille. Tous les yeux étaient rivés sur elle et, par son magnétisme, elle lui rappela Black Jeff, le prédicateur qui l'avait tant inspiré dans son adolescence. Ed songea à sa mère qui aurait probablement aimé voir cette femme noire libre enseigner de la sorte. Aby aurait pu croire, ainsi, qu'un autre destin que l'esclavage s'offrait à certains d'entre eux.

Grace devait inspirer et accompagner plus d'une personne, il en était persuadé. Il regarda la scène de longues minutes, jusqu'à ce que Jonas le rejoigne. Ce dernier l'entraîna dans la cuisine où il lui servit un petit déjeuner : du pain de maïs encore chaud et un bon café. Paul Harris avait laissé quelques dizaines de dollars à Ed afin qu'il puisse s'en sortir au début, aussi les proposa-t-il spontanément à Jonas, mais ce dernier refusa, expliquant qu'ici, tout était géré par de nombreux donateurs et qu'il n'avait pas besoin de rente supplémentaire.

— Quel est cet endroit ? questionna Ed, intéressé par ce lieu atypique.

— Il s'agit d'une école construite par les méthodistes, afin de contribuer à l'instruction des Noirs libres de cet État, répondit Jonas. Les propriétaires de cette pension faisaient partie du « chemin de fer » clandestin.

— Il y a beaucoup de passages par ici ?

— Tout dépend des arrivées. Nous sommes de plus en plus surveillés et cela devient délicat. Mon rôle est de faire le lien entre ce point et la prochaine station. Le capitaine et sa femme m'ont amené de nombreux esclaves.

Tout fascinait Ed dans ce lieu : son rôle, son but, son histoire… Avec l'accord de Jonas, il entreprit d'en arpenter les différentes pièces. Au bout du couloir, il y avait une grande bibliothèque qui lui rappela celle de la maison des Harris. Cette pièce était très chaleureuse avec ses étagères croulant sous les livres. Cinq fauteuils de couleurs et de textures différentes avaient été installés pour les lecteurs, ainsi qu'une longue table en chêne avec quelques chaises. Le bois de la table s'écaillait, indiquant qu'elle avait eu une autre existence ailleurs. Une large véranda surplombait la salle et offrait une vue sur le domaine.

Ed put y découvrir un immense espace vert aménagé tombant en pente et composé de nombreux arbres, de fleurs et d'un potager. Une balançoire était accrochée à la branche d'un bel arbre. Tout au bout du jardin, il apercevait un petit moulin. Il était habitué aux grands espaces, au contact avec la nature, qu'il affectionnait particulièrement. Mais il y avait dans cet endroit une sorte de magie qui l'envahit. Dans ce lieu, il était comme un enfant émerveillé un matin de Noël.

Quand Batsy se réveilla à son tour, il s'empressa de lui montrer ses découvertes. Il l'entraîna dans la salle de classe de Grace et tous deux écoutèrent attentivement la leçon du jour. C'était la première fois qu'elle voyait une telle lueur dans ses yeux. Ed avoua à Batsy que, s'il en avait la possibilité, un jour, s'il pouvait choisir un métier, il aimerait enseigner. Il avait adoré pouvoir transmettre son savoir dans la plantation où il vivait plus jeune. Voilà ce qu'il désirait faire de sa vie : enseigner à des Noirs afin de les élever socialement.

Ce lieu l'exaltait. Aujourd'hui, s'il le pouvait, c'est ici qu'il déciderait de s'installer. Malheureusement, il était encore trop proche du Mississippi et ne voulait pas prendre de risques pour Batsy. Mais rien ne l'empêcherait, dans le futur, et dans un lieu sûr, de trouver un endroit similaire.

Après la leçon, Batsy assista Grace dans ses tâches quotidiennes. Il fallait préparer les repas, car l'objectif de cette pension était également d'aider les plus démunis.

De nombreuses journées, puis semaines défilèrent ainsi. Ed avait repoussé leur départ plus d'une fois. Il relayait Grace dans la salle de classe et Batsy aidait en cuisine. Jonas continuait ses allers-retours clandestins et accompagnait certains « colis » vers d'autres stations. Il travaillait essentiellement de nuit et ne croisait sa femme que le soir et le matin. Ce qui frappa Ed fut le nombre d'esclaves qui passaient par là, le nombre d'esclaves qui avaient le courage de fuir, de tenter d'avoir une vie différente de celle qui leur était imposée. Ils bravaient les interdits, affrontaient les lois, se hissaient contre tout ce qui leur avait été inculqué depuis toujours et essayaient d'obtenir ce qu'ils méritaient. Toutes ces rencontres renforçaient Ed dans sa conviction. Il avait plusieurs fois voulu abandonner et il avait eu peur, mais il avait tenu bon. Continuer était la seule option pour réaliser son rêve, continuer et se battre. Il aurait certainement pu se contenter de cette vie dans les plantations en compagnie de Batsy et d'Abraham, tout comme sa mère l'avait fait avant lui, faute de choix. Comme beaucoup. Ce n'était pas une honte, loin de là, au contraire ; c'était tout aussi respectable. Il l'aurait fait avec dignité et de la meilleure façon qui soit. Il aurait accompli toutes les tâches qui incombent aux hommes. Mais alors, aurait-il pu dire à ses enfants qu'il avait réalisé ses rêves, qu'il avait seulement essayé de les réaliser ?

On pouvait tout retirer à une personne, elle serait, tout de même, encore libre de penser et d'imaginer. Aby, sa mère aimante, s'était interdit de croire en un autre avenir.

Mais lui, Ed, depuis son enfance, avait toujours eu un esprit qui vagabondait vers d'autres lieux. Contre tous, il avait fait son choix, un choix risqué, un choix douloureux qui laisserait des cicatrices en lui et qui en provoquerait à d'autres. Mais ce choix lui permettait de se dire qu'il était allé au bout, que lui aussi avait essayé d'être heureux autrement qu'en se contentant de suivre le chemin qui lui était destiné.

32

« Le véritable amour est une étoile
dont le rayon révèle à l'âme humaine
toutes les choses belles de l'existence. »
Elizabeth Barrett Browning

LES AILES DU PETIT MOULIN TOURNAIENT AVEC LE VENT, amplifiant les rires d'Ed et Batsy. Elle se tenait sur la balançoire et Ed la poussait. Remplie d'une joie nouvelle, la jeune femme sentait la faible brise sur son visage qui lui insufflait l'élan de la liberté. Ed s'amusait à la balancer plus fort.

— Moins vite ! Je vais tomber ! cria-t-elle.

Dans leurs jeux d'enfants, il faisait mine d'arrêter et il recommençait en s'esclaffant encore plus fort. L'endroit était aussi sauvage que romantique et les ailes de ce moulin leur rappelaient le premier jour de leur fugue. Plusieurs semaines s'étaient écoulées depuis.

Tous deux n'avaient jamais connu la moindre liberté, comme celle de se promener seul sans un laissez-passer pour se justifier, ni celle de s'aimer sans crainte du lendemain, ni même celle de simplement marcher main dans la main au hasard des chemins. Pourtant, ici, à l'abri du monde et des regards, ils n'avaient peur de rien. Ils avaient trouvé le cocon de leur bonheur, de leurs jours heureux.

La nuit était d'une douceur infinie et les étoiles allumaient une nouvelle fois le ciel dévoilant ainsi toutes ses merveilles. Ed continuait de la balancer et, pour le piéger, elle fit semblant de tomber. Elle roula au sol en simulant une douleur. Ed s'approcha, inquiet, s'excusant, et elle explosa de rire. Pour se venger, il commença à la chatouiller. Elle détestait cela ; et lui adorait. Ils s'ébattirent en poussant mille cris et gloussements, puis s'allongèrent sur l'herbe fraîche. Ed serra Batsy dans ses bras. Il lui caressa délicatement la nuque et pressa sa bouche contre la sienne.

Le clair de lune illuminait leurs baisers ; avec tendresse et fébrilité leurs bouches s'apprivoisaient. Batsy laissa ses lèvres s'échapper et les promena au creux du cou d'Ed en remontant lentement à son oreille. Ed savourait chaque once de désir monter en lui. Ses doigts se faufilaient contre son corps et il respirait son odeur qui éveillait tous ses sens. Ses mains parcoururent ses formes en s'attardant sur ses fesses, l'endroit de son anatomie qu'il préférait. Il la renversa sur le sol et prit le temps de la déshabiller. Lentement, tout en la massant et en la caressant délicatement. Batsy s'étendit, nue, permettant à Ed de la découvrir encore plus. À la lueur de la nuit, elle admirait sa carrure, ses larges épaules protectrices qui l'enveloppaient chaque jour.

Le bruit du vent se mêlait à leurs soupirs. Seuls sous les étoiles, ces joyaux de l'univers comme les appelait Ed, ils consumèrent une nouvelle fois leur amour. Allongé sur elle, sa joue contre la sienne, Batsy sentit les larmes d'Ed couler contre sa peau. Elle fut envahie par le plus magnifique sentiment d'amour jamais ressenti, et pourtant son cœur se brisa, car elle savait qu'ils ne pouvaient toujours pas s'aimer librement. Les chaînes, bien qu'invisibles, restreignaient leurs mouvements. À tout moment, aussi forts que fussent leurs sentiments, leur histoire pouvait éclater. Ils jouissaient donc de l'instant présent comme un don du ciel. Mais pourquoi le ciel donnait-il si c'était pour reprendre ? Ed ne voulait plus exister sous la menace et avait fait le choix de vivre au grand jour ce qu'il ressentait pour Batsy. Quelle plus belle preuve d'amour pouvait-il lui offrir que celle de tout tenter pour être avec elle ? Celle de la choisir, elle, au-delà de ce qui devait se faire, de ce qui était toléré, même si cela devait le tuer ? Avoir le courage d'oser un autre chemin… Et si leur amour demeurait impossible, comme celui de la lune et du soleil, ils se rappelleraient que l'éclipse avait été créée pour permettre cette union.

Il ne regretterait jamais d'avoir essayé, mais Ed pressentait que la suite de l'histoire les détruirait.

33

« Si longue que soit la nuit, le soleil la suit toujours… »
Proverbe touareg

Août 1964, Mississippi

Mary, accompagnée d'Edris, avait prévu de se rendre au commissariat pour récupérer leurs amis, mais sur le chemin, elle remarqua la présence de nombreuses voitures de police. L'État grouillait de fédéraux, la presse était sur le qui-vive. Apparemment, le FBI était sur une piste. Poussée par son instinct de journaliste, la jeune femme décida de suivre certaines voitures de police, à commencer par celle d'Andrew et Martin. Cela la conduisit en pleine campagne, à proximité d'une exploitation.

Excitée à l'idée d'enfin découvrir la vérité, elle descendit à la hâte de la voiture et accéléra sa marche. Edris lui emboîtait le pas, ne cessant de lui répéter de faire attention. Bientôt, ils furent arrêtés par une foule et ils se retrouvèrent au milieu de dizaines de journalistes.

— Que se passe-t-il ? questionna Mary qui tendait le cou pour essayer de voir le plus loin possible.

— Ils ont encore trouvé des corps, répondit un petit homme chauve avec des lunettes rondes.

— Il ne s'agit pourtant pas d'un marais ici, fit-elle remarquer, intriguée.

La tension était palpable et des rumeurs commencèrent à circuler.

— J'ai une information ! cria un grand homme brun parmi la foule.

Tous les regards convergèrent dans sa direction et tous semblaient suspendus à ses lèvres.

— Il est fort probable qu'il s'agisse des trois activistes disparus en juin.

Les journalistes s'agrippèrent pour s'approcher, certains restaient bouche bée, d'autres s'activaient à se filmer devant les lieux de la découverte pour avoir la primeur de l'événement.

Edris attrapa la main de Mary et l'extirpa de là.

— Je ne veux pas être le nouveau témoin de ces découvertes. Ce que j'ai lu durant des années en pensant que c'était derrière moi, en l'enseignant pour que personne ne l'oublie, tout cela perdure ici, confia-t-il à Mary d'une voix éteinte.

Elle le serra amoureusement dans ses bras en signe de compassion.

— Ce que je veux dire, c'est que ces hommes venaient pour un combat juste et qu'ils se sont fait tuer ! Tous ces hommes… Combien de Noirs devront encore souffrir ?

— Chut, le berça Mary, je le sais, je le sais…

Elle lui passa les mains sur le visage pour retenir une larme au bord de son œil et l'éloigna de la funeste découverte.

— Nous pourrions récupérer Lisa et passer chez son amie Janice ? Qu'en penses-tu ? Elle voulait nous présenter à ses enfants, hasarda Mary pour changer de sujet. Je suis sûre que David et June sont sortis de prison sans nous avoir attendus !

— C'est une bonne idée, allons-y, répondit sombrement Edris qui jeta un dernier regard amer derrière lui.

Des enfants jouaient dans une petite cour. Le ballon qui passait d'une main à l'autre était crevé. Dès qu'elle parut dans l'allée, Mary se sentit immédiatement épiée. Mais les enfants, en apercevant Lisa, semblèrent s'apaiser. La maison ressemblait à toutes celles du quartier. Mary se demanda comment autant d'enfants pouvaient dormir dans cette petite bicoque.

— Te voilà enfin ! s'exclama Janice en se dirigeant vers son amie.

— Je te présente Mary, la journaliste dont je t'ai parlé et voici Edris, l'enseignant.

— Enchantée ! Ne soyez pas timides, venez, je vous ai préparé un goûter.

Tous s'installèrent dans la cour. Mary entreprit de compter le nombre de marmots présents. En supposant qu'aucun n'était caché dans la maison, il y en avait sept. Leurs vêtements étaient soit trop grands, soit trop petits, mais personne ne s'en souciait. Cela n'avait pas la moindre importance au final.

— Quelle belle famille vous avez là ! commenta-t-elle, admirative.

— Ici, les enfants se multiplient aussi vite que le coton, pouffa Janice en redressant les épaules. Et le coton, mon mari s'y connaît.

Au même moment, Tim ouvrit la porte-fenêtre dont la moustiquaire était déchirée et sortit sur ce qui servait de véranda. Comme Doug, il portait une large salopette, mais à côté de lui, il semblait fluet dedans. Sa chemise en coton, blanche à l'origine, était vieillie et s'était salie avec le temps. Sa tête était recouverte d'un chapeau en paille, mais on percevait son regard assombri par la difficulté des années écoulées. Pourtant, un large sourire édenté se dessina sur son visage.

— Voici le mari de Janice, Tim, il est métayer, expliqua Lisa à Mary.

— Nous vous attendions. Les enfants tournent en rond depuis tout à l'heure, dit-il d'un ton avenant.

Mary suivit Janice dans la maison. L'obscurité de l'intérieur contrastait avec la luminosité du dehors. Comme dans de nombreuses maisons, les papiers peints collés sur les murs étaient déchirés ou manquants. Dans l'entrée, Mary découvrit une photo de Janice plus jeune, assise sur une chaise, un bébé contre sa poitrine et un enfant assis à ses côtés. Son mari se tenait droit, derrière elle, avec le même sourire qu'il leur avait adressé en les accueillant, quelques dents en plus. « Ici non plus, la pauvreté n'étouffe pas l'amour », songea Mary.

La mousse du canapé était trouée par endroits, les meubles étaient vétustes, mais l'atmosphère de cette maison restait néanmoins chaleureuse. Deux enfants d'environ quatre ou cinq ans observèrent Mary à l'autre bout de la pièce. Elle s'assit au sol et attrapa une petite voiture qui traînait là. Elle mima un mouvement de circulation et les enfants la rejoignirent doucement, puis s'arrêtèrent en cherchant du regard l'approbation de leur mère. Janice acquiesça en retour et les deux marmots attrapèrent chacun une voiture et commencèrent de tracer des ronds au sol en entonnant un « vroum vroum » qui marquait le début d'un moment de jeu et d'insouciance. Leur grande sœur arriva à son tour, elle devait être âgée de sept ans tout au plus. Ses cheveux étaient soigneusement plaqués sur sa tête en laissant apparaître deux macarons parfaitement symétriques. Elle portait une robe trouée qui dévoilait une frêle épaule.

— Tu veux jouer avec nous aux voitures ? demanda Mary d'une voix douce.

La petite fille, qui s'appelait Jenny, répondit par la négative d'un signe de tête. Elle continuait de s'approcher timidement de Mary, pointant le bout de ses doigts vers les cheveux de l'invitée. Ses doigts caressèrent timidement les mèches éclaircies par le soleil qui retombaient sur les épaules de Mary. Cette attention provoqua des frissons à Mary qui se laissa faire avec plaisir.

— Jenny ! Laisse la dame ! dit sa mère d'un ton sévère en entrant dans le salon avec un plateau garni de gâteaux.

— Elle ne me dérange pas, au contraire, assura Mary.

— Certainement, mais je n'ai pas envie qu'elle ait l'idée d'aller toucher la tête de tous les Blancs en sortant !

— Elle se prendrait une torgnole, assurément ! s'exclama Tim.

Janice servit du thé et une part de gâteau à tous les adultes présents et entama la conversation.

— Lisa ? Alors ? Ton inscription ? lança-t-elle en proposant du sucre à ses invités.

— C'est fait, depuis hier, annonça-t-elle fièrement, un sourire franc collé aux lèvres.

— J'ai entendu qu'il y avait eu du grabuge, reprit Tim avant d'attaquer sa part de gâteau.

— En effet, confirma Lisa, je suis passée juste à temps. En sortant, il y avait de la bagarre. C'était vraiment triste à voir.

— Mon amie June a une fois de plus été emmenée au commissariat, dit Mary, j'espère qu'elle va bien…

— Elle est avec David certainement ! Quelle mauvaise graine, celui-là ! pesta une nouvelle fois Janice qui ne le portait décidément pas dans son cœur.

Lisa raconta en détail la scène du singe et son inscription. Janice la fixait avec envie ; elle remarqua combien son amie en quelques semaines avait pris de l'assurance et elle en était ravie.

— La fin de l'été approche, ce serait bien que tes plus grands enfants rejoignent les cours d'Edris, proposa-t-elle.

— Je ne sais pas trop, répondit Janice en jetant un coup d'œil à son mari, nous voyons la police tourner à longueur de journée. On nous dénoncerait sans remords à nos patrons !

— On ne peut pas trop se permettre de perdre notre emploi, ajouta Tim, regardant anxieusement autour de lui.

— Si vous me le permettez, je pourrais venir la matinée pour essayer de leur donner l'envie d'écrire des histoires, proposa Mary.

Edris tourna la tête vers elle et parut étonné de cette proposition. Il savait qu'elle aimait les enfants, il l'avait vue à l'œuvre et adorait cette facette d'elle. Mais elle n'avait encore jamais pris part aux cours.

— Je serai très discrète en venant et je me tiendrai à l'arrière de la maison afin que personne ne me voie, ajouta-t-elle.

Elle attendait la réponse de Janice et Tim comme un enfant qui espérait un bonbon. Elle se révélait à elle-même depuis qu'elle était dans le Mississippi. Elle s'ouvrait aux autres et avait envie de vivre sa propre aventure et non plus simplement de relater celle des autres.

— D'accord, lâcha Janice, ravie de cette proposition et heureuse que ses enfants puissent eux aussi accéder à une occupation un peu plus intellectuelle.

En partant, Edris prit Mary par l'épaule et lui susurra à l'oreille.

— Madame la professeure, je vous accompagnerai du mieux que je le peux…

***

Une nouvelle réunion se tenait avec les membres du Klan. Andrew, suivant son instinct, avait discrètement pris Martin en filature. Se gardant à bonne distance, il put tout de même relever l'ensemble des modèles de voitures présentes.

Durant les échanges entre les hommes rassemblés, la tension était de plus en plus palpable. Beaucoup trouvaient que trop de Noirs s'inscrivaient sur les listes électorales. C'était inacceptable et dangereux pour l'avenir de la suprématie blanche dans l'État. Puis, l'homme cagoulé s'en prit vigoureusement à Tony.

— Comment as-tu pu te faire berner par un de ces nègres et cette traînée qui se promenaient devant toi main dans la main ? demanda l'homme d'un ton accusateur.

— Ah ! Ne m'en parlez pas. Je vais me venger ! répondit Tony, déterminé.

— Il serait grand temps, pesta l'homme en retour en se retournant vers Martin. Et toi, comment ça se fait qu'ils ressortent aussi vite du commissariat ?

— C'est à cause d'Andrew, ce traître ne veut pas les garder, il est même prêt à arrêter d'honnêtes hommes de chez nous ! dit-il sèchement avec un regard féroce.

Les manières du prédicateur commençaient à agacer fortement Tony et Martin. À la fin du discours, ils repartirent de nouveau ensemble en marmonnant.

— Je le supporte de moins en moins celui-là, grogna Martin.

— Pour qui se prend-il ! Il nous parle mal devant tout le monde en restant caché derrière son masque ! vitupéra Tony en crachant au sol.

***

Andrew était rentré chez lui plus tard que d'habitude et cela avait inquiété Hannah qui faisait les cent pas dans le salon en l'attendant. Quand elle avait entendu un moteur dans l'allée, elle s'était précipitée à la fenêtre et avait été rassurée en voyant Andrew se garer.

— Je suis désolé de ne pas t'avoir prévenue, j'ai suivi Martin en sortant du travail, expliqua-t-il une fois installé au salon.

— Et cela t'a amené jusqu'où ?

— Sur l'exploitation de M. Smith. J'ai relevé les voitures présentes. Regarde !

Andrew tendit un papier à Hannah où étaient inscrites les marques des véhicules, leur couleur et plaques d'immatriculation. Hannah n'y prêta pas attention immédiatement, elle s'était arrêtée sur la première information sur le lieu de la réunion secrète : la plantation de M. Smith.

— M. Smith était dans le bureau du juge hier, raconta Hannah. Au même moment, un couple est entré dans le palais pour s'inscrire sur les listes électorales. Je me rappelle leurs noms : Lisa et Doug Lawson. La femme était terrifiée, c'était une employée de M. Smith. Il l'avait licenciée peu auparavant car elle hébergeait des activistes du Nord.

Andrew resta pensif en méditant sur ce que lui dévoilait Hannah, puis il reprit :

— J'ai reconnu la voiture du juge, regarde ! C'est bien celle-ci ?

Elle lut les numéros qu'avait inscrits son mari. Il n'y avait plus de doute : le juge faisait bien partie du Klan. Elle regarda son mari d'un air réprobateur et confirma :

— C'est tout à fait logique, il n'engage jamais de poursuite pour des faits ou des agressions contre des Noirs. En revanche, j'ai peut-être le nom d'une autre personne...

— Qui ça ? demanda Andrew, intéressé.

— Il va falloir que tu recherches par qui est employé ce Doug Lawson. J'ai surpris une conversation entre M. Smith et le juge. M. Smith disait que, lui, avait honoré sa part du contrat en renvoyant la femme, mais que l'autre avait gardé Doug comme employé. Cela le révoltait.

— Martin, adjoint au shérif, Tony, garagiste, Michael, épicier, le juge et le planteur le plus riche du comté... Je comprends mieux pourquoi la terreur règne si bien par ici. Je vais creuser la question.

***

Après leur réunion, Tony et Martin entreprirent de se rendre chez David et de lui coller une peur bleue. Tous deux arrivèrent discrètement dans son quartier. Les ampoules des lampadaires, pour la plupart, n'éclairaient plus les habitations. Ils éteignirent leurs phares en s'aventurant dans la rue afin d'être le plus discret possible.

La maison se dressait là, devant eux, semblable à toutes celles du coin. Tony avait un peu trop bu et parlait fort. David, qui ne dormait que d'un œil, entendit du bruit dans les graviers. Il se leva pour accueillir les deux hommes en prenant soin de ne pas réveiller June, afin de ne pas l'effrayer. Attrapant le fusil qu'il gardait toujours sous son lit, il descendit à pas de loup. À cet instant, il vit l'ombre des intrus glisser devant la fenêtre. Les nuances de clair-obscur qu'offrait la nuit projetaient leurs ombres agrandies sur les murs de son salon. David s'assit sur le fauteuil et braqua l'arme vers l'entrée. Quand Martin et Tony pénétrèrent dans la maison, ils se retrouvèrent nez à nez avec le canon de David.

— Ne fais pas le con ! Je suis officier, lui dit Martin en tremblant nerveusement.

— Justement, tu es bien placé pour savoir que c'est un délit de s'introduire chez autrui, non ? répliqua David calmement avant d'ajouter avec fermeté : Venez près de moi et n'essayez pas de jouer aux héros ou je tire.

Les deux hommes, sous les ordres de David, s'assirent au milieu du salon où ils furent solidement ligotés. June, qui s'était réveillée, était allée chercher Doug. Les deux compères, après avoir bâillonné les intrus, les firent monter dans la camionnette de Doug. David prit leur voiture. Tous deux démarrèrent et les amenèrent jusqu'à la scierie. Arrivés sur place, Doug retira les foulards qui leur couvraient la bouche.

— Que fait-on ici, bordel ? demanda Martin qui voyait tout son courage s'envoler.

Ils étaient tétanisés.

— Vous tapez sur les nôtres chaque jour que Dieu fait, non ? répondit Doug le regard menaçant, eh bien, à nous de nous venger maintenant.

— Je suis adjoint de police ! Vous ne pouvez rien contre moi ! cria Martin.

— Oh ! Ne vous inquiétez pas ! On ne fera rien. Mais quand mon patron vous découvrira ici, votre place au sein du Klan ne sera plus assurée, assura Doug.

— Ton patron ? C'est qui ?

— Mon patron ? C'est ton gourou au masque blanc.

Columbus Journal Libre

5 août 1964

L'été de la liberté en deuil

Les corps de James Chaney, Andrew Goodman et Michael Schwerner retrouvés

Un voile noir s'abat définitivement sur le Freedom Summer. Les corps des trois activistes disparus fin juin, James Chaney, Andrew Goodman et Michael Schwerner, viennent d'être retrouvés sous un amoncellement de terre. Leur assassinat a été confirmé par le FBI qui enquêtait sur leur disparition. L'été de la liberté prend une nouvelle dimension avec ce triple meurtre.

C'est avec une vive émotion que les volontaires venus de l'Ohio ont appris la triste nouvelle. James, Andrew et Michael étaient de ces jeunes rêvant d'un pays où l'égalité et la liberté s'appliquent pour tous de la même manière. Leur rêve, aujourd'hui plus que n'importe quel autre jour, devrait tous nous concerner ! Fauchés à l'aube de leur vie, chacun de ces jeunes hommes laisse une famille et un mouvement entier endeuillés.

Que leurs noms retentissent à travers les siècles afin que l'on n'oublie jamais qui ils étaient, comme tous les martyrs noirs du Mississippi.

James CHANEY est né le 30 mai 1943, il avait 21 ans.
Andrew GOODMAN est né le 23 novembre 1943,
il avait 20 ans.
Michael SCHWERNER est né le 6 novembre 1939,
il avait 24 ans.

Toute la rédaction adresse ses condoléances à la famille et aux proches des victimes.

Mary L.

34

« On ne peut rien apprendre aux gens, on peut seulement les aider à découvrir qu'ils possèdent déjà en eux tout ce qu'il y a à apprendre. »
Galilée

LES SEMAINES S'ÉCOULAIENT DANS LE MISSISSIPPI et la chaleur de cet été-là ne changeait rien à la motivation des troupes. Chacun avait été happé par la frénésie qui entourait le projet de l'été de la liberté. Et tous s'investissaient au maximum dans ce combat.

Lisa accueillait chaque jour une pléiade de gamins à qui elle racontait des histoires et avec lesquels elle faisait des jeux de société. Mary, de son côté, se rendait quotidiennement chez Janice où elle écrivait des textes avec ses enfants. Avec cette méthode, elle les aidait à progresser en orthographe et à développer leur vocabulaire ainsi que leur imagination. Deux fois par semaine, toute cette petite tribu rejoignait le centre communautaire pour écouter les histoires de « tante Lisa », comme l'appelaient affectueusement les petits du quartier.

June et David, inséparables, continuaient sans relâche leurs efforts pour attirer des nouveaux électeurs. Depuis la découverte des corps des trois activistes, ils étaient plus libres et avaient moins de pression de la police locale qui devait maintenant jongler avec la presse et les fédéraux. Ils réussissaient à convaincre de plus en plus de futurs votants ; enfin, leur travail portait ses fruits. Ce couple atypique s'entendait à merveille et se complétait dans tout ce qu'il entreprenait. Même les bosses qui marquaient leur visage depuis leur dernière altercation se mariaient à la perfection. June en avait une sur la droite du front et David sur la gauche. Désormais, ils accompagnaient régulièrement le pasteur Leyers dans ses interventions. Au grand soulagement de toute la communauté, ce dernier s'était bien remis de son opération. Depuis le drame, ses sermons engagés avaient pris un nouveau sens.

Quant à Edris, il poursuivait son enseignement, avec le même engouement, à l'aide de la pièce de théâtre. Les répétitions étaient terminées et les élèves étaient fin prêts à monter sur scène le dernier vendredi d'août. Même Janice s'était prise au jeu et avait confectionné des décors pour la représentation. Mary avait réussi à la convaincre d'y faire participer ses enfants et s'en réjouissait. Tout semblait s'imbriquer à merveille.

***

Le grand soir arriva enfin. Les lampions qui avaient été réalisés pour l'occasion se balançaient doucement sous une brise bienvenue. Le devant de la maison de Margaret s'illuminait au fur et à mesure qu'Edris, aidé de Wilfred et James, installait les lampes.

Mary, vêtue d'une robe verte qui faisait ressortir la couleur de ses yeux, préparait les tables dressées par Doug, dehors, dans l'après-midi. Quatre grandes tables s'alignaient que Margaret avait recouvertes de nappes blanches avec un liseré rose et bleu. Quelques fleurs des champs avaient été déposées dans de petits vases au centre de chacune des tablées. Enfin, des bancs en bois longeaient l'emplacement.

Tandis qu'Emy, Dana et Gayle s'occupaient des déguisements, Ricky, Cristal et Joséphine plaçaient les décors. Les élèves se taquinaient et des rires fusaient dans le jardin. Janice et Tim les rejoignirent avec leurs enfants, les bras chargés de petits plats remplis de victuailles. Les petits couraient dans tous les sens et sautèrent un à un dans les bras de Mary en la voyant.

La jeune journaliste serra chacun des enfants fort contre elle avec un pincement au cœur. Cette soirée annonçait la fin de la campagne et son retour imminent vers le Nord. Elle partirait certainement moins légère qu'elle n'était arrivée en laissant derrière elle plus qu'un simple été, mais une période qui avait changé sa vie.

Dès qu'elle fut sur place, Janice ne perdit pas une seconde et alla donner un coup de main à Lisa et Margaret dans la cuisine où elles s'escrimaient à tout préparer. Des odeurs d'épices et de tartes chaudes emplissaient la pièce, puis se mélangeaient aux commentaires pressés de ces femmes.

Loin de cette agitation, sur un talus, au-devant de la maison, Tim se posa avec Doug pour fumer une cigarette. Sous son large chapeau de paille, la main collée à sa bouche, Tim inspirait le tabac profondément. Les deux hommes n'échangeaient pas un mot, tous deux demeuraient pensifs sur les événements qui s'étaient déroulés ces dernières semaines. Ils profitèrent, chacun à sa manière, de ce court moment de calme. Sous leurs yeux, apparaissaient peu à peu plats et boissons sur les tables, attirant les mouches et les chiens, qui reniflaient ces senteurs en se léchant les babines.

— Allez, messieurs, on se bouge, allez accueillir les invités ! grogna Janice en levant ses bras au ciel.

Parents et grands-parents affluaient, les mains pleines également. Beaucoup étaient de la paroisse. Les hommes se regroupaient d'un côté et entamèrent des discussions animées. Quant aux femmes, elles mettaient toutes la main aux divers préparatifs en virevoltant au milieu des cris et des jeux des enfants.

La venue du pasteur Leyers, escorté par David et June, fut remarquée et acclamée ; on avait entendu vrombir la camionnette tout au long du chemin de terre avec de nombreux coups de Klaxon. Un peu moins pompeusement, Andrew accompagné de sa femme, Hannah, et de leurs deux enfants firent leur apparition. Après son acte héroïque, David avait insisté auprès d'Andrew pour qu'il soit présent ce soir-là. C'était un mélange de classes sociales, de couleurs et d'horizons.

En coulisse, Edris et Mary avaient emmené les enfants acteurs à l'arrière de la maison. Les premiers déguisements furent enfilés avec minutie. Le stress commençait à monter ; ils espéraient tous donner le meilleur d'eux-mêmes. Tel un coach avant un match décisif, Edris regroupa ses élèves.

— Approchez, approchez, dit-il tout en s'entourant des enfants et de Mary qui se tenaient par les épaules. Le moment est venu de montrer à vos familles ce que vous avez réalisé durant ces deux mois. Je sais à quel point il est crucial pour vous de réussir, mais n'oubliez pas une chose : l'important n'est pas dans la performance de ce soir. Nous avons tous le droit à l'erreur. L'essentiel réside dans les souvenirs qu'on est en train de se créer ensemble, soyez fiers de vous, de chacun de vous, de vos parcours, soyez fiers de ce que vous avez entrepris durant l'été, ce que vous avez accompli seul et à plusieurs, du travail, du sacrifice, du courage soyez-en fiers et portez-le avec vous sur votre chemin de vie.

À ces mots, tous s'applaudirent et se donnèrent de la force mutuellement.

Les invités enfin réunis, une atmosphère émue s'empara des lieux jusqu'à ce que le pasteur prenne la parole, remerciant tout d'abord Andrew de lui avoir prodigué un massage cardiaque qui l'avait ramené à la vie et permis d'être parmi eux ce soir. Andrew fut applaudi et, gêné, il fit remarquer qu'il ne faisait que son devoir. Mais sa présence lui valut de gagner le respect de nombreux invités.

Au milieu de ce discours, Edris se faufila entre les groupes. Il ne s'attendait pas à ce que vienne autant de monde et en fut agréablement surpris. Quand ce fut à son tour de prendre la parole, tous les regards se dirigèrent vers lui. Il pria alors les convives, ainsi que les femmes s'activant aux fourneaux, de venir s'installer.

— Merci à tous d'être venus aussi nombreux. Pour commencer, Mary, June et moi-même tenions à remercier Lisa, Doug et David pour leur accueil chaleureux ainsi que vous tous. Ça a été pour nous une vraie leçon de vie que de partager ces moments dans vos familles et avec vos enfants. Vos enfants, croyez-moi, j'en suis très fier. J'ai été honoré d'œuvrer à leurs côtés. Ils ont tous un potentiel remarquable et ils ont travaillé dur pour vous présenter ce spectacle qui, nous l'espérons, vous plaira. Vous avez beaucoup de chance ; ils sont formidables, conclut Edris avec un regard passionné et sincère.

Enfants et adultes battirent des mains tout en souriant et, une fois le silence revenu, Edris annonça le début de la représentation en tapant avec un bâton sur le sol. Les yeux étaient rivés sur la scène improvisée où il ne manquait plus que les acteurs.

Quelques secondes passèrent avant que Jenny, la plus petite fille de Janice, s'avance au-devant des spectateurs. Sa mère, en la voyant, porta ses poings à sa bouche, émue. Elle était prête à essuyer ses futures larmes avec le mouchoir enroulé dans sa paume gauche. Jenny tenait une ardoise dans les mains où était écrit « Scène un » et sa petite voix fluette s'éleva :

— Scène un : le travail dans les champs, annonça-t-elle avec un léger zozotement qui attendrit l'assemblée.

Dans son dos, Joséphine apparut. Elle se tenait droite et, le menton relevé, elle présenta le contexte de ce qui allait suivre :

— Nous sommes en 1860, dans le Mississippi. L'esclavage n'est pas encore aboli et une grande partie des Noirs du Sud sont la propriété d'un planteur, déclama-t-elle en prenant soin de bien articuler et de ne pas oublier son texte. L'esclavage, comme vous le savez, était une pratique courante dans notre pays. Des millions de Noirs ont été déportés d'Afrique durant plusieurs siècles pour servir de nombreux peuples du monde, dont les Américains.

Joséphine attrapa le poignet de Jenny, qui, de sa main libre, salua le public, puis toutes deux libérèrent la scène. En arrière-plan, on découvrit quatre élèves jouant le rôle d'esclaves. Chacun portait un large sac en toile stigmatisant ainsi le souvenir que ces hommes et femmes avaient laissé aux générations futures. Dos cambrés, ils mimaient le travail de la terre et la récolte du coton.

— Je suis fatiguée, se lamenta Cristal, et cette chaleur me donne mal à la tête.

Cristal, dans son jeu de comédienne, feignait la douleur ressentie de longues et éprouvantes journées de labeur.

— Continue, l'encouragea Emy, qui représentait la force qu'il fallait pour survivre. Il faut que tu récoltes le poids de coton exigé pour t'arrêter, ne l'oublie pas.

Wilfred, qui jouait le rôle d'un régisseur de plantation, fit irruption sur le dos d'un cheval de bois parmi les esclaves. Un large chapeau de cow-boy recouvrait sa tête et il mâchouillait frénétiquement une brindille de paille.

— Le travail est trop lent par ici ! cria-t-il aux femmes, le regard et le ton sévère, reproduisant parfaitement cette attitude de supériorité qu'on attendait de lui aujourd'hui.

— Chacun de nous donne pourtant son maximum, intervint James d'une voix éteinte.

— Personne ne t'a demandé ton avis, à toi, tonna Wilfred en le foudroyant du regard.

À ces mots, Wilfred sortit son fouet en peau de vache qu'il claqua au sol, faisant remonter ainsi la poussière à hauteur de ses genoux. Le bruit retentit dans l'assemblée, faisant frissonner certains.

— C'est la deuxième fois que je te reprends, demain au coucher du soleil, tu seras fouetté.

Il prenait un malin plaisir à annoncer la sentence à venir, pour laisser la peur s'infiltrer au cours des heures d'attente.

— Non ! S'il vous plaît, laissez-le, c'est de ma faute, supplia Cristal qui s'était mise à genoux, implorant un régisseur qui ne prenait pas la peine d'entendre ses plaintes.

Un décor de coucher de soleil, dessiné et porté par Bobby, le fils aîné de Janice, passa devant les spectateurs et les acteurs. Ces derniers repartirent à l'arrière de la maison où Mary les accueillit un à un en les félicitant. D'une petite tape sur la cuisse, elle renvoya Jenny devant la foule.

— Scène deux : la punition, annonça la fillette avec les mêmes yeux pétillants et sans se rendre compte, à son jeune âge, de la portée de ses mots.

— Wilfred va punir l'affront que lui a fait James en osant lui répondre au milieu des esclaves, expliqua à son tour Joséphine. Les punitions ont lieu à la vue de tous afin de démotiver ceux qui voudraient se rebeller. Les esclaves appartenaient à leur maître, ainsi que leurs enfants. Des familles se brisaient chaque jour, sans qu'ils aient leur mot à dire, et des sévices corporels et psychologiques frappaient de nombreux Noirs.

Wilfred et Ricky tenaient James fermement et le traînèrent devant la foule. Les esclaves figurés, hommes, femmes et enfants, s'étaient tous regroupés en se serrant les uns contre les autres et en affectant des expressions de peur, voire de terreur.

— Je vais te battre à mort ! cria Wilfred, toujours sérieux dans son personnage.

Cristal s'était avancée au-devant de la scène, toute tremblante.

— Laissez mon mari, supplia-t-elle, ne lui faites pas de mal !

Ricky repoussa Cristal en faisant claquer le fouet au sol. Elle tomba et fut relevée par deux élèves jouant le rôle de ses enfants. Ricky et Wilfred firent mine de ligoter James à un tronc d'arbre et Wilfred sonna la corne. Tous les acteurs se tenaient devant l'arbre pour assister au châtiment dans un silence assourdissant. Wilfred fit retentir le fouet qui claquait sur l'arbre. À chaque claquement, James hurlait de douleur et les élèves s'approchaient pour cacher son corps. Puis quand ils reculaient, les spectateurs pouvaient alors découvrir son t-shirt déchiré sur lequel ruisselaient des traces de faux sang. Le châtiment accompli, tous les comédiens repartirent à l'arrière de la maison, laissant James, seul, accroché au tronc. Cristal, imitant une femme désespérée, vint auprès de lui et le détacha. Elle pleurait en soignant ses plaies.

— Il faut fuir, dit James dans un gémissement.

— Fuir ? Mais tu es fou, nous serons tués, bredouilla Cristal en tournant la tête pour s'assurer que personne ne les entendait.

— Nous serons tués dans tous les cas, donc autant l'être en essayant de devenir libres, répondit James toujours allongé et dont la souffrance se lisait sur son visage.

À ce moment, Bobby passa avec une pancarte représentant la nuit, ce qui permit aux deux artistes de rejoindre l'arrière de la maison. Les spectateurs regardaient la scène avec émotion. Chacun demeurait pensif, réfléchissant sur sa propre situation.

Puis Jenny réapparut, tel un ange, avec sa coiffure agrémentée de macarons et sa belle robe blanche. Les splendeurs du crépuscule l'accompagnaient.

— Scène trois : la fuite.

— Durant la période de l'esclavage, enchaîna Joséphine, certains esclaves décidaient de fuir vers le Nord. De nombreux anonymes, Noirs comme Blancs, ont aidé des milliers d'esclaves fugitifs. Ces personnes formaient ce qu'on appelait le chemin de fer clandestin. On estime à cent mille le nombre de personnes sauvées par le biais de ce réseau.

James et Cristal, tous deux accompagnés de trois acteurs en guise d'enfants, donnèrent une représentation exemplaire d'une fugue d'esclaves telle qu'on pouvait se l'imaginer, dans la nuit, dans le froid, dans la peur, la faim au ventre, mais unis.

— Scène quatre : les chasseurs de primes, annonça de nouveau Jenny.

— Des hommes recherchaient les esclaves en fuite en contrepartie d'argent lorsqu'ils les ramenaient à leurs maîtres, commenta Joséphine. C'était un travail comme un autre à l'époque. On les appelait les chasseurs de primes, mais en fait, on aurait pu aussi les appeler « chasseurs d'hommes ». Plusieurs lois existaient à l'encontre des esclaves en fuite et plus le temps passait, plus elles se durcissaient envers les gens qui leur apportaient leur soutien.

Une formidable scène de poursuite eut lieu au cours de laquelle James, jouant un mari et un père dévoué, se sacrifia pour sa famille, laissant réfléchir les spectateurs sur ce qu'ils pouvaient entreprendre actuellement pour améliorer le quotidien des leurs.

— Scène cinq et finale : le Nord, mentionna Jenny dont le rôle se terminait là.

Cette dernière partie montrait à un public réceptif comment une mère et ses trois enfants, aidés par des quakers, avaient pu rejoindre le Canada. L'accent des dialogues fut porté sur la fierté des enfants envers leur père qui s'était battu pour obtenir leur liberté.

Après ce final empreint d'émotions, tous les acteurs, alignés, saluèrent le public. Ils se tinrent la main et se courbèrent sous les applaudissements. On pouvait distinguer les regards brillants des spectateurs. Puis les petits comédiens retournèrent à l'arrière de la maison. Entourés de Mary et Edris, dans une effervescence nouvelle, ils se félicitèrent, joyeux et fiers.

— Bravo ! Bravo ! clamait Edris. Vous m'avez procuré beaucoup de belles émotions ce soir, enchaîna-t-il les yeux pétillants.

— Merci, monsieur, merci à vous de nous avoir redonné de l'espoir, dit Cristal dont l'émotion était palpable.

— Oui, et l'espoir, c'est ce qu'il y a de plus important ! Quand t'en as plus, bah, c'est comme si t'étais déjà mort, termina Wilfred solennellement du haut de ses douze ans.

35

« Même si mon amour pour toi venait à se briser en mille morceaux. Il est tel que nul morceau ne serait perdu. »
Anonyme

Automne 1859, Tennessee

De nouveaux esclaves étaient arrivés à la pension. Ils étaient désormais cinq avec Ed et Batsy. Les trois jeunes frères, Josiah, Charles et Isaïah, étaient venus depuis le Sud par les forêts et les sentiers peu fréquentés. Ils avaient fui leur plantation quand leur maître les avait enlevés à leur mère. Josiah était le plus âgé des trois. Il devait avoir une vingtaine d'années, ses frères avaient approximativement douze et quinze ans. Ils étaient peu bavards et ne se confiaient pas facilement. La peur d'être trahis, ramenés, fouettés et séparés ne les laissait pas en paix et ne leur permettait pas de s'ouvrir aux autres.

La présence de plusieurs chasseurs de primes aux alentours inquiétait les propriétaires de la pension et il avait été décidé que les esclaves en fuite ne pouvaient plus rester ici. Le prochain « wagon » que Jonas conduirait jusqu'à la gare suivante serait composé de ces trois garçons, accompagnés d'Ed et Batsy.

Ed et Batsy avaient séjourné plusieurs semaines en ce lieu. Ed, qui en avait fait la demande, avait pu enseigner chaque jour, découvrant en lui un vrai talent. Il avait passé ses soirées dans la grande bibliothèque où il avait dévoré de nombreux ouvrages. Les centaines de livres entreposés là étaient le don d'abolitionnistes, de méthodistes, ou toute personne amie qui soutenait l'apprentissage des Noirs libres.

Un soir, il avait commencé à apprendre l'alphabet à Batsy et, comme un rituel, régulièrement, ils s'installaient à la table de cette pièce et étudiaient ensemble. Ce partage se faisait dans une grande complicité. Batsy s'amusait du sérieux d'Ed, mais elle buvait chacune de ses paroles et admirait tant l'homme qu'il était.

Cette soirée-là était leur dernière dans ce refuge hors du temps. La bougie de suif luisait près de la fenêtre qui donnait sur le jardin. Le souffle du vent frôlait la vitre ; dehors, on n'apercevait pas une ombre. Comme à son habitude, Batsy se blottit contre Ed.

— J'avais l'impression qu'on était en sécurité ici et nous devons de nouveau fuir, dit-elle tristement.

— Nous devons nous éloigner davantage et ne pas faire courir plus de risques à ceux qui nous ont aidés, répondit Ed, essayant de se convaincre lui-même.

— La nuit est sombre, je n'ai jamais aimé marcher dans le noir…

— Ne t'en fais pas, je serai avec toi et je ne laisserai personne te faire le moindre mal, la rassura-t-il avant d'ajouter : Promets-moi que, si on est en danger et si nos chemins doivent se séparer, tu poursuivras sans moi.

— Je ne t'abandonnerai pas, jamais ! Ne dis pas de telles choses. Je t'aime, Ed, plus que tout, assura-t-elle fermement en se détachant de lui et en le fixant.

Ed l'étreignit de nouveau. Il aimait sa force dans sa faiblesse et sa faiblesse dans sa force. Il avait peur pour elle, peur qu'il lui arrive quelque chose par sa faute, car c'est lui qui l'avait entraînée dans cette aventure. Aujourd'hui, perdre cette femme était son unique peur. Il reprit un livre, ouvrit une page et lui montra un mot.

— I-D-E-M, lut fièrement Batsy en souriant. Ça veut dire quoi ? demanda-t-elle, incrédule.

— Idem, ça signifie « la même chose » ou « moi aussi » en réponse à ton « je t'aime », par exemple, murmura-t-il au creux de son oreille en caressant son nez du bout du doigt avant d'y déposer un tendre baiser.

Batsy le pressa encore plus fort contre elle et à son tour lui montra un mot.

— P-A-P-A, entendit-il. Il ne savait pas ce qui l'avait le plus ému : savoir qu'il allait devenir père ou que Batsy savait désormais lire.

— Promets-moi, Batsy, que tu continueras même sans moi, pour toi et pour lui, dit-il en caressant son ventre.

— Promis, maugréa-t-elle en sentant le vent tourner pour la première fois.

Au petit matin, Ed se réveilla avec un mauvais pressentiment. Il était attristé de devoir quitter ce lieu où tant de choses s'étaient révélées à lui, mais il le fallait, leur destinée était ailleurs.

Jonas expliqua à tous comment rejoindre la prochaine station si un imprévu arrivait. Il fallait marcher plusieurs jours pour atteindre la rivière Ohio, puis la traverser. De l'autre côté, de nombreuses aides pouvaient leur être offertes pour rejoindre le Canada, seule terre de réelle liberté pour eux, les lois s'étant durcies sur le sol américain.

Jonas prépara la charrette qui devait les emmener jusqu'à l'orée de la forêt où ils commenceraient leur périple à pied. Le transfert s'était bien passé et les hommes étaient tous cachés à l'arrière, sous des bottes de foin. Batsy était assise à côté de Jonas et devait se présenter comme sa femme à qui le demanderait. Elle était la moins reconnaissable de tous. Sa peau était noire comme de la suie et elle n'avait aucun signe distinctif. *A contrario*, la couleur d'Ed risquait d'interpeller quiconque le recherchait, et les trois frères avaient tous une marque au fer sur l'épaule.

À la tombée de la nuit, tous les six s'aventurèrent enfin dans les sous-bois. Cette enfilade rappelait à Ed ses longues marches, enchaîné avec Abraham. Aujourd'hui, il se dirigeait dans le sens inverse en suivant l'étoile du Nord, sans chaînes aux pieds, mais la légèreté du cœur n'était pas encore acquise. Il s'inquiétait souvent pour son ami et regrettait qu'il ne l'ait pas suivi. À deux, ils auraient été plus forts.

Après plusieurs heures à une allure soutenue, Jonas alluma un feu et ils se réunirent autour pour se réchauffer. Jonas y grilla des morceaux de poulet qu'il avait apportés. La nuit était claire sans risque de pluie. Le croissant de lune se dressait au-dessus de leur tête, éclairant la forteresse végétale dont ils étaient entourés. Les trois frères avaient été peu bavards et restaient craintifs, à l'affût du moindre bruit. Le plus jeune se tenait près de Batsy, qui le protégeait comme une mère veille sur son enfant. En très peu de temps, elle s'était prise d'affection pour le jeune garçon et se demandait si ce n'était pas la fibre maternelle qui prenait possession de son être. Elle lui caressait l'avant-bras en lui répétant qu'il avait été très courageux jusqu'à présent et qu'il fallait continuer.

Quand ils eurent fini de manger, les amoureux se mirent à l'abri sous des feuillages et Batsy se blottit contre Ed pour y trouver le sommeil, bercée par le seul hululement des hiboux.

***

Russell avait traîné à Memphis durant plusieurs jours. Il avait apporté plusieurs avis de recherche de fugitifs, soigneusement classés par montant de récompense. Ed et Batsy, en haut de la pile, pouvaient rapporter jusqu'à mille dollars. Un homme répondant au nom de Tom et dont le signalement évoquait un géant avec une poigne de fer rapporterait à lui seul sept cent cinquante dollars.

Russell se sentait gonflé de joie à l'idée de ce nouvel appât. Sa réputation et sa bourse en seraient récompensées. Les trois frères ne valaient que deux cents dollars chacun, soit six cents dollars s'il parvenait à tous les chasser. Une jeune mère nommée Lisie et son enfant généreraient trois cents dollars. Il était moins intéressant de pourchasser les femmes seules. Le gain était moindre, sans doute parce que la tâche était aussi moins difficile. Il n'en tirait aucune satisfaction personnelle et ne se lançait sur leurs traces que s'il n'avait pas d'autre défi plus attrayant et plus rémunérateur. Il savait que les habitants de cet État étaient moins bavards que dans le Mississippi. La population se partageait entre les pro et les anti-esclavage. Après qu'il eut interrogé plusieurs personnes, ses investigations conduisirent le chasseur de primes à proximité de la fameuse pension. Là, avec satisfaction, il découvrit que des esclaves répondant à la description d'Ed et Batsy y avaient séjourné plusieurs semaines, mais qu'ils étaient partis précipitamment. La nouvelle enchanta Russell et éveilla tous ses sens. Les fugitifs ne pouvaient pas être bien loin, il le sentait et il n'avait plus qu'à retrouver leur trace. Le plus sûr moyen de fuir était de traverser la forêt, aussi décida-t-il d'y pénétrer à son tour. Il fallait qu'il les récupère avant le passage de la rivière, où les aides se feraient encore plus nombreuses et, alors, les pistes plus délicates à collecter.

Russell avait eu du flair de recruter deux hommes, Carl et Sam, deux Blancs avides de violences pour quelques dollars. C'était d'ailleurs Carl qui l'avait conduit sur la piste de la pension. C'était un homme dont le visage était marqué par de trop nombreuses soirées d'ivresse. Ses cernes violacés étaient toujours gonflés à vif. Il fumait une pipe de maïs et se promenait souvent avec un chien à l'allure aussi négligée que lui. Sam était l'inverse de Carl, il était élégant et son visage inspirait la confiance. Son ivresse à lui n'était pas l'alcool, mais la violence contre les Noirs libres, à qui il vouait une haine farouche.

À la nuit tombée, tous trois, accompagnés du chien, arrivaient à leur tour à l'orée de la forêt.

36

« Il n'y a rien de plus douloureux qu'un amour impossible, deux personnes qui s'aiment et qui ne peuvent pas être ensemble. Je crois qu'il n'y a rien de pire. »
Anonyme

Les trois hommes pénétrèrent dans les bois en essayant d'y déceler une piste qui les mènerait à leurs proies. Chacun était motivé par une cause qui lui était propre. Mises bout à bout, ces causes les unissaient fort bien dans cette chasse à l'homme.

La nuit ne leur permettait pas d'y voir correctement, mais ils avancèrent et progressèrent rapidement tout en suivant l'étoile Polaire, exactement comme le faisaient les fugitifs. Ni les ronces ni les bruits étranges ne les perturbaient. L'objet de leur chasse était plus important que les embûches qu'ils pouvaient rencontrer sur leur passage.

Leurs efforts furent enfin récompensés quand ils aperçurent au loin une fumée et des flammes s'élevant vers le ciel. Ils approchèrent silencieusement du camp improvisé. Russell, en remarquant le nombre de personnes, vit des poignées de dollars s'élever au-dessus de sa tête. Il n'y avait pas deux personnes, mais six, une femme et cinq hommes.

— Il me les faut vivants, n'oubliez pas, sinon je ne vous paierai pas, rappela Russell à ses compagnons en chuchotant.

— Le seul qui m'intéresse est Jonas, le Noir libre, je veux qu'il crève en prison, pesta Sam.

Le chien, devenu incontrôlable, n'attendit aucun signal et se précipita sur les dormeurs en aboyant à gorge déployée. Tous sursautèrent.

— Courez ! Courez vite ! cria Jonas le premier.

À la seconde même, Ed empoigna la main de Batsy et la serra si fort qu'elle put en ressentir sa moiteur. Son cœur battait à une vitesse folle et elle ne savait plus ce qu'il fallait faire ou ne pas faire. Une course effrénée s'engagea. Chacun essayait de s'enfuir le plus vite possible tout en gardant un œil sur ses proches. Russell se jeta à leurs trousses en pointant son arme. Il tira une première fois en pensant les effrayer. La balle effleura le bras de Batsy qui fut blessée. Ed, pour la protéger, se mit entre elle et Russell et supplia Batsy de suivre leur étoile. Un autre coup partit, touchant cette fois Ed dans le dos, qui tomba à terre. Dans sa chute et, dans un dernier cri, il ordonna à Batsy de poursuivre.

Deux des garçons s'étaient arrêtés, tétanisés en entendant les coups de feu. Isaïah, le plus jeune, suivit Batsy dans les fourrés. Jonas, quant à lui, fut rattrapé par Sam, qui était plus que satisfait de sa prise. Les hommes furent ligotés solidement à l'aide d'une corde. Ed était mal en point, mais Russell devait le ramener.

La nuit noire empêcha les traqueurs de poursuivre Batsy et Isaïah. Le butin que représentaient leurs prises parut suffisant à Russell. Il devait maintenant rentrer avec ses prisonniers afin de récupérer l'argent de la chasse, puis il pourrait aller se pavaner de comté en comté où sa réputation gonflerait son orgueil.

Ed, d'un papillonnement de l'œil, regarda au loin en imaginant Batsy s'enfuir jusqu'au monde libre. Il saignait beaucoup et la douleur vive lui faisait perdre petit à petit connaissance. Au même moment, Batsy se risqua enfin à se retourner dans sa direction. Il faisait noir, aucun des deux ne se voyait et une bonne distance les séparait déjà, pourtant chacun savait que leurs regards se croisaient pour la dernière fois.

Effondrée, Batsy stoppa sa course. Ses jambes ne la portaient plus. Elle aurait voulu faire demi-tour et s'allonger près de l'homme de sa vie. Toutefois, elle n'osait pourtant pas revenir sur ses pas, Ed aurait refusé qu'elle fasse cela. L'adrénaline redescendant, elle se mit à trembler de tout son corps sans pouvoir le maîtriser. La jeune femme se laissa tomber dans un buisson, se recroquevilla sur elle-même et attendit, le cœur battant à tout rompre. Elle resta ainsi, immobile, des minutes ou des heures – une éternité, lui sembla-t-il. Elle perdit toute notion du temps.

Un peu plus loin, là où ils avaient été séparés, Ed, enchaîné entre Jonas et Charles, vacillait. Son souffle ralentissait. Des images défilaient sous ses yeux. Il revit sa mère et perçut une nouvelle fois son étreinte, puis il entendit la voix de Robert le rassurer. Il comprenait qu'il se rapprochait d'eux, inexorablement, qu'il allait les retrouver, qu'il ne contrôlait plus rien, que s'arrêtait son chemin ici bas. Sa dernière vision fut son étoile, Ed Ba, scintillante et lumineuse. Enfin, il ferma les yeux sur le visage souriant de Batsy tout en remerciant le ciel de lui avoir permis de vivre cet amour hors du temps.

Russell se rendit compte qu'il venait de perdre Ed et, avec lui, sa prime, ses cinq cents dollars. Au-delà de l'argent, il savait qu'il n'avait pas agi comme le professionnel froid qu'il était d'ordinaire. De frustration, il s'en prit violemment à Carl qui n'avait pas su tenir son clébard. Saisissant son arme, il la pointa sur l'homme. Carl ne broncha pas, semblant indifférent, et cet affront fut insupportable au chasseur de primes. Détournant son bras et appuyant sur la détente, il abattit le chien. Carl hurla et empoigna Russell.

— Mon chien ! Ce n'était pas un nègre, hurla-t-il.

— C'est de sa faute si j'ai perdu mon argent. Et toi, tu iras chercher ton fric ailleurs, répondit Russell d'un ton méprisant.

En passant devant les braises, il tira les avis de recherche de sa poche et jeta au feu celui d'Ed et Batsy qui, dans une fumée noire, se consuma lentement.

Carl, son chien mort dans les bras, cria :

— Tu vas me le payer ! Je te le jure que tu me le paieras !

— Où emmènes-tu ce cabot ? lança Sam, gagné par la peur.

— Je vais l'enterrer dignement, dit-il en reniflant, c'était mon unique compagnon.

— Arrête, on ne va pas perdre de temps. Ni pour enterrer un chien ni pour enterrer un nègre, reprit Sam qui le regardait s'éloigner, puis il se tourna vers Russell et poursuivit : Rattrapons la négresse.

— Avec ces trois-là ? Impossible, on risque de les perdre.

À ces mots, Russell détacha Ed. Son corps tomba sur le sol dans un bruit sourd. Puis il tira sur les cordes qui reliaient Jonas et les deux frères.

— Grouillez-vous, que je passe à autre chose, siffla-t-il.

— Alors, monsieur le nègre, reprit Sam en pointant son arme sur Jonas, on fait moins le grand monsieur, tout d'un coup. Le nègre libre va aller croupir en prison. Un nègre libre enfermé est-il toujours un nègre libre ? ricana-t-il.

— Ferme-la, Sam, pesta de nouveau Russell.

Les hommes démarrèrent leur marche quand un lourd morceau de bois frappa la tempe de Russell qui s'effondra instantanément. Isaïah, d'un bond, saisit l'arme de la main de Sam et sans réfléchir, tira. Sam, à son tour, s'écroula. La main chancelante, Isaïah se tourna vers ses frères et s'empressa de les délivrer. Josiah, l'aîné, attacha Russell à un arbre afin d'être certain qu'il ne les pourchasserait pas avant un bon moment. Jonas fut détaché et les trois frères se serrèrent les uns contre les autres.

Les quatre hommes décidèrent, avant de repartir, de mettre Ed en terre. Sans pelle, la tâche ne fut pas une mince affaire et chacun s'y attela du mieux qu'il le put.

Éclairé par la voûte céleste, sous ce ciel qu'aimait tant Ed, son corps, enveloppé de linges, fut inhumé. Un nouvel esclave venait de perdre la vie pour tenter de conquérir sa liberté. Afin de lui rendre hommage, Josiah entonna un chant, d'une voix suave, pour le salut de son âme. Ses deux frères, tout en tapant dans les mains, reprirent en écho chacune des phrases.

« *À toi, notre frère, enfin tu es libre de tes fers,*
Et de la misère de nos terres, vole, rejoins la lumière,
Celle qui t'a guidé et dont tu as rêvé durant des années,
Dans ce ciel éclairé, rejoins l'étoile, l'étoile de la liberté. »

Jonas croyait de toute son âme à ce qu'il faisait et entendait poursuivre l'œuvre commencée. Prélevant l'arme de Russell, il reprit son chemin avec les trois frères. Il espérait pouvoir rattraper Batsy, mais la forêt était immense et il ne savait pas dans quelle direction elle s'était enfuie.

Carl, de loin, avait suivi toute la scène. Sans arme contre quatre, il n'était pas revenu sur ses pas. Quand il eut l'assurance que les quatre hommes s'étaient éloignés, il revint vers Russell. Du sang coulait sur son visage. La plaie faisait peine à voir, mais ne choquait pas Carl qui en avait vu d'autres...

Russell était conscient et fut soulagé en apercevant son compagnon s'approcher.

— Détache-moi, on va tous les buter, parvint-il à dire.

— Les buter comme tu as buté mon chien ? répondit Carl en s'asseyant calmement à un bon mètre de lui avant de reprendre : Et après m'avoir refusé mon dû.

— C'est bon, excuse-moi ! On discutera après, détache-moi, on perd du temps ! Ils vont prendre de la distance !

— Non. Je suis revenu pour te dire que je vais te laisser ici. Le sang qui ruisselle de ta tête va attirer les bêtes des alentours. Tu seras certainement un très bon festin, ricana-t-il.

— Qu'est-ce que tu racontes ? Carl, déconne pas, détache-moi, bordel ! cria Russell d'une voix défaillante.

— Tu as tué mon chien et maintenant d'autres bêtes viendront tuer l'animal que tu es, dit-il en éclatant de rire et en s'éloignant.

— Carl, Carl ! Reviens !

L'homme partit sans se retourner.

37

« Le souvenir, c'est la présence dans l'absence, c'est la parole dans le silence, c'est le retour sans fin d'un bonheur passé auquel le cœur donne de l'immortalité. »
Henri Lacordaire

Août 1964, Mississippi

Après que la représentation fut terminée, Lisa prit place au centre de la scène et invita tout ce petit monde à se régaler. Du poisson, du poulet frit, des quiches et de nombreuses salades formaient un buffet varié où chacun alla se servir. Janice embrassait ses enfants et les félicitait pour leur investissement et leur performance.

— Ils nous ont donné une belle leçon de vie ! s'exclama-t-elle d'une voix forte.

Tous s'accordèrent sur ce point et apprécièrent ces instants de partage qui s'offraient à eux. Hannah profita de l'occasion pour rappeler à tous qu'elle les attendait au palais de justice afin de les inscrire sur les listes électorales. Chacun acquiesçait avec le sourire et l'envie de lutter qui leur était subitement apparue impérieuse ce soir-là.

Un vent nouveau s'élevait.

Des rires, des chamailleries, des discussions passionnées ponctuées de quelques pleurs retentissaient sous les guirlandes. Mary et June se mêlaient à tous ; il n'y avait plus aucune appréhension de part et d'autre. Les deux femmes avaient les yeux brillants de bonheur. Cette réception était un succès pour le Freedom Summer Project, bien au-delà d'une simple représentation théâtrale.

Quelques heures plus tard, alors que la soirée touchait à sa fin, les convives s'en allèrent. Mary serra un à un les enfants de Janice, qui lui sautèrent dans les bras en l'embrassant ; cet instant représentait sa plus belle réussite. Dans les yeux de ces enfants du Mississippi, la crainte et la méfiance avaient été remplacés par de la joie pure.

Puis, de nouveau à six, ils entreprirent de nettoyer les lieux. Mary et Lisa débarrassaient les plats, June faisait la vaisselle tandis qu'Edris, Doug et David essuyaient le tout. Une belle équipe s'était créée cet été-là, unissant des personnalités différentes, mais complémentaires, permettant à chacun de s'accomplir et de s'impliquer un peu plus. C'était leur dernier instant dans cette maison, tous réunis dans le Mississippi. Mary et Edris repartiraient deux jours plus tard.

— Je n'ai aucune envie de retourner chez moi, confia-t-elle à Lisa, je suis dans une parenthèse de ma vie que je trouve formidable et, étrangement, apaisante. J'appréhendais de venir, et aujourd'hui, j'appréhende de repartir.

— Tu me manqueras et j'espère sincèrement que nous garderons contact, répondit Lisa en lui prenant le bras.

— Bien sûr, nous nous écrirons, et qui sait, peut-être qu'un jour tu ajouteras mon roman à ta bibliothèque, lui dit Mary d'une voix déterminée et les yeux pleins d'espoir.

— J'en suis persuadée, Mary, et n'oublie jamais, quoi qu'il arrive, de trouver ta lumière, celle qui animera ton âme.

Sur cette dernière parole, Lisa saisit la main de Mary et les deux femmes se regardèrent un long moment. Il n'y avait aucun mot à ajouter.

C'est ainsi que, ce soir-là, dans une émotion palpable, les adieux commencèrent. June, de son côté, avait pris la décision de rester plus longtemps dans le Mississippi et de s'installer avec David. Elle enlaça fort Edris en guise d'au revoir. Le combat qui restait à mener serait encore long, tous les deux le savaient. Edris était fier d'elle et du courage qu'elle avait d'entreprendre un tel changement de direction. Choisir et risquer de rester. Pour ce combat. Pour David. Envers et contre tous. Avec envie, il l'admirait.

Cette nuit-là, Lisa, Mary, Doug et Edris dormirent chez Margaret. Le lendemain soir, Edris voulut explorer une dernière fois la bibliothèque de Margaret. L'histoire d'Ed et Batsy ne quittait plus son esprit. Il aurait tant aimé trouver un autre carnet d'Alice pour connaître la fin de leur aventure !

Après une demi-heure de fouilles, il perdit espoir. Certains de ces livres étaient couverts de poussière et dégageaient une forte odeur d'humidité. Ces notes ne devaient plus exister. S'il avait existé d'autres journaux, ils avaient sans doute disparu dans l'incendie de l'église. Il tournait en rond et se prit la tête entre les mains. Il savait qu'Ed et Batsy s'étaient enfuis vers le Nord, mais il n'avait aucune idée d'où ils venaient ni ce qu'il était advenu d'eux. Il désespérait de ne le savoir jamais.

À cet instant, Mary parut dans l'embrasure de la porte.

— Tu m'as l'air bien pensif, Edris, c'est le retour qui te perturbe ? demanda-t-elle en pénétrant dans la pièce faiblement éclairée.

— J'aimerais tant connaître la suite de cet amour entre Ed et Batsy, savoir ce que sont devenus ces gens qui les ont aidés. Bien qu'Ed ait été le fruit d'un viol et que rien au monde ne peut effacer cette atrocité, il a été choyé et aimé par d'autres Blancs qui désiraient sincèrement son bien. Moi-même, j'ai grandi en me méfiant des Blancs. Ma mère m'avait inculqué cette crainte. Jusqu'à ce que je me forge ma propre opinion.

— Je ne connais pas ta mère, mais à t'entendre, elle semble avoir un avis bien arrêté sur le mélange des couleurs, tout comme mes parents probablement et tout comme une grande majorité de notre monde au final, dit-elle d'un air résigné avant d'ajouter : Et ton père, il en pense quoi ?

— Je n'ai jamais connu mon père. Il a abandonné ma mère quand nous n'étions encore que de jeunes enfants. Elle a dû se battre pour nous chaque jour sans l'aide de personne. Elle est tout ce que j'ai et je refuse de la décevoir.

Mary resta pensive à ces paroles. Petit à petit, elle assemblait les éléments manquants. Cependant, elle n'eut pas le temps de lui répondre car Lisa fit irruption et s'installa dans un fauteuil à côté d'eux. Mary prit place à son tour sur une vieille banquette qui grinça, et Edris s'assit à côté d'elle. Elle entreprit de percer la fin du mystère.

— J'ai trouvé un cahier évoquant les souvenirs d'une femme, dit-elle à l'intention de Lisa. Avec Edris, on a été saisis par ce qu'il révélait. Je me disais que, peut-être, tu en connaissais davantage sur son histoire.

— Un carnet ? De quel carnet parles-tu ? questionna Lisa, intriguée par cette révélation.

— Du carnet d'Alice.

— Alice Harris ? s'étonna Lisa.

Edris se redressa vivement et Mary, en voyant son regard s'illuminer, reprit :

— Tu la connais ? demanda-t-elle, une pointe d'excitation dans la voix.

— Bien sûr, enfin pas personnellement, mais cette maison lui appartenait, confirma Lisa en souriant.

— Je ne comprends pas, il me semblait qu'elle appartenait à ta famille ? questionna Edris.

Reprenant espoir, il saisit la main de Mary et s'y cramponna. Lisa observa le geste d'attention d'Edris pour Mary et parut étonnée. Elle n'avait rien vu du rapprochement de ces deux êtres. Mais, ne voulant pas être indiscrète à ce sujet, elle répondit d'un ton neutre :

— Maintenant, oui. Mais il y a cent ans, c'était la maison d'Alice Wikson-Harris. Mais, racontez-moi ce que vous avez découvert.

Mary joignit ses deux mains sur ses genoux, puis se lança :

— Parmi les livres sauvés de l'incendie, j'ai trouvé un de ses carnets, où Alice relatait toutes les fois où des esclaves en fuite venaient frapper à sa porte et qu'elle et son mari ont aidés. Ed et Batsy sont deux noms mentionnés régulièrement. Ils s'aimaient et ils ont tout tenté pour être ensemble, dit Mary, une émotion palpable dans la voix. Je dois avouer que lire une telle histoire m'a donné foi en l'amour.

— En effet, Ed a tout risqué pour avoir la chance de vivre son amour librement…, déclara Lisa, qui comprenait que cette histoire avait pu faire rêver Mary et Edris. Malheureusement, ça s'est mal fini pour Ed.

— Tu en sais plus ? s'exclama Mary, le cœur battant et serrant plus fort la main d'Edris.

Lisa raconta alors ce qu'elle-même avait lu dans les notes d'Alice aujourd'hui disparues. Elle décrivit le parcours d'Ed, de son enfance à sa fugue, et son passage par cette maison. Edris et Mary, prenant conscience de l'importance du lieu dans lequel ils se trouvaient, observaient religieusement les murs, le plafond, le sol, les bibliothèques.

— Mais toi, comment se fait-il que tu occupes l'ancienne maison de cette Alice Harris ? demanda Mary, intriguée.

— Pendant son séjour ici, Ed parlait souvent de ses amis Abraham et Minnie. Son désir était de racheter leur liberté un jour. Au décès d'Ed, Alice s'est promis d'accomplir sa dernière volonté. Malheureusement, la vie dans le Mississippi était pleine d'incertitudes et peu favorable aux esclaves, même affranchis. Abraham avait été vendu à la suite de la fugue d'Ed et Batsy. Alice a tout de même réussi à acquérir Minnie et elle a fait d'elle une femme libre en l'affranchissant officiellement. D'un commun accord, Minnie s'est donc installée ici et s'occupait de la maison. Puis la guerre de Sécession a éclaté et Paul Harris a été assassiné par des habitants du coin qui n'ignoraient pas ses convictions. Alice et Minnie, désormais seules, ont vécu toutes les deux pendant de longs mois. Alice ne s'était jamais remise de ce qu'elle avait fait infliger à une esclave nommée Rose et, en apprenant son décès, a peu à peu perdu la raison. À la fin de la guerre, Abraham a recherché Minnie. Ses efforts et sa patience ont été récompensés car il l'a retrouvée chez Alice. Ils se sont mariés et ont vécu dans cette maison où ils ont pris soin d'Alice. De leur union est née une fille qui a eu une fille. Cette fille est ma mère Margaret. Et nous sommes toujours restés ici.

— Comment est mort Ed ? interrogea Mary qui s'était arrêtée sur cette seule information.

Margaret, qui était entrée dans la pièce depuis un moment, se proposa pour raconter la fin de l'histoire. La vieille femme remonta le fil de ses souvenirs, et relata comment Ed avait été assassiné, près de la rivière Ohio, à l'aube de sa liberté, par un célèbre chasseur de primes nommé Russell.

Edris écoutait le récit de Margaret et la fixait d'un regard empreint de gratitude. Mary, en apprenant les détails de cet assassinat, eut la gorge nouée.

— Ed est décédé et Alice n'a jamais su ce qu'est devenue Batsy, si elle avait survécu à cela ou non. Elle a légué tous ses biens à mes arrière-grands-parents. Dans la grange, vous pouvez encore trouver l'ancre du capitaine Harris, le mari d'Alice, qui était posée dans le jardin, à l'entrée de la maison, et qui servait de repère aux esclaves en fuite.

— Une dernière question me vient à l'esprit, dit Mary qui pensait alors de nouveau comme la journaliste qu'elle était. Qui était cette Rose mentionnée à plusieurs reprises ?

— Rose était l'amie d'enfance d'Alice. Elle a tenté de s'échapper, un jour, sur ses conseils, mais elle s'est fait rattraper et elle a été sévèrement battue pour cela. Elle en a perdu l'usage d'un bras et d'un œil…

— C'est horrible, murmura Mary, les larmes aux yeux.

— Jamais je n'aurais pensé qu'en venant ici le passé m'importerait autant, souffla Edris.

— Le destin fait se rencontrer les gens pour une bonne raison, reprit Margaret d'une voix pleine de sagesse, son regard pénétrant se posant sur Edris. Alice a porté, toute sa vie, sur sa conscience, le mal qu'elle pensait avoir fait à Rose en l'incitant à fuir. Alors que Rose, qui estimait avoir agi sur sa propre décision, ne lui en a jamais voulu. Mais, à cause de ce fardeau, Alice a offert à d'autres tout son amour et son aide précieuse. Certaines rencontres et certaines décisions sont comme des balises dans une épaisse forêt, elles nous montrent où sont les chemins, mais aussi qu'il est toujours possible d'en emprunter un autre que celui qu'on pense nous être destiné.

— Merci, bégaya Edris, merci pour tout.

***

Edris et Mary repartaient seuls et, sans un mot, avancèrent jusqu'au parking situé en contrebas de l'allée. Une chaleur pleine de ces souvenirs d'été les enveloppait. Mary ne se sentait plus si légère à son côté. Son cœur pesait de plus en plus. Elle savait que leur retour serait compliqué. Même si tout son être espérait qu'Edris la choisisse pour femme, elle n'osait plus en parler, plus y croire. Elle pressentait que la chute serait terrible et brutale. Une chute qu'elle ne pouvait malheureusement pas contrôler. Comme beaucoup d'autres qui avaient vu leur histoire d'amour brisée au moment où ils se pensaient invincibles… Pensive et tourmentée, elle ne comprenait pas le sens de cet amour.

Edris marchait juste devant elle, pourtant elle le sentait s'éloigner. Petit à petit, elle le perdait, alors qu'elle avait cru qu'il serait l'homme de sa vie. Il s'éloignait en emportant avec lui son espoir et le bel avenir qu'elle s'était imaginé auprès de lui. Les étoiles de cette nuit d'été tombaient une à une, éteignant toutes les lumières qu'elle portait en elle.

De son côté, Edris sentait la détresse de Mary et cela le rongeait tout aussi vivement. Même si elle en doutait à chaque instant, il partageait son amour et sa peine. Une pensée l'avait traversé plus d'une fois durant ces deux mois : ils ne s'étaient pas rencontrés au bon moment, ou dans la bonne vie.

Arrivés à la voiture, ils s'installèrent tous deux à l'arrière du véhicule afin de laisser passer l'émotion. Mary détournait son regard qui se perdait dans le paysage, luttant ainsi pour retenir son chagrin. Edris se rapprocha d'elle et colla sa tête contre ses cheveux. Il s'imprégna, durant ces secondes, de son odeur. Puis il l'enlaça tendrement et approcha son visage du sien. Soudain, Mary sentit une larme sur sa joue. Mais cette perle d'eau ne venait pas de ses yeux. Alors elle lui fit face et blottit enfin sa tête contre son torse. Elle le pressa de toutes ses forces pour lui transmettre tout son amour. L'un contre l'autre, défiant la vie et le temps encore une fois.

Columbus Journal Libre

31 août 1964

L'été de la liberté : l'heure du bilan

Meurtres, violences, destructions, mais pas que !

L'été de la liberté touche à sa fin et les centaines de volontaires vont repartir chez eux. Il est temps de se demander si leur venue a été nécessaire. Malheureusement, un triste bilan humain, mais aussi économique, peut être dressé à la suite de cette campagne. Quatre personnes y ont laissé la vie et des dizaines d'autres ont été passées à tabac. Ce n'est pas moins de 1 000 arrestations qui ont été enregistrées. Sans compter les dizaines d'églises, de magasins et de maisons qui ont été détruits. Tout cela signant définitivement les traditions de violence et de haine qui perdurent depuis des décennies dans le Mississippi.

Mais c'est aussi plus de 15 000 citoyens noirs qui se sont inscrits auprès des tribunaux durant l'été et des milliers d'enfants qui ont découvert leur histoire et leur héritage culturel. Et ce sont ces derniers chiffres qu'il faut retenir afin que ce combat continue.

Bon nombre de bénévoles rentrent chez eux bouleversés par cette campagne et il est certain que ce qu'ils ont vécu ici restera pour eux, en eux, une des expériences les plus fortes qu'ils auront vécues. Cela modifiera probablement leur choix d'avenir et la route qu'ils comptent suivre désormais.

À tous les enfants, à toutes les femmes et à tous les hommes qui ont marqué de leur empreinte cet été de la liberté, merci d'avoir également marqué mon âme.

Mary L.

38

« Parfois on regarde le ciel, on fixe une étoile et on pense à une personne, c'est ça le manque. »
Anonyme

Automne 1859, Ohio

Désormais seule à l'abri dans un fourré, Batsy était allongée à même le sol, comme une bête, n'attendant plus qu'une chose, la mort. Elle était épuisée, affamée et gelée. La plaie qu'elle avait au bras la brûlait, mais au-delà de ces douleurs physiques, son âme découvrit une douleur qu'elle ne connaissait pas. Elle venait de le perdre, lui, son unique compagnon, son amour, son ami, son étoile, son âme sœur.

Elle avait dû continuer, car elle le lui avait promis, elle avait couru aussi vite que ses jambes lui avaient permis de le faire. En traversant des ruisseaux et des marécages pour effacer ses traces comme Ed le lui avait appris. Et même quand ses muscles l'avaient quittée, sa tête l'avait forcée à continuer. Il aurait été fier d'elle, elle en était certaine. Fier de cette force qu'elle avait trouvée pour lui. Mais à bout de tout, elle s'était recroquevillée dans ce sous-bois.

Pendant toute cette course, elle n'avait pensé à rien d'autre qu'à sa promesse, s'enfuir pour lui et pour l'enfant qu'elle portait. Désormais, elle n'entendait plus rien, ni le jappement du chien, ni les cris des hommes. Il n'y avait que ce silence accompagné du souffle du vent dans les feuillages et quelques bruissements d'animaux. Dans ce néant, elle poussa un cri de douleur, un cri venant des profondeurs de son âme, un cri déchirant qui recouvrit ceux de la forêt. C'était son être tout entier qui hurlait en grelottant, puis un flot de larmes jaillissant par spasmes couvrit son visage. Elle murmurait son prénom et suppliait « Ed je t'en prie, reviens-moi ». En un éclair, elle venait de perdre sa lumière et pensait fermement qu'aucun autre soleil ne pourrait éclairer de nouveau son ciel. Son corps l'abandonna et ses yeux se fermèrent.

Quand elle revint à elle, la nuit était tombée. Son premier réflexe fut de tâtonner près d'elle pour chercher Ed à son côté, mais la douleur la transperça à nouveau. Brusquement, tout lui revint en tête. Elle bascula d'avant en arrière et ses larmes recommencèrent à couler.

Au bout d'un long moment, ses yeux embrumés s'ouvrirent. Sa vision mit du temps à s'éclaircir puis, enfin, elle aperçut l'étoile de la liberté. Fixe, étincelante, un appel des cieux pour continuer d'avancer. Dans un second temps, son regard chercha une autre étoile. La plus précieuse d'entre toutes. Elle se tenait là, toujours si petite, mais il lui sembla qu'un scintillement la faisait briller un peu plus fort.

— Ed Ba, murmura-t-elle.

Son cœur était brisé, cependant, elle trouva la force de se redresser et se mit en route. Elle devait finir l'unique chose qu'il attendait d'elle. Seule, dans ces bois, la peur s'empara d'elle. Les ombres lunaires et le vent ne la rassuraient guère. Le bruit des chouettes la faisait sursauter, mais elle fixa le nord et continua. Elle devait trouver la rivière Ohio.

Son périple dura plusieurs jours. Dormir la journée, pleurer, avancer la nuit, pleurer, manger quelques fruits cueillis ici ou là sur son chemin, pleurer encore, mais elle poursuivait. Les vêtements qui lui avaient été donnés se transformaient peu à peu en haillons. Elle marchait pieds nus après avoir perdu une de ses chaussures lors de sa fuite.

Ce soir-là, sans lune éclairant la terre, sans repère étoilé, elle crut qu'il était temps de tout abandonner, de se laisser mourir. Elle s'était allongée au sol tout en fermant les yeux et attendit d'être enveloppée, à son tour, par le voile glacé de la mort. De longues minutes s'écoulèrent ainsi et, quand elle sentit enfin ses dernières forces la quitter, un nouvel éclair jaillit en elle et l'obligea à se relever et à affronter son destin. Pour la première fois, elle venait de ressentir des petits mouvements en elle, comme des petites bulles d'air qui s'élevaient de son ventre pour atteindre et apaiser son cœur, lui rappelant qu'une personne avait encore besoin d'elle. Cette sensation unique lui permit de retrouver de l'énergie.

Elle ne pouvait pas décevoir Ed, ni ce bébé qui était le fruit de leur amour. Ce sentiment maternel qui envahissait son corps balaya toutes les autres émotions et lui donna la force de se battre.

Enfin, Batsy découvrit, émerveillée, une large rivière qu'elle devina être l'Ohio. De l'autre côté, elle savait qu'elle trouverait de nombreux quakers amis dont certains faisaient partie du chemin de fer clandestin. La jeune femme reprit un peu espoir et accéléra le pas. Mais comment allait-elle traverser le courant ? Elle longea la rive, cachée sous la couverture végétale, tout en percevant des lumières au loin – elle était proche d'un lieu habité. Batsy hésitait tout de même à poursuivre, craignant une mauvaise rencontre, mais quand elle aperçut une barque, tel un nouveau signe d'espoir, elle se dirigea vers elle.

Le petit bateau était attaché à un morceau de bois. Elle retira la corde et, après avoir poussé l'embarcation dans l'eau, elle y grimpa. Elle n'avait jamais manœuvré un tel engin et le vent la fit pivoter sur elle-même en même temps que le courant l'entraînait. Néanmoins elle s'agrippa à des branches qui pendaient de la berge et se dit qu'il était toujours temps de descendre et d'attendre une autre solution sur le bord. Mais son instinct la poussa à prendre le bout de bois et à commencer à ramer. Une fois à gauche, une fois à droite, comme dans ses souvenirs d'enfance où les gamins jouaient dans les embouchures du fleuve Mississippi.

À mi-chemin, elle leva la tête vers le ciel, non plus pour observer l'étoile Polaire, mais pour embrasser du regard la sienne désormais. Son attention retomba sur la rivière quand elle entendit au loin des bruits de sabots, mais elle était incapable de déterminer de quel côté de la rive ils provenaient. Elle s'allongea dans la barque afin que personne ne puisse la voir.

Au même moment, le vent apporta de gros nuages noirs qui assombrirent l'atmosphère, rendant difficile toute perception visuelle. Batsy en fut terrifiée, mais elle se rassura bien vite : ainsi, aucun chasseur de primes ne pourrait la voir. Le tonnerre vrombit et la pluie s'abattit. Le clapotement de l'averse à la surface de la rivière tétanisait Batsy qui se cramponnait de toutes ses forces aux planches vermoulues du canot. La jeune femme apeurée priait pour que sa barque ne se retourne pas.

Cette traversée ne ressemblait en rien à celle du fleuve Mississippi. Ici, Batsy ressentait chaque mouvement de la rivière en dessous de son ventre. Elle ferma les yeux et attendit, apeurée. Dès que la pluie se calma et qu'elle ne perçut plus aucun son, elle reprit sa besogne. Elle rama le plus vite possible afin d'atteindre l'autre rive, ignorant la douleur lancinante dans son bras.

Quand elle toucha enfin la terre, ses pieds s'enfoncèrent dans la boue. Elle s'extirpa le plus rapidement possible du bateau et sauta sur le sol. Alors, exténuée mais envahie par un soulagement immense, elle s'allongea en embrassant cette terre si longtemps espérée. Elle avait réussi !

Dès l'instant où elle aperçut les premiers éclats du jour, elle courut se réfugier dans les fourrés les plus proches, comme elle avait maintenant l'habitude de le faire…

***

Comme chaque matin, Elizabeth commençait sa journée à l'étable où elle trayait les vaches. Après avoir rempli deux seaux de lait, elle retourna vers la cuisine et, pour cela, elle devait traverser la cour. Ses sabots se traînaient dans la terre, soulevant ainsi une masse de poussière. Elle posa les récipients au sol et passa une de ses mains dans ses cheveux. Sa chevelure était recouverte d'un carré de tissu blanc et elle portait une longue robe bleue protégée par un tablier. La peau de son visage était fine et pâle, faisant ressortir ses prunelles ambrées et ses longs cils bruns. Ses mains n'étaient pas aussi douces que les mains des femmes blanches du Sud. Elles étaient marquées par les nombreuses tâches qu'elle accomplissait chaque jour dans sa maison.

D'où elle se tenait, elle entendait les flots de la rivière Ohio. En ce milieu d'automne, les feuilles s'étaient parées de jaune, d'orangé, puis de rouge, et des gouttes d'eau tombées cette nuit-là y perlaient encore. Après avoir humé l'air rafraîchissant du matin, elle serra son châle autour de son cou. Au moment où elle se baissa pour ramasser ses seaux de lait, son regard s'arrêta sur un mouvement derrière les feuillages.

— Tu peux sortir, ici tu ne crains aucun mal, dit-elle d'une voix douce et rassurante. Allez, viens…

Elizabeth était habituée à recueillir des esclaves en fuite. Son mari était un ami fidèle de la cause noire et leur maison un lieu de passage connu, une station du fameux chemin de fer.

Devant l'absence de réponse, Elizabeth pensa qu'il s'agissait peut-être seulement d'une bête errante quand, soudain, elle la vit sortir des fourrés. Un silence s'installa. Elizabeth détailla d'un rapide coup d'œil l'esclave devant elle. C'était une femme seule dont le ventre commençait à s'arrondir. Ses vêtements étaient en lambeaux, de la boue recouvrait une partie de ses jambes. Elle semblait terrifiée, fatiguée, et assoiffée, mais ce qui marqua le plus Elizabeth fut ce regard d'un noir intense empreint d'une profonde tristesse.

Lentement, Elizabeth s'approcha de l'esclave et lui tendit un seau. Batsy accepta le lait et but d'un trait à s'en étouffer. Elizabeth lui prit la main et l'accompagna dans la maison où son mari, Henry, d'un geste adroit, tirait les charbons recouverts de cendre afin de raviver le feu. Il faisait chauffer du café et de l'eau pour le petit déjeuner. C'était un homme respecté dans le comté où il tenait un magasin qu'il avait développé depuis sa création. Il avait commencé par y vendre des produits secs d'épicerie et, face à une demande accrue, avait pu enrichir son commerce de divers matériels et de produits frais. Son activité rapportait de bons bénéfices, ce qui permettait à sa famille de vivre convenablement.

— Henry, je vais avoir besoin de toi, dit Elizabeth en poussant la porte.

À ces mots, il comprit qu'un ou plusieurs esclaves venaient d'arriver. Ils avaient pour habitude de se présenter la nuit avec « un chef de train » qu'il connaissait, mais parfois certains venaient seuls. Henry, en découvrant l'état de Batsy, s'affola.

— Va la nettoyer tout de suite, je vais chercher le docteur Bradford, décida-t-il, un soupçon de panique dans la voix.

La maison d'Henry et Elizabeth était la maison du quartier où venaient se réfugier un bon nombre de fugitifs, l'espace d'une nuit, d'une semaine ou plus si leur état de santé le nécessitait. Leur ville était située sur plusieurs « lignes du chemin de fer » et ils ne savaient jamais à quelle heure de la nuit ils pouvaient être réveillés par la venue d'un ou plusieurs esclaves. Il n'y avait pas de signal qui annonçait une nouvelle arrivée. La locomotive entrant en gare ne sifflait pas et ne crachait pas de fumée, elle surgissait furtivement de la nuit dans un murmure. Il n'y avait ni saison ni temps idéal : juste un wagon et ses fugitifs.

Pour ce couple de fervents croyants, il ne faisait jamais trop chaud ou trop froid, l'heure du réveil n'était jamais trop tôt, et la nourriture ne manquait jamais pour soutenir ces hommes et femmes. Malgré les lois qui se durcissaient dans l'ensemble du pays et qui punissaient désormais ceux qui venaient en aide aux esclaves en fuite, malgré la pression des pro-esclavagistes, malgré les nombreuses menaces, Henry et Elizabeth œuvraient comme il leur semblait juste de le faire. Ils croyaient, par-dessus tout, que tous étaient égaux devant Dieu. Et Dieu, jusqu'à présent, les avait toujours accompagnés.

Le docteur Bradford était également un ami qui défendait la cause. Il ne recevait pas d'esclaves, mais se déplaçait volontiers pour les soigner.

Batsy avait pu se laver et elle se reposait à présent dans la chambre mansardée en haut de la maison. Elle était trop faible pour parler et sa peau était brûlante. Il fallait d'urgence faire descendre la fièvre pour le bien du bébé. Le docteur commença par soigner ses différentes plaies et les pansa. Puis il donna des directives au cas où la situation empirerait.

Les jours passèrent et, au fil du temps, Batsy reprenait des forces. Mais elle ne parlait toujours pas. Elle s'était murée dans un silence complet, ce qui inquiétait Elizabeth. Cette dernière prenait soin d'elle, mais elle était intriguée par cette souffrance assombrissant son regard. Chaque matin, en lui apportant son petit déjeuner, elle s'apercevait, à la vue de ses yeux gonflés, que la jeune femme avait encore pleuré une bonne partie de la nuit.

— Ton ventre s'arrondit de plus en plus, j'attends le jour où Dieu m'offrira ce présent, lui confia-t-elle.

Batsy, pour la première fois, leva ses pupilles d'un ébène profond et les planta dans ceux d'Elizabeth. Elle trouvait dans cette femme blanche une humanité qu'elle n'avait jamais perçue auparavant. Les femmes lui avaient toujours paru cruelles entre elles, pourtant Elizabeth était pleine de bonté. Cela se ressentait dans toutes ses attentions, ses paroles et tous ses gestes tendres. Il y avait bien eu Mme Harris, mais cette dernière se préoccupait surtout d'Ed qui était son protégé, et non d'elle. Elle lui sourit, c'était son premier sourire depuis qu'elle avait perdu Ed. Ce sourire la réchauffa et lui brisa le cœur en même temps. Constater qu'elle pouvait encore le faire alors qu'elle avait perdu sa raison de vivre lui fut difficile à accepter. Avait-elle le droit d'être heureuse après tout ça ? Elle ne le pensait pas, mais d'une voix étranglée, elle lui répondit :

— Je vous le souhaite aussi… Merci pour tout.

C'est ainsi, dans cette pudeur partagée, que les deux femmes commencèrent à s'apprivoiser.

39

« Oh ! qu'il est cruel d'aimer alors qu'on est séparé de l'être que l'on aime. »
Victor Hugo

Août 1964, Mississippi

TOUT L'ÉTÉ, Edris avait été tiraillé entre cet amour unique qu'il portait à Mary et les interdits de sa famille. Assumer son choix devant sa mère lui avait paru impossible. Loin de toutes ses obligations, le jeune homme avait eu la force d'écouter son cœur et avait cru qu'il pourrait suivre la voie que son destin lui proposait. Malheureusement, durant cette fin d'été, il avait souvent pensé qu'il n'aurait pas le courage d'assumer cet amour dans sa réalité quotidienne. Son histoire familiale étant bien trop lourde pour qu'il la fasse supporter à une autre personne.

Mais cette nuit-là, le soir de leur retour, il avait compris que son bonheur serait auprès d'elle et il décida fermement qu'il ne passerait pas à côté. Qu'importaient l[es] conséquences. C'était à son tour de faire des choix [qui] donneraient du sens et du goût à sa vie. Aussi, après qu furent passés faire leurs adieux à Doug et Lisa, Edris avait pris la route jusqu'au moulin.

— Que faisons-nous là ? s'étonna Mary.

— Nous n'allons tout de même pas rentrer chez nous sans dire au revoir à notre sanctuaire, lui répondit-il avec un sourire espiègle.

Mary s'aventura, une dernière fois, sur cette pente qui la reliait à cet endroit où elle s'était toujours sentie vivante. Quelques pas derrière elle, Edris observait sa silhouette qui semblait s'élever vers le ciel. Ses yeux brillaient de bonheur. Il avait tant à lui dire ce soir. S'élançant à son tour, il la rattrapa et enlaça sa taille pour l'aider sur la fin de leur courte ascension. Arrivés en haut de la colline, ils furent happés par un léger vent qui frappa leurs visages et s'infiltra en eux comme un souffle de bonheur inattendu. Un sentiment de liberté les envahit tour à tour. Les ailes du moulin pointaient les différentes merveilles du paysage, l'obscurité céleste de nouveau parsemé d'étoiles, le fleuve qui courait vers l'horizon, la nature féerique qui les entourait et ces deux âmes venues de deux mondes distincts, mais qui, en s'étreignant, ne formaient qu'une. Edris plongea un regard empli de tendresse dans celui de Mary. De ses mains, il encercla son visage.

— J'ai beaucoup réfléchi à nous, à notre avenir…, commença-t-il sous les yeux tristes de Mary. Ce soir, je suis certain de mon choix et j'aimerais savoir, quand nous serons demain dans l'Ohio, si tu accepterais de devenir ma Ba ? demanda-t-il enfin d'une voix tremblante qui la fit fondre.

Sa lumière était là, devant elle, elle ne s'était pas trompée. Instantanément, elle se jeta dans ses bras. Tout son être lui hurlait un OUI qu'elle était incapable de prononcer tant sa gorge était serrée. Quand elle releva enfin son regard émerveillé vers Edris, un bruit de véhicule retentit et brisa le silence de ce moment.

Edris parut inquiet et, d'instinct, poussa Mary derrière lui tout en reculant. La voiture, une Buick rouge, dérapa brusquement au bas de la colline et s'arrêta dans un crissement de pneus. Trois hommes vêtus de blanc en descendirent. Toute la magie de l'instant venait de s'évaporer, laissant place à la peur.

— Mary, sauve-toi, va te cacher dans la trappe, s'il te plaît, supplia Edris qui voyait les hommes entamer la montée.

— Hors de question de te laisser ici. Viens avec moi.

— Si tu m'aimes, je t'en prie, vas-y, exigea-t-il d'un ton ferme en la poussant vers le moulin.

Mary se dégagea et contourna le moulin afin d'y accéder. Son cœur battait à tout rompre. Sans un bruit, elle se faufila dans l'obscurité du lieu et réussit à retrouver la trappe. Effrayée, elle pénétra dans la cachette et attendit.

— Alors, le nègre savant, après les foutues écoles de la liberté, on s'octroie du bon temps avec une traînée de blanche ? pesta un des hommes tout en crachant au sol.

— Où se cache-t-elle ? Elle a détalé bien vite, ta copine ! Court-elle dans les herbes ou est-elle là-dedans ? ricana un autre en entrant à son tour dans le moulin.

Edris tressaillit. En cet instant, il n'avait pas peur pour lui, mais pour elle. Seulement pour elle.

— Maryyyy, où es-tu ? Je vais te trouver et te montrer ce qu'est un homme, lança l'homme en faisant craquer une allumette pour éclairer l'intérieur.

Terrée dans son trou, Mary entendit ses paroles et se recroquevilla sur elle-même. Elle était tétanisée de se retrouver face à ces monstres qui, sans qu'elle ne sache comment, connaissaient son prénom. Elle crut reconnaître la voix de l'adjoint du shérif, Martin, mais la peur faussait toutes ses impressions.

— Y a rien, là-dedans ! cria de nouveau l'homme en soufflant sur la flamme et en jetant le bâtonnet au sol.

De son côté, Edris faisait face aux hommes se tenant devant lui et réfléchissait à toute allure aux options qui s'offraient à lui. Il pouvait courir et rejoindre sa voiture, mais s'il faisait cela, Mary demeurerait seule ici. Il était hors de question qu'il l'abandonne, pas maintenant, quand une nouvelle fois elle lui avait accordé une confiance aveugle. Parler avec eux et essayer de les convaincre de quoi que ce soit serait inutile, il le savait. Il resta debout sans bouger, comme un condamné attendant son triste sort, mais en songeant, soulagé, qu'au moins ils n'avaient pas trouvé Mary. Et cette pensée le rassura. Soudain, un des hommes en blanc lui colla un violent coup de batte de base-ball dans le ventre qui le fit se plier en deux. Edris se redressa rapidement et se jeta contre son agresseur pour le prendre au dépourvu. Les deux hommes roulèrent au sol et, agrippés l'un à l'autre, descendirent à toute vitesse le talus sous les railleries des deux autres.

— Flanque-lui une bonne leçon ! cria l'un d'eux tout en les rejoignant.

Edris réussit à prendre le dessus et lui asséna de bons coups de poing sous les commentaires haineux de ses camarades. D'un bond, le second homme, qui était maintenant à leur hauteur, sauta sur Edris pour dégager son ami. Ce dernier, déboussolé, sortit un couteau de sa veste. Et, dans un geste désespéré, le planta dans le ventre d'Edris avant de le retirer précipitamment. Edris eut le temps de sentir la lame froide et aiguisée transpercer sa chair.

— Tirons-nous, il a eu ce qu'il méritait, cria le plus grand en repartant vers leur véhicule.

Les deux autres lui emboîtèrent le pas et le silence retomba sur la colline au moulin.

Quelques instants plus tard, Mary entendit le moteur de la Buick vrombir et la voiture s'éloigner. Elle se risqua enfin à sortir de sa cachette et chercha Edris. Paniquée de ne pas le voir, elle s'avança au bord de la butte. Ses yeux virent en premier les ruines de l'église récemment brûlée, puis se dirigèrent en contrebas, où elle le vit.

— Edriiiis ! hurla-t-elle en accourant vers lui.

Edris leva les yeux et sourit en la fixant. Il eut à cet instant l'impression de voir un ange descendre du ciel. Elle allait bien et c'est tout ce qui comptait pour lui.

— Mon Dieu, tu saignes ! dit-elle, affolée, en s'approchant de lui.

— Je…, commença-t-il quand, soudain, il vit un éclat de lumière transpercer l'obscurité du ciel.

Il sentit la terre se dérober sous ses pieds. Lentement, il sombrait, les membres tremblants et les mains cramponnées à son bas-ventre. L'amour de sa vie demeurait là, près de lui. Et, dans un lointain murmure, il percevait le cri déchirant de sa voix. Deux regards, empreints de tristesse, à la croisée de leur destin, s'échangèrent une dernière fois. Il aurait voulu assécher les larmes qui se déversaient sur ses joues pour les emporter avec lui. Malheureusement, il ne le pouvait pas. Désormais, il n'était plus qu'un triste soleil s'inclinant en silence. À l'aube de sa mort, il s'envolait, lourd de regrets, sans lui avoir dit qu'elle seule avait su rallumer les étoiles de son cœur noirci. Dans un ultime souffle, il parvint à lui susurrer qu'il l'avait toujours aimée, afin qu'elle ne l'oublie jamais…

40

« Mais comment t'oublier quand tout ce que je vois,
tout ce que j'entends, tout ce que je crois,
tout ce que je sens me fait penser à toi. »
Anonyme

Hiver 1860, Ohio

CHAQUE NUIT ÉTAIT DOULOUREUSE, Batsy retrouvait Ed dans chacun de ses rêves et, chaque fois, le réveil était un déchirement de l'âme. Deux types de songes la hantaient. Dans le premier, ils fuyaient jusqu'à épuiser toutes leurs forces. Elle ne savait plus à qui ils voulaient échapper, mais ils couraient, se cachaient et elle ressentait cette même boule d'angoisse au creux de son ventre. Elle éprouvait une sensation de mal-être profond. Le second rêve était plus dur encore : Ed la rejoignait et elle pouvait enfin le serrer fort dans ses bras, l'embrasser, le sentir, lui parler, mais la réalité les happait férocement et tout disparaissait dans un nuage de fumée. Puis, elle errait, de nouveau seule dans un paysage vide.

Chaque période de sommeil se déroulait de la même façon, sans repos, sans répit. Elle sursautait et se réveillait allongée dans son lit, ruisselante de sueur, clouée sur le matelas, sentant les battements incontrôlables de son cœur, les yeux écarquillés et réalisant avec effroi sa solitude et son manque. C'était un éternel déchirement ; elle suffoquait et ses larmes coulaient encore et encore puis, mécaniquement, elle se levait pour fixer le ciel afin d'y trouver un signe. Mais elle n'y voyait plus aucun signe, elle était seule, seule avec son chagrin, seule avec sa peine, seule avec sa douleur.

Ed lui manquait dans tout son être, dans toute sa chair. Le temps passait et emportait avec lui les souvenirs de celui qu'elle aimait et dont les traits s'estompaient peu à peu dans sa mémoire. Le souvenir de son rire résonnant à ses oreilles, celui du timbre de sa voix, de l'odeur de sa peau, de la sensation de sa peau contre la sienne. Le temps emportait ses paroles et ses promesses loin d'elle, ses « je t'aime » et ses « idem », mais en aucun cas le temps n'emportait sa peine qui, elle, lui restait fidèle et la suivait comme son ombre, du matin au soir et du soir au matin.

Elle détestait ces réveils nocturnes qui la brisaient. Elle détestait se sentir aussi seule. Elle détestait ce qu'elle devenait. Libre, mais prisonnière de son esprit. Ses pensées lui étaient toutes dédiées, et elle aurait tout donné, jusqu'à sa vie, pour retrouver son amour. Elle n'avait jamais été plus heureuse qu'à ses côtés et ce sentiment s'était envolé dans cette forêt. Le bonheur l'avait quittée, asséchant tout son être.

Batsy se battait contre ses idées noires en s'obligeant à travailler pour occuper un peu son esprit et se libérer de ce fardeau, même si tout la ramenait constamment à lui. Le matin, elle se réveillait désormais la première et partageait les tâches quotidiennes avec Elizabeth. Elle profitait des après-midi où certaines femmes du quartier leur rendaient visite pour fabriquer des vêtements. Elizabeth avait créé une société de couture afin qu'un maximum de ses amies puissent contribuer à la cause. Avec les dons, les femmes pouvaient acheter à tour de rôle du tissu. Assises sur les sofas du grand salon, elles disposaient les rouleaux de tissu qui étaient entreposés dans une remise de la maison. Chacune prenait le temps de choisir le tissu qu'elle allait coudre ce jour-là, un tissu uni ou avec des motifs, un tissu blanc ou coloré. Puis, une fois leur choix fait, elles réfléchissaient au modèle qu'elles allaient réaliser en fonction des besoins du moment : pantalon pour enfant ou adulte, chemise, veste.

Elizabeth, durant les semaines écoulées, avait transmis son savoir-faire à Batsy qui avait participé à la confection de plusieurs ouvrages. Mais, depuis peu, elle avait entrepris de faire une couverture pour son bébé. Elizabeth lui apprit à confectionner un patchwork en assemblant des morceaux de tissu les uns avec les autres.

Cet après-midi-là, entourée de ces femmes, confortablement calée dans un canapé, le ventre arrondi, elle ouvrit la boîte à couture que lui avait offerte Alice. Celle-ci était composée d'un coussinet à épingles, d'un dé à coudre argenté et de petits ciseaux. Batsy disposa les carrés de tissu avec le plus grand soin en s'imaginant, un jour, pouvoir bercer son enfant enveloppé dans cette couverture. Parmi les coupons de tissu, elle en choisit un composé d'une grande étoile et décida de la placer au centre de la couverture. Elle avait déjà cousu plusieurs morceaux entre eux et à mesure qu'elle avançait dans son ouvrage, chaque morceau lui rappelait un peu de sa propre histoire. Du noir représentant sa couleur de peau, du gris pour les fers, du blanc pour le coton, du bleu pour le Mississippi, du vert pour les forêts traversées, et cette étoile pour Ed. Désormais, elle se sentait en confiance et en sécurité auprès d'Elizabeth. Cette relation l'aidait à se reconstruire et elle lui en était reconnaissante.

Chacune était concentrée sur sa tâche quand un tapotement se fit entendre sur la porte arrière de la cuisine.

Elizabeth se leva pour accueillir deux hommes trempés, à bout de force et amaigris. Elle les accompagna rapidement dans une des chambres à l'étage afin qu'ils se réchauffent et leur fournit des vêtements secs. Aussitôt, les femmes présentes rentrèrent chez elles, laissant Batsy seule avec ses tissus. Après avoir rangé la pièce, Batsy alla préparer deux boissons chaudes pour les nouveaux arrivants. Elle rejoignit Elizabeth à l'étage qui leur faisait des lits propres. En entrant dans la pièce, Batsy reconnut immédiatement Josiah et Charles, les frères qui étaient à ses côtés lors de sa fuite avec Ed. Elle en laissa tomber le plateau au sol, brisant les deux tasses en porcelaine.

— Oh, Batsy, mais que se passe-t-il ? demanda Elizabeth en s'approchant d'elle.

Batsy, tremblante, tenta en vain de ramasser les morceaux. Mais ses mains ne le lui permettaient pas et des larmes lui montèrent aux yeux.

— Ed, Ed, Ed, murmura-t-elle.

Elizabeth n'avait jamais entendu ce nom, mais comprit qu'il s'agissait de la clé de sa tristesse. Elle pressa sa main contre son bras et de son autre bras l'enlaça.

— J'suis désolé, Ed, il, il n'est plus là, il…, il est… mort, lui répondit Charles d'une voix éteinte.

À ces mots, les jambes de Batsy la lâchèrent. Elle le sentait depuis le début, mais espérait encore secrètement qu'il aurait survécu. Elle pensait même que c'était cela qui l'avait poussée à rester ici depuis des semaines. C'était cet espoir qui lui avait permis de vivre. Aujourd'hui, elle ne savait pas où aller, elle ne savait plus comment avancer. Elle avait même oublié qu'elle avait eu une vie avant lui. Elle avait oublié la femme forte qu'elle avait été. Elle s'écroula et, une nouvelle fois, poussa ce cri sorti du plus profond de son être.

Elizabeth la serra contre elle, leurs larmes se mêlèrent, chacune prenant un peu de l'autre. Elizabeth enlevant une poignée de peine à Batsy pour la porter en elle et Batsy prenant un peu de la force d'Elizabeth pour lui permettre de tenir.

Josiah s'approcha à son tour et déposa sa main sur celle de Batsy.

— Nous avons enterré son corps dans la forêt non loin d'ici. On a fait une croix en bois sous un grand chêne.

Il t'a sauvée, Batsy, il voulait que tu vives, que ton enfant et toi viviez.

Les sanglots se muèrent peu à peu en dialogue et Batsy demanda où était leur petit frère Isaïah.

— Lui aussi nous a sauvés, commença Josiah, ému.

Il raconta ce qui s'était déroulé cette nuit-là, comment ils avaient été ligotés, puis comment Isaïah avait assommé Russell dans les bois. Le coup de feu contre Sam, l'enterrement et, enfin, comment ils étaient partis à sa recherche. Après une longue errance dans l'obscurité, ils avaient compris qu'elle resterait infructueuse. Ils étaient repartis avec Jonas, mais ils avaient fini par être piégés et repris par deux officiers.

Jonas avait été emprisonné pour avoir aidé des esclaves fugitifs et il attendait son procès dans sa cellule. Les trois frères avaient été conduits dans une des prisons à esclaves du comté le plus proche. L'ancien maître des garçons, après plusieurs semaines, était venu les récupérer. Il s'était arrêté dans une forge où il avait fait fabriquer des fers solides. Le maître avait attaché chacun des frères à un montant du chariot. L'un sur la droite, l'autre sur la gauche et le dernier à l'arrière. Il avait pris les rênes et avait fait partir ses chevaux au galop. Les trois garçons n'avaient eu d'autre choix que de courir. Mais Isaïah avait trébuché et n'avait pas réussi à se relever. Il avait été traîné sur des centaines de mètres à pleine vitesse sous les yeux de ses frères incapables de l'aider. Sa chute avait amusé le maître, bien que Josiah et Charles l'eussent supplié d'arrêter. Isaïah poussait des cris insupportables, sa peau se déchirait sur les cailloux et les ronces. Il était balancé de gauche à droite de la route, se retournait d'un côté ou de l'autre tandis que des pierres frappaient son visage jusqu'à ce qu'il heurtât un rocher plus gros que les autres, ce qui avait mis fin à son calvaire. Le maître s'était enfin arrêté et était descendu de la carriole. Il avait détaché son corps et était reparti, sans mot dire, le laissant là au bord de la route comme une bête qu'il aurait percutée.

Sur le chemin du retour, il faisait chaque soir étape dans une nouvelle auberge où il contait son exploit. Un soir d'ivresse, il était retourné à son chariot et s'était écroulé sous l'effet de l'alcool. Charles avait alors pu récupérer les clés des fers. Il s'était détaché et avait libéré son frère, et tous deux étaient une nouvelle fois parvenus à s'enfuir.

Ils savaient que, s'ils rentraient à la plantation, leur fuite servirait d'exemple et qu'ils feraient l'objet d'un châtiment terrible. Ils avaient alors rejoint les bois et continué à suivre l'étoile du Nord. Ils avaient parcouru les marécages, de la boue jusqu'aux genoux. Épuisés, ils avaient survécu en se nourrissant de baies sauvages, de mûres et de quelques noix vertes. Ils avaient traversé la rivière Ohio à l'arrière de cette maison et le destin les avait ramenés ici, chez Elizabeth et Henry.

Batsy était bouleversée ; la mort confirmée de la seule personne qu'elle avait vraiment aimée dans sa vie et le destin tragique d'Isaïah la plongèrent dans une profonde détresse. Ce soir-là, Elizabeth la borda et resta près d'elle jusqu'à ce qu'elle s'endorme, puis elle prépara à manger aux deux garçons afin qu'ils reprennent des forces. Maintenant qu'elle avait découvert une partie de l'histoire de Batsy, elle aussi alla se coucher le cœur lourd. Plus que jamais, elle se sentit déterminée à ne pas l'abandonner.

41

« Je suis assis au bord de moi et j'ai peur du vide. »
Anonyme

Automne 1964, Mississippi

LA GRANDE MAJORITÉ DES MILITANTS étaient repartis chez eux. Chacun était retourné dans sa famille et reprenait sa vie. Mais tous demeuraient marqués par cette expérience. Il y aurait toujours un avant et un après l'été 1964.

Certains avaient quitté le Nord, comme June qui pensait qu'elle pourrait apporter sa contribution à ce combat qui promettait d'être long. Elle s'était installée avec David, mais leur amour n'était pas chose facile au quotidien. Ils faisaient sans cesse l'objet de regards haineux et de menaces. Et pourtant, ni l'un ni l'autre n'abandonnaient. Aussi, ils continuaient à croire en cette histoire bénie du ciel. Qu'importait l'avis des gens. Même leurs familles respectives les avaient mis en garde. Deux personnes si différentes ne pouvaient pas être complémentaires, comme s'il fallait nécessairement se ressembler pour être heureux.

Suffisait-il de trouver un homme ou une femme d'une origine identique à la nôtre pour être épanoui ? David et June connaissaient la réponse et ils avaient décidé de se battre pour leur amour, contre tous, contre les codes d'une société et même contre leur famille. Le choix d'aimer était plus fort que tout pour eux.

Plus que jamais, ils s'investissaient dans la lutte des droits civiques. David était toujours un membre actif et tenait les bureaux dans le Sud. June, en tant que professeure, avait intégré l'école noire de leur quartier. Elle était la première femme blanche à enseigner ici. Elle était fière de ce qu'elle accomplissait et espérait pouvoir transmettre plus qu'un savoir à ses élèves, également une ouverture d'esprit et une empathie réelle à l'égard de l'autre. De plus, elle aimait travailler avec Lisa.

Cette dernière, désormais, était rémunérée pour s'occuper de la bibliothèque du centre communautaire. Elle recevait de nouveaux livres toutes les semaines et avait revu tout le classement. Maintenant, tout le monde était autorisé à les emprunter – c'était un grand pas en avant qui maintenait l'espoir dans les cœurs. Lisa poursuivait ses ateliers-lecture et s'épanouissait dans ce qu'elle faisait. Être en contact avec les enfants lui permettait de partager ce trop-plein d'amour qu'elle portait en elle en attendant qu'un nouvel ange lui soit accordé.

La jeune femme recevait régulièrement des lettres de Mary. Ce jour-là, assise dans son rocking-chair, elle en ouvrait une nouvelle.

« *Chère Lisa,*

Je te remercie de ton soutien sans faille. Edris était pour moi cette lumière dont tu m'as souvent parlé et je me demande comment avancer sans lui. J'aimerais lui rendre hommage et transmettre ce vécu, auprès de chacun de vous, qui avez bouleversé mon existence. L'impact de ce combat historique n'est pas seulement ce qu'il faut retenir de tout cela. Ce qui est important, au-delà des faits, ce sont les relations humaines qui inlassablement se font et se défont. Il est des rencontres qui chamboulent nos vies, la famille, l'amitié, l'amour, la maternité au-delà d'une couleur de peau, d'une religion, ou de toute autre différence. Ce sont ces rencontres qui se perdent dans l'histoire du temps, mais qui laissent une trace indélébile dans les cœurs. Cette expérience m'a menée près de gens qui se battent chaque jour, sans jamais se plaindre, gardant le sourire et une haute dignité quand beaucoup, dans notre triste société, passent leur temps à s'apitoyer sur des futilités. J'ai rencontré des femmes formidables, portant le fardeau de leur foyer sur leurs épaules, sans personne pour les aider. Ces femmes marquées par les épreuves de la vie n'en conservent pas moins une insouciance joyeuse et une force incroyable. Elles travaillent dur pour que leurs petits ne manquent de rien, et encore moins d'amour. Celles qui, comme toi, ont vu un enfant s'envoler, souffrent dans leur chair, leur être et leur cœur, mais cachent leur peine par pudeur. J'ai rencontré ces hommes également, ceux qui, fièrement, se mobilisent pour une cause juste. Ceux qui, d'une grande humilité, se lèvent chaque matin pour subvenir aux besoins de leur famille. Ceux qui acceptent la faiblesse de leurs partenaires et continuent à les soutenir malgré tout. Je n'oublierai jamais ces enfants qui portent en eux les erreurs et les jugements d'un monde adulte, un monde qu'ils ne comprennent pas encore, mais qui a déjà une emprise sur eux. Oui, j'ai vu la haine, tout comme toi au quotidien. J'ai vécu cette haine qui a emporté mon amour et séparé mon cœur en deux. Mais je sais, intimement, que ce n'est pas ce qu'il faut retenir. Car j'ai vu aussi des histoires d'amour et d'amitié qui semblaient impossibles, mais qui, quand elles sont sincères, sont vécues au-delà des obstacles.

Après une longue réflexion, j'ai enfin trouvé le sujet de mon premier roman, pour lui, pour Ed et pour Batsy.

Avec toute mon amitié,

Mary. »

La tristesse était palpable dans chacune de ses phrases. Lisa ressentait la douleur de son amie et ne savait pas comment lui permettre de la surmonter. Le temps ferait son œuvre, certainement.

Andrew, quant à lui, enquêtait sans relâche sur le meurtre d'Edris. Grâce au témoignage de Mary, il avait pu déterminer que la voiture présente sur les lieux du crime était bien celle de Tony. Ce dernier n'avait pas encore avoué le meurtre d'Edris et Andrew demeurait sceptique quant à la condamnation d'un homme blanc pour le meurtre d'un homme noir dans cet État. Par ailleurs, il avait dressé une liste bien plus complète des membres du Klan du comté, malheureusement, étant donné les positions sociales auxquelles renvoyaient ces noms, il ne pouvait rien faire. Il s'agissait essentiellement d'hommes d'affaires puissants qui faisaient travailler une bonne majorité de la population du coin, d'un juge influent, d'un avocat et même de son propre adjoint… Cependant, il avait tout de même réussi à se débarrasser de Martin, lequel avait été muté dans un autre comté. Celui-ci, impuni également de ses actes, continuerait probablement longtemps sa lutte contre l'élévation sociale des citoyens noirs.

Hannah, de son côté, avait recensé tous les parents présents à la représentation théâtrale et s'était assurée qu'ils s'inscrivent sur les listes électorales. C'était là une belle victoire.

42

« Elle avait dans les yeux la force de son cœur. »
Charles Baudelaire

Printemps 1860, Ohio

C'ÉTAIT UN JOUR DE FIN AVRIL, le temps était agréable et le ciel bleu, à perte de vue, était baigné de l'odeur suave des fleurs qui emplissait les narines. Batsy ressentait des contractions régulières, mais non douloureuses. Elle le savait, c'était aujourd'hui qu'allait naître son premier enfant. Elizabeth et elle attendaient sa venue avec impatience. Elles avaient cousu tout un trousseau de vêtements prêts à envelopper le bébé.

Henry avait proposé à Batsy de rester vivre chez eux aussi longtemps qu'elle en aurait besoin. Il leur fallait des mains supplémentaires pour accueillir les fugitifs la nuit et elle leur serait d'une grande aide.

Batsy sortit dans la cour et regarda les quelques poules qui picoraient des graines autour d'elle. Elle admirait la beauté de la nature qui, même après les rudes hivers, faisait rejaillir la couleur et la vie de ses terres. Elle espérait qu'un jour, en elle, elle arriverait également à faire resurgir cette palette de couleurs.

Cela faisait un an qu'elle s'était échappée de la plantation. Elle se remémorait leur fuite, le moulin, les bois, les rivières, les traversées, les rencontres et, par-dessus tout leur amour, celui d'Ed Ba. Cet amour qui lui collait à la peau, au cœur, à l'âme. Elle n'était partie que pour lui, pour le suivre. Elle avait rêvé d'amour et de liberté ; la vie lui offrit un tout autre destin. Elle se trouvait emmurée dans cette douleur qui, malgré les mois, ne disparaissait pas. Le visage tourné vers le ciel, elle observait les nuages qui changeaient de direction et elle songea qu'elle aussi attendait que le vent souffle sur sa destinée pour lui apporter un brin de soleil. Elle avait trouvé dans son malheur une amie sur qui elle pouvait compter, une amie qui était devenue sa force. Le ciel la lui avait envoyée pour l'aider à surmonter sa peine. Elle fut sortie de ses pensées par les douleurs de son bas-ventre qui se faisaient plus fortes.

— Elizabeth, dit-elle d'une voix calme, mais ferme, je crois que je vais avoir besoin de toi.

Batsy se cramponnait au tas de bois posé devant la grange. Elizabeth accourut à son côté. Elle envoya un de ses voisins, Peter, chercher le docteur Bradford et demanda à sa femme Adélaïde de préparer une bassine d'eau chaude et des linges. Puis les trois femmes montèrent à l'étage. Batsy était allongée et sentait que le bébé pressait.

— Il faut pousser dès que tu en ressens le besoin. Pousse fort, lui conseilla Adélaïde.

Elizabeth lui tenait la main et Batsy la serrait de toutes ses forces. Elle poussa une première fois, puis une deuxième.

— Je vois ses cheveux, Batsy, continue comme ça, l'encouragea Adélaïde.

Batsy avait du mal à reprendre son souffle. Les contractions la clouaient sur le lit et les minutes lui semblaient durer une éternité. Ses amies ne cessèrent de l'encourager et de l'accompagner du mieux qu'elles pouvaient.

— C'est merveilleux ! Tu y es presque, murmura Elizabeth en lui caressant la tête.

Recouverte de sueur qui coulait sur sa peau, Batsy, dans un dernier cri de douleur, donna naissance à une petite fille venant au monde en émettant un léger cri avec sa première bouffée d'oxygène. Batsy, bien qu'épuisée, était aux anges ; en une fraction de seconde, toutes les souffrances ressenties durant l'accouchement s'évaporèrent, laissant à leur place un sentiment d'amour infini. Ses yeux étaient braqués sur son enfant. Elle admirait les traits fins de son visage, qui ressemblaient tant à celui de son père. Elizabeth enveloppa le bébé et le déposa dans les bras de Batsy. Les trois femmes, émues, se regardèrent, elles venaient d'accomplir ensemble la chose la plus belle en ce monde.

Le docteur Bradford, qui venait d'arriver, prit soin de retirer le placenta du corps de Batsy et s'assura qu'elle ne faisait pas d'hémorragie. Elizabeth, de son côté, aidée par Adélaïde, nettoya le nourrisson. Il avait la peau claire, une fine couche de cheveux noirs et des yeux plissés qu'il n'avait pas encore ouverts. Le docteur avait fini son travail et Elizabeth ramena l'enfant à sa mère pour sa première tétée.

— Comment as-tu décidé de l'appeler ? lui demanda-t-elle.

— Stella, répondit Batsy, émerveillée devant son enfant. Stella, mon étoile, en hommage à tous ceux qui nous ont quittés.

Elle saisit Stella et porta sa petite bouche à son sein.

***

Plusieurs semaines s'étaient écoulées et Batsy s'épanouissait dans son nouveau rôle de maman. Sa fille commençait à sourire et chacune de ses mimiques l'émouvait et l'enthousiasmait.

Lorsque Josiah et Charles vinrent rendre visite au nouveau-né, Batsy leur demanda de l'accompagner à l'endroit où avait été enterré Ed. Quelque temps après, accompagnée d'Elizabeth, Henry, Josiah, Charles et Stella, elle entreprit, pour la première fois, ce qui allait devenir un pèlerinage. Henry avait fait préparer une charrette où les femmes et les plus jeunes montèrent à l'arrière, et il prit les rênes au côté de Josiah. En cas de contrôle, de faux papiers avaient été fabriqués pour les garçons. Le cœur léger, ils emportaient un panier rempli de provisions et du matériel pour camper.

Ce jour-là, ils firent un détour pour prendre le pont le plus proche. Les bois étaient paisibles, les odeurs champêtres d'humus et de mousse apaisaient les âmes. Chacun avait du mal à réaliser que ce lieu, si calme, était encore trop souvent le témoin d'horreurs.

À la tombée de la nuit, le convoi s'arrêta et les hommes installèrent les tentes. Henry alluma un feu et y réchauffa la viande. Une pleine lune rose éclairait le camp, des centaines d'étoiles scintillaient au-dessus de leur tête. En les regardant, Batsy pressa un peu plus fort Stella contre sa peau. Elle aurait dû être avec lui, mais le destin lui avait refusé ce bonheur. Il lui en avait accordé un autre, un enfant en bonne santé, et elle remerciait Dieu chaque jour pour cela. Mais un bonheur n'efface pas pour autant une peine. Il aide à la surmonter, mais aucun être ne remplace l'absence d'un autre. Ce soir-là, elle s'endormit le cœur serré. Elle savait que le lendemain serait une journée douloureuse.

Au petit matin, Batsy pensa qu'elle était la première levée. Quand elle sortit, elle aperçut Elizabeth en retrait du camp qui paraissait malade.

— Ça ne va pas ? s'inquiéta Batsy en accourant vers son amie. Tu sembles si fatiguée depuis plusieurs jours, tu n'aurais pas dû nous accompagner.

— Non, ce n'est pas ça… je vais bien, très bien même… Il me semble que Stella aura un compagnon de jeu d'ici quelque temps.

— Quelle merveilleuse nouvelle, après cette longue attente ! Je suis si heureuse pour toi ! s'exclama Batsy en pressant son amie contre elle.

Cette étreinte lui fit du bien et elle se rendit compte qu'elle n'avait plus pris personne dans ses bras, hormis sa fille, depuis fort longtemps.

— Je n'osais plus y croire, lui confia Elizabeth, émue. Ni y croire ni l'espérer.

Les deux femmes s'assirent sur une pierre, tête contre tête, en joignant leurs deux mains, et sans un mot, s'émerveillèrent de la nature et de ce qu'elle leur offrait à ces heures matinales. Elles contemplèrent en silence la rosée qui perlait sur les feuilles, les lumières rougeâtres du soleil levant qui se faufilaient entre les branches, le spectacle de ce cerf qui osa s'aventurer entre deux arbres, appréciant la fraîcheur de l'air qui picotait leurs joues, le piaillement timide des oiseaux. Tout cela prenait vie sous leurs yeux pétillants, un inépuisable recommencement, un don du ciel.

Petit à petit tout le monde s'était réveillé, troublant ainsi le calme qui régnait sur ces lieux. Une fois le campement levé, ils reprirent leur route. La forêt se faisait de plus en plus épaisse. Batsy reconnut les lieux du drame et son cœur se serra. Henry fit arrêter les chevaux et Josiah descendit avec Batsy pour finir la route à pied. Elle portait sa fille dans les bras. Rapidement, elle repéra le grand chêne dont lui avaient parlé les garçons. Elle se tourna vers Josiah, qui confirma par un hochement de tête que c'était bien ici.

L'arbre était majestueux comme l'avait été Ed. Son feuillage dense laissait filtrer un filet de lumière qui éclairait la croix en bois réalisée à la hâte. Des poussières dansaient dans cette lueur, conférant aux lieux un charme envoûtant. Batsy finit son chemin seule. Elle le lui devait. Devant la croix, elle s'agenouilla et présenta sa fille à l'homme qu'elle aimait par-dessus tout. De ses mains, elle creusa un petit trou et y glissa un morceau de tissu avec le motif d'une grande étoile. Au cœur de cette étoile, elle avait cousu quatre lettres, « Ed Ba », éternellement…

ÉPILOGUE

« Je n'écris pas pour laisser quelque chose derrière moi,
mais pour soulager ma souffrance. »
Gao Xingjian

Été 1965, Ohio

LA PIÈCE ÉTAIT PLONGÉE DANS LA PÉNOMBRE. Seule était allumée une bougie sur le bureau dont le cercle de lumière éclairait un roman ouvert et un article de journal. Mary, penchée sur ce dernier, le lisait avec émotion.

Columbus Journal Libre

25 septembre 1965

Sortie en librairie de *Ed Ba*,
le roman que vous allez vous arracher !

C'est avec une immense fierté que toute l'équipe du *Columbus Journal Libre* annonce à ses lecteurs la publication du roman *Ed Ba* de notre jeune journaliste d'investigation, Mary L.

Armée de détermination et de courage, Mary avait bravé les codes de notre société en participant activement, l'an dernier, au côté du défunt professeur Edris Carlson, à l'été de la liberté dans le Mississippi. Au plus près de l'événement, elle avait alors écrit une série d'articles qui vous ont touchés.

Aujourd'hui, son roman, s'inspirant de faits réels historiques, nous entraîne au cœur du XIXe siècle. Mary nous conte, avec frissons, larmes et passion, l'épopée de deux esclaves qui se sont enfuis de leur plantation à l'aide du chemin de fer clandestin, retraçant ainsi une part sombre de l'histoire de notre pays.

Janet M.

Mary, tout en observant la flamme, replia soigneusement le journal avant de le poser. Plus d'une année s'était écoulée depuis la mort d'Edris. Le temps ne semblait pas l'extraire de l'obscurité dans laquelle elle avait sombré. En attendant le jugement de ses assassins, elle s'était réfugiée, corps et âme, dans l'écriture de son premier roman. Et, régulièrement, pour s'accrocher à la vie et aux promesses qu'elle avait encore à lui offrir, elle se remémorait ces quelques vers qu'Edris lui avait récités :

« … *Et quelquefois j'allais dans le noir*
Quand y'avait pas de lumière.
Alors mon garçon faut pas retourner en arrière.
Faut pas t'asseoir sur les marches
Parce que tu trouves que c'est un peu dur.
Et ne va pas tomber maintenant…
Parce que, mon fils, moi je vais toujours,
Je grimpe toujours,
Et la vie ça n'a pas été pour moi un escalier de cristal. »

Inspirant profondément, elle se redressa. Elle sentait son cœur vaciller dans sa poitrine. Chaque mot qu'elle avait écrit durant cette année était un mot qui la reliait encore à lui. C'était fini. Une larme fit briller son œil avant de s'écouler sur la dernière page du roman *Ed Ba.*

Mon Ed,

Tu resteras toujours à mes côtés, dans mes pensées, ici-bas ou dans notre ciel. Comme cette étoile Ed Ba nommée pour toi, pour nous, pour cet amour qui se devait d'entrer dans une autre dimension, celle de l'intouchable, celle de l'éternité. Et si c'est ainsi que je suis destinée à t'aimer, c'est ainsi que je continuerai de t'aimer. Voilà tout ce que je peux te laisser, cette partie de moi, de nous, que je te dédie, comme un dernier cadeau de toi à moi, de moi à toi, comme une dernière trace de ma vie dans la tienne.

Ta Ba

REMERCIEMENTS

Pour commencer, je tiens à remercier mes enfants, Mathys, Aïnhoa et Eden. Vous accompagnez mon cœur chaque jour de la plus belle façon qui soit, et vous êtes ce que j'ai de plus précieux en ce bas monde. J'aimerais que ce roman vous accompagne sur votre propre chemin de vie afin que vous n'oubliiez jamais que la persévérance, le travail et la patience peuvent vous faire réaliser de belles choses.

J'ai une pensée pour tous les trois, ainsi que pour votre père, pour m'avoir permis de travailler sur ce roman dans le calme quand j'en avais besoin.

Cela n'a pas dû être chose facile durant ce confinement.

Je remercie ma mère, Isabelle Aguirre, et mon beau-père, Rémi Sagna, qui ont pris de leur temps pour relire mon manuscrit, le corriger et me féliciter. Vos encouragements m'ont confortée dans cette direction.

Je remercie mes premières lectrices, Patricia Piveteau, Audrey Lafay et Fahima Bennour. Vos avis et vos retours m'ont aidée à ne rien lâcher.

Je remercie les éditions Charleston d'avoir sélectionné mon roman parmi tant d'autres et d'accompagner l'autrice novice que je suis avec bienveillance.

Je remercie également chaque membre du jury de ce Prix du livre romantique 2022. C'est grâce à vous que j'ai la chance aujourd'hui de laisser ces quelques mots à chacun et mon histoire à beaucoup.

Je remercie Christine Cameau, qui m'a aidée de la meilleure des façons pour améliorer ce roman. Tes conseils m'ont été précieux.

Ma dernière pensée est pour mon étoile… celle qui brille dans mon ciel et résonne dans mon cœur à jamais.

CE ROMAN A REMPORTÉ LE PRIX DU LIVRE ROMANTIQUE EN 2022 !

PRIX DU LIVRE ROMANTIQUE

Le Prix du Livre Romantique, c'est quoi ?

Décerné par un jury prestigieux composé d'autrices, de blogueuses, de journalistes, de libraires et d'éditrices, il récompense la meilleure histoire romantique de l'année, après un appel à manuscrits ouvert à tous ! Une héroïne forte, fière, libre et une grande histoire romanesque en sont les ingrédients nécessaires !

Rejoignez-nous vite sur les réseaux sociaux pour en savoir plus, et pourquoi pas tenter votre chance et devenir vous aussi auteur ou autrice Charleston !

Rendez-vous sur

www.editionscharleston.fr/prix-du-livre-romantique

Ce roman vous a plu ? Dites-le-nous !

Rejoignez la communauté Charleston
et échangez sur vos lectures

Retrouvez-nous sur

editionscharleston.fr

et sur

Inscrivez-vous à notre newsletter et recevez
des informations sur nos nouveautés, nos événements,
nos jeux-concours… et des cadeaux !

CHARLESTON
L'ÉDITEUR DU FÉMININ

Certifié PEFC

Ce produit est issu de forêts gérées durablement et de sources contrôlées.

PEFC™

10-31-3068

pefc-france.org

Cet ouvrage est composé de matériaux issus de forêts gérées durablement certifiées PEFC™. Le Programme de reconnaissance des certifications forestières (PEFC™) est le plus grand organisme mondial indépendant de contrôle pour une gestion durable des forêts. Pour en savoir plus, consultez le site www.pefc-france.org

Achevé d'imprimer en avril 2022
par CPI Bussière
À Saint-Amand-Montrond (18)
Dépôt légal : mai 2022
N° d'impression : 2063379
Imprimé en France